作者简介

常立霓,甘肃兰州人,文学博士,教授,现任教于上海政法学院。先后就读于兰州大学中文系、华东师范大学中文系。2014 年,于英国伦敦大学亚非学院做访问学者。主要从事中亚东干文学、中国现当代文学、流行文化研究。

出版《鲁迅与新时期文学》、《世界华语诗苑的奇葩——中亚东干诗人十娃子与十四儿的诗》(合著)、《世界华语文学的新大陆——东干文学论纲》(参撰)等 5 部著作,发表学术论文 40 余篇。主持或作为主要参加者完成国家社科基金项目、教育部人文社科项目等 5 项。

作者与东干研究中心伊玛佐夫院士（前排中）等专家合影（2018 年摄于吉尔吉斯共和国科学院）

作者（右三）参加"东干民间文学国际研讨会"（2014 年摄于挪威奥斯陆大学）

本书由"中国—上海合作组织国际司法交流合作培训基地"资助出版

多元文化语境下的
中亚东干文学

常立霓 ◎ 著

上海政法学院
Shanghai University of Political Science and Law

中国—上海合作组织国际司法交流合作培训基地
China National Institute for SCO
International Exchange and Judicial Cooperation

上海社会科学院出版社
SHANGHAI ACADEMY OF SOCIAL SCIENCES PRESS

ЩҮӘХУАР

Ясыр Шывазы

Щүӽуар, щүӽуар луӽдини

    Зущён җынҗў.

Зэ кунҗунни фидини,

    Мӽю гўдў.

Луӽдо шушон зу мэли,

    Шын йидяр фи.

Литу тэён цондини,

    Зыю та бый.

Ба щигуа кӽ жан хунли,

    Гуӽзы фыими …

Щүӽуар, щүӽуар фидини,

    Кунҗунни щүан.

Җ ыгӽ чин фи мӽ фынлён,

    Җимо йибан.

雪花儿

亚斯尔·十娃子

雪花儿，雪花儿落的呢，

    就像珍珠。

在空中呢飞的呢，

    没有菁荬。

落到手上就没哩，

    剩一点儿水。

里头太阳藏的呢，

    只有它白。

把西瓜可染红哩，

    果子蜂蜜……

雪花儿，雪花儿飞的呢，

    空中呢旋。

这个清水没分量，

    鸡毛一般。

序　言

　　在中亚居住着这样一群人，他们长着黄色的面孔，讲着中国西北方言，喜欢吃面条饺子，这就是140多年前迁居到中亚的陕西、甘肃回族后裔，俄罗斯人称他们为"东干"，至今已发展至15万余人，主要分布在吉尔吉斯斯坦、哈萨克斯坦、乌兹别克斯坦三国的30多个"乡庄"。东干人借助33个俄文字母，外加自造的5个新字母来拼写汉字，成为世界上唯一能说中国话，又完全用字母成功拼写中国话，并撰写大量诗歌、小说、散文等文学作品的海外华裔群体。东干"乡庄"同海外其他国家、地域的唐人街相比，较为封闭，更多地保留了中国的传统文化，东干文学也在完全脱离母语的环境下，从无文字发展到有文字，从口头文学发展到书面文学，成为中国传统文化的"活化石"，是中国文化在海外传承的极具典型意义的"飞地"。东干文学独一无二的特性决定了其综合文化价值很高。

　　东干的历史发展、地理位置与民族特性决定了东干文学的复杂性。东干文学是中国传统文化、俄罗斯文化、游牧文化、伊斯兰文化等多种文化共同作用的结果。本书将借助历史学、地理学、民族学、语言学等学科的方法，通过分析东干文学作品，研究其如何在复杂多元的异域文化环境中发展，如何建构东干文学与中国文化、俄罗斯文化、伊斯兰文化之间的关系，同时本书在描述东干文学主要成绩与特点、勾勒东干文学创作概貌的基础上，从东干语言学价值、美学价值、文化价值等层面全面地揭示东干文学的独特研究价值，确立其在世界华语文学研究中的独特地位。本书既有细致的文本分析，也有宏观的学理阐释，力图使读者对东干文学有个整体性的了解。东干文学的语言艺术很特别。东干文是世界上唯一用拼音拼写汉字的文字。东干文学的发展以20世纪30年代创制东干文为界限,前期为东干口语文学发展期,后期为东干书面文学成长期。东干书面文学作品,是研究东干语言最为鲜活的样本,东干书面文学与东干文的发展是相辅相成的。因为东干作家既是东干文的创制者,又是东干文的运用者,东干文为东干书面文学的创立和发展提供了必要条件,而东干书面文学又在实践中不断地完善东干文。本书第一章将对中国"东干学"的研究概况进行简单的梳理。

被誉为东干文学"双子星座"的小说家尔里·阿尔布都和诗人亚斯尔·十娃子分别代表着东干小说与诗歌创作的两个高峰。阿尔布都的小说《一条心》曾入选东干中学课本,十娃子是东干文学的奠基人。本书分别从诗歌素材、意象群落和小说中的题材、文本样式、女性形象等方面系统地分析两位作家的作品,解析作品中的多元文化,尤其是中国传统文化符码。

在东干作家群中,十娃子对东干文学的贡献是多方面的,他既是出色的诗人、散文家、小说家、戏剧家,也是优秀的记者、翻译家,更是东干文的重要创制者。对于十娃子的研究,吉尔吉斯斯坦与中国学者分别从各自的角度予以关注,向我们勾勒出十娃子的研究格局。另外,十娃子是东干作家群体当中曾经来过中国,与中国著名作家萧三、老舍等交往甚密,并结下深厚友谊的作家,所以反映在他的诗作中的是深厚的寻根意识与中国情结。他的诗集《挑拣下的作品》《中国》,无论是密集的带有中国符码的意象,还是情感热烈的铺排的中国情愫,都集中地体现出东干文学与中国文化母体之间的关系。十娃子在其名作《雪花儿》中写道:

雪花儿,雪花儿落的呢,
　　就像珍珠。
在空中呢飞的呢,
　　没有菁葵。

落到手上就没哩,
　　剩一点儿水。
里头太阳藏的呢,
　　只有它白。

雪花"里头太阳藏的呢",在笔者看来,恰恰具有了双重意蕴:雪花与太阳,原本是相互对立的一组意象,但诗人凭借他敏锐的感觉,发现了二者可以相互涵融,彼此赋予美丽,这美又是那么含蕴幽婉;另一层意蕴,我们不妨理解为东干文学在整个华语文学世界中,也像这洁白雪花中隐匿的太阳,虽然微小,但以它异质的美散发着光芒,任谁也无法忽视它。第二章着重就十娃子与中国千丝万缕的联系、十娃子的诗歌创作进行分析。

在第一代作家群,甚至整个东干文学发展历程中,小说方面的代表作家非阿尔布都莫属,他曾发表了数百万字的东干小说,其小说水平之高,数量之众,观照对象之广泛,在东干作家群体中可谓首屈一指。他的作品指涉范围非常广泛,本书第三章将从两个角度出发,介绍以阿尔布都、白掌柜的为代表的东干小说家的创作。

一是东干文学与中国文学的传承与变异。因为东干第一批移民基本目不识丁,所以学界普遍认为东干文学大量传承了中国的民间口传文学,中国书面文学对东干文学的影响微乎其微。但这并不意味着东干文学与中国书面文学毫无关系,口传文学对东干文学的影响是显在的,仅从文本本身就可以找到证据,但书面文学的影响方式却是非常隐晦的,东干作家不识汉字,但他们很有可能通过中国作品的俄文译文而间接受到中国书面文学的影响。如通过研究发现,东干作家阿尔布都的小说《惊恐》在与母体文化完全隔绝的情况下竟与中国唐代白行简的《三梦记》中第一梦在小说情节、结构、细节等方面都有着惊人的相似。本书将这两个文本进行细致的分析,试图找出东干文学与中国文学传承与变异的关系。这一方面为研究中亚的东干文学如何对中国传统文化进行传承提供了典型的研究案例,另一方面也为东干文学如何对中国传统文化进行变异提供了研究样本。

当然,东干文学与中国传统文化之间的关系,是本书研究的一个重点。东干文学如何在完全脱离母语的环境下,从口头文学发展到书面文学,从无文字发展到有文字?它为什么可以在异域环境中独立地成长与发展?除了在第三章对阿尔布都小说文本进行细读比对之外,本书第四章专门就东干文学与中国文化之间的关系进行深入解析。笔者运用统计学方法,将从俄文转译为东干文的老舍小说《月牙儿》与老舍中文版进行数据化的比较研究,在扎实的数据基础上仔细研读,得出东干文本比以口语化著称的老舍的中文文本要更加口语化的结论。另外,笔者也发现东干文学中频繁出现的人物意象"韩信",比中国文化语境中的历史人物韩信,在人物形象、性格塑造以及道德品质上都发生了极大的改变。通过对东干文学中的韩信为什么能够成为恶的代名词这一现象的研究,本书从另一个侧面分析中国文化在中亚如何传承与变异。

东干文学的源头是中国文化,要研究中国文化在中亚的传承与变异,从东干文学入手,是最好的途径。东干文学与中国文化关系的研究,是新的学术生长点,具有较高的价值。研究东干文学与中国文化的关系,不仅可以发掘东干人所保留下来的晚清中原文化,对回族学、中国—中亚文化交流、中俄文化交流以及中亚民族文化生态环境研究,也具有很高的学术价值。

二是专门以阿尔布都小说中的女性人物作为研究对象,分析中国回族后裔女性形象。通过这些被华语世界文学所遗忘的女性群像的研究,有助于深入了解东干女性的现实生活,丰富世界华语文学女性形象。

除此之外,白掌柜的的儿童文学创作在东干文学中可谓独树一帜,为丰富东干小说题材贡献了一分力量。其作品既有伊斯兰文化的特点,还有难得的童稚童趣。白掌柜的也创作了一系列反映东干乡庄生活的小说,他擅长在平凡琐碎的日常生活中挖掘戏剧性的细节,作品富有极强的生活色彩与轻喜剧风格。

因为东干文学是在伊斯兰文化、俄罗斯文化、游牧文化以及中国传统文化的多重影响下发展起来的,因此本书第四章将从多个侧面、多个角度对东干文学进行立体研究,试图通过文本分析、数据统计、对比研究,来分析多元文化语境下的东干文学。

第一,全面而深入地论述了东干文学与伊斯兰文化的关系。从宗教信仰、伦理道德、民间风俗、中国文学在中亚的伊斯兰化等不同层面,探讨了中亚文学与伊斯兰文化的关系,同时反映了东干文学的文化资源,既有对中国传统文化的传承,又受俄罗斯主流文化的影响,同时还具有伊斯兰的文化特点。第二,东干书面文学中的语音、语法、词汇等都保留了大量的西北方言,以西北方言为基础,同时兼有阿拉伯语、波斯语的借词,是晚清文化的活化石。东干文学将西北方言提升到相当高的艺术水准,是真正的言文合一的语言艺术。这也是东干作家对所属国家语言上同化的抗拒与对母语的亲近、怀念。本书拟运用语言学的知识,将其与现代西北农村方言进行比对,也将对方言研究提供一些参考。第三,以吉尔吉斯斯坦本土作家艾特玛托夫作为切入点,探讨东干文学与吉尔吉斯文学之间的关系,二者都对民间文学有意识借鉴、表现出强烈的生态意识、将民间文学视为重要的文学创作资源。第四，东干文学是海外华语文学当中的一个分支，与东南亚、北美等海外华语文学相比，在数量上以及影响程度来讲，都是很有限的。但东干文学却有着海外其他区域华语文学在语言、文字、民俗等方面都不具备的罕见的特点，也正是东干文学的出现，使得目前仍在摸索与探讨时期的海外华语文学理论的某些问题得到了新颖的观察视角，对该学科理论的构建提出了许多有意义的思考：东干文学运用拼音文字来拼写汉语的方式对历来混淆使用的"华文文学"与"华语文学"概念进行了重新界定，笔者更倾向于后者，因其包涵范围更广；海外华语文学研究需要从目前的微观研究、中观研究向跨越区域、跨越国家、跨越群体的宏观研究突破，最后以期对全球华语文学进行整合研究。第五，因为东干文学与中国现代文学在诸如"汉字拼音化"、言文一致等核心问题上都进行过探索与尝试，东干拼音文字是汉字拉丁化成功的唯一案例，成功解决了汉字拼音化的问题。本书拟研究东干拼音文字成功的原因及其在实际运用中遇到的困境，这将给中国现代文学研究提供一个前所未有的参照角度，进一步深化汉字拉丁化以及"言文一致"等中国现代文学中的理论问题。

　　本书由上、下两编组成，上编是理论性的探索与文本分析，下编选译了16篇东干代表性诗歌、小说以及翻译作品，这些作品都是由东干文本转译过来的，也是本书重点分析的文本。因为大多数中国读者对东干作品还觉得很陌生，所以选译这些文本，一方面为了让读者体会到原汁原味的东干语言，对东干作品有个直观的印象，同时也为一些对东干文学感兴趣的读者提供参考文本；另一方面与上编的评论形成理论与作品的互相阐释的关系。

　　东干文学属于世界华语文学范畴，本书的研究为世界华语文学的研究版图提供了一个新的研究内容，拓展了华语文学原来以东南亚、北美华侨文学创作为主要研究对象的模式。东干文用拼音文字成功地拼写汉字，与其他华语文学以"母语"或"外语"来写作的形式迥然不同，本书对东干文学作品的研究也能为其他华语文学的创作提供一个参照系。东干族是晚清西北回族后裔，希望本书的研究成果能对中国少数民族文学研究、西北地域文化研究以及近代文学跨区域传播等多个学科领域的研究有所裨益。东干语言在俄语为主流的语言环境中逐渐有被弱化的趋势，作为一种蕴含中国文化的世界上独一无二特性的华语文学，本书也提出了保护非物质文化遗产的重大课题。

目录 | CONTENTS

上编

第一章　中国"东干学"研究 / 3

　一、中国东干学的兴起 / 3

　二、中国东干学研究成果 / 4

　三、中国东干学研究的方向 / 6

第二章　Я.十娃子的诗歌创作 / 8

　一、中、吉两国的文化使者——Я.十娃子 / 9

　二、雪花中藏匿的太阳——Я.十娃子的诗歌创作 / 16

第三章　A.阿尔布都等的小说创作 / 28

　一、中华文化在中亚的传承与变异——A.阿尔布都《惊恐》之个案

　　分析 / 29

　　（一）记录梦境——批判现实 / 30

　　（二）叙事人：旁观者——当事人 / 32

　　（三）文人书写——民间表达 / 33

　二、A.阿尔布都小说中的女性生活图景 / 36

　　（一）回儒双重文化规约下的老一代东干女性 / 37

　　（二）战争时期兼具男女双重角色的东干女性 / 40

　　（三）知识改变命运——东干新女性 / 43

　三、Э.白掌柜的儿童文学以及乡庄小说 / 45

　　（一）白掌柜的小说的意义 / 46

　　（二）白掌柜的的儿童文学 / 48

　　（三）白掌柜的的乡庄小说 / 51

第四章   多元文化语境下的东干文学 / 54

一、东干文学研究对海外华语文学理论构建的启示 / 54

（一）"华语文学"的命名与内涵 / 54

（二）"华语文学"的整合研究 / 57

（三）海外华语文学的走向 / 63

二、东干文学与中国现代文学的契合点 / 66

（一）汉字拼音化 / 67

（二）言文一致 / 75

（三）文学的大众化与民族化 / 80

三、东干文学与伊斯兰文化 / 84

（一）宗教信仰层面 / 85

（二）伦理道德层面 / 87

（三）东干风俗层面 / 90

（四）中国文学在中国的伊斯兰化 / 92

四、东干文学与吉尔吉斯作家艾特玛托夫 / 95

（一）生态学层面 / 96

（二）塑造母亲形象的文学创作层面 / 99

（三）民间文学的吸纳与融合 / 101

五、华语文学中最口语化的小说——东干文本《月牙儿》与老舍原文
比较 / 103

（一）语法语义比较 / 104

（二）东干作家的创造性翻译 / 106

（三）东干译文更加口语化 / 112

六、东干文学中的韩信何以成为"共名"？/ 114

（一）《史记》中的韩信形象 / 115

（二）东干文学中的韩信形象 / 116

七、多元语境中的东干小说语言 / 120

（一）土洋结合 / 121

（二）旧词新用 / 123

（三）词义的扩大和缩小 / 124

（四）熟语使用 / 125

（五）形象化表现 / 126

下编

十娃子诗歌选译 / 131

在伊犁 / 131

营盘 / 132

天山的天 / 133

北河沿上 / 135

我爷的城 / 139

雪花儿 / 140

我四季唱呢 / 141

喜麦的曲子 / 143

宁夏姑娘 / 146

运气汗衫儿——俄罗斯民人的古话儿 / 146

十四儿诗歌选译 / 148

胡达呀，我祈祷你…… / 148

白生生的雪消罢…… / 149

时候儿带人 / 150

阿尔布都小说选译 / 151

惊恐（东干文转写中文） / 151

ЖИНКУН《惊恐》东干文 / 154

白掌柜的小说选译 / 159

谁的妈妈好?（东干文转写中文）/ 159

　　СЫЙДИ МАМА ХО? (《谁的妈妈好?》东干文) / 162

老舍《月牙儿》选译 / 166

　　月牙儿（东干文转写中文）/ 166

　　月牙儿（中文原文）/ 169

　　ЙҮƏЯР（东干文《月牙儿》）/ 172

参考文献 / 177

后记 / 182

上　编

第一章　中国"东干学"研究

1877年陕西、甘肃回族起义军失败后,自中国西北迁入中亚,苏联称其为"东干"民族,逐渐认可了这个特殊的少数民族群落。苏联学者帮助东干族创制了世界上独一无二的文字——东干文,这是借用俄文字母外加自创的5个字母来拼写汉语方言的文字,他们还开始收集东干口传文学,保留下来一批珍贵的东干研究资料。正是具备了得天独厚的研究条件与敏锐的意识,苏联学者在东干学研究方面,不仅是开拓者,也是成就最高的。

一、中国东干学的兴起

自苏联解体后,俄罗斯的东干研究趋于沉寂,中国虽然是中亚东干族的历史故国,中国文化又是东干文化的母体,但是中国学术界与中亚东干族长期处于隔绝的状态。近20年来,由零散的一般性的介绍到不断深化,进入较为专门的研究层次,中国的东干学研究正在兴起。

东干研究成果主要集中在近10余年,据笔者初步统计,出版中国学者译介的东干学著作共5种:《中亚东干人的历史与文化》(苏尚洛著,郝苏民、高永久译,宁夏人民出版社,1996年)、《盼望》(东干小说集,尔里·阿尔布都等著,杨峰译,新疆人民出版社,1996年)、《亚斯尔·十娃子生活与创作》(伊玛佐夫编选,丁宏译,宁夏人民出版社,2001年)、《中亚回族小说选译》(伊玛佐夫著,林涛译,香港教育出版社,2004 年)、《中亚回族的口歌口溜儿》(拉阿洪诺夫辑录,林涛译,香港教育出版社,2004 年)。纪实性散文 4 种:《托克马克之恋》(杨峰著,新疆人民出版社,2000 年)、《悲越天山——东干人纪事》(尤素福·刘宝军著,宁夏人民出版社,2004 年)、《万里独行——探访中亚陕西村》(陈琦著,陕西人民出版社,2005 年)、《遥远的撒马尔罕》(杨峰著,新疆大学出版社,2006 年)。中国学者的学术论著 5 种:《东干族形成发展史》(王国杰著,陕西人民出版社,1997 年)、《东干文化研究》(丁宏著,中央民族大学出版社,1999 年)、《亚斯尔·十娃子与汉诗》(常文昌著,伊里木出版社,2003 年)、《中亚东干语言研究》(海峰著,新疆大学出版社,2003 年)、《中亚东干语研究》(林涛著,香港教育出版社,2003 年)。发表有关中亚东干族研究及纪实性的各类文章约 200 余篇,其中学术论文约 70 余篇,涉及东干族的历史、经济、文化、语言、民俗、文学等各个方面。其中有代表性的如胡振华、王国杰、丁宏、杨峰、王小盾、赵塔里木、海峰、林涛、刘俐李、常文昌等。

二、中国东干学研究成果

中国的东干学研究虽然起步晚,但是发展势头不错,主要表现在以下几个方面。

一是东干历史研究。苏尚洛在《中亚东干人的历史与文化》一书中将东干族的历史延伸到中国回族的整个历史中去探源,而中国学者则从清朝西北回民起义开始,主要从西迁开始研究东干族的形成和发展。这方面的代表性成果有陕西师大王国杰的专著《东干族形成发展史》。全书共 9 章,其中用 7 章篇幅介绍迁移中亚后,东干族的形成及其在不同历史时期,从过境后到十月革命、农业集体化、卫国战争以及 20 世纪 60—80 年代的发展历史,以经济生活为主,运用了大量的统计数字,包括东干乡庄的种植、养殖、收入等,这些资料多为国家档案馆查询所得。第八、九两章分别介绍中亚东干族的文化和风俗礼仪。这一部分由于作者跳出了过多的数字统计圈子,又融入了许多直观的感性材料(作者在东干乡村居住了数月,走访了许多人),读来颇为生动。这是国内较早出版的全面介绍东干族历史发展的学术著作。关于东干族的论文,则有关于白彦虎及回民起义、西迁方面的研究。

二是东干文化研究。中央民族大学丁宏的《东干文化研究》则是这方面的代表性著作,较为全面地介绍并论述了东干人的文化生活,不仅介绍了苏联及中亚东干学的研究机构、研究现状,为我们提供了一定的学术信息,同时又力求提升到理性的高度去认识。作者是回族人,因此对东干文化与回族文化联系的认识较为深入,对中亚陕甘籍东干族语言文化的评价比较客观公允,加之在吉尔吉斯斯坦调查时间较长,也有许多感性材料。应该说,丁宏的《东干文化研究》与王国杰的《东干族形成发展史》在让人们认识、熟悉东干族方面是功不可没的。

三是东干语言研究。尤其值得注意的是海峰与林涛几乎同时分别出版了东干语研究专著。由于这几位学者长期生活在西北,且从事过西北方言研究,因此能在与西北方言的比较中研究东干语的特点。他们都从普通语言学的角度,即语音、语法、词汇三个层面入手。有论者将萧洛霍夫《一个人的遭遇》的东干作家哈娃佐夫的译文,同中国学者草婴的现代汉语译文作了有趣的比较,发现草婴译文"把"字出现 79 处,"给"字 31 处,而哈娃佐夫译文中"把"字出现 365 处,"给"字 66 处。这种抽样分析,具有说服力。海峰的《中亚东干语言研究》介绍了国外东干语研究的现状、苏联学者研究的基本方法和成果,介绍了东干文的正字法规则,同时也提出一些有益的问题并进行学理上的讨论。如关于东干语的三种观点:一种认为东干语是独立语,一种认为是混合语,第三种观点则认为东干语是汉语的特殊变体,指出了我国学者与苏联学者不同的思路与观点。林涛的《中亚东干语研究》与海峰的《中亚东干语言研究》框架结构大体接近,林涛对东干语中保留的古语词与近代语词作了较为充分的讨论。两本著作分别整理了东干语中的词汇,并与现代汉语进行对照。海峰与林涛还分别发表了东干语研究方面的论文。

四是东干文学研究。胡振华的《苏联回族文学概述》较早介绍了中亚东干文学。王小盾的《东干文学和越南古代文学的启示——关于新资料对文学研究的未来影响》提出了一些值得思考的问题,论文分别从文化、文学史、文字及诗歌等四个层面提出了十个问题。如认为东干乡庄成了一块"飞地",东干口语文学一百多年来基本上停滞下来了,而中国各地的口语文学通过人群接触与流动而急速演变。这样一来,对东干文学的研究便获得了一种新的意义:为中国民歌史研究或口语文学发展史提供了活的参照系。由此反观中国西北乃至更多地区一百多年来口语文学的发展轨迹,可以得出深刻的规律性认识。由东干文与汉字的比较指出,汉字对文学的强大支撑作用。论文具有宏观的深刻的思考,但有些也是作者的一家之言,有的观点如"以东干文学的发展历程来比附中国文学的发展历程"等还值得商榷。赵塔里木对东干民歌作了较为深入的研究。同王小盾思路一致之处是对东干民歌的概念及其内涵予以厘清。认为曲子是东干音乐文学的整体形式,包括民歌、戏剧、说唱等可以演唱的音乐文学体裁。东干人传承中国西北民间音乐文学的同时,也传承了传统的分类方法。同时还讨论了东干民歌的传承方式等。赵塔里木文章另一特点是分析细致,如《高大人领兵》的异文比较,通过中国国内及苏联发表的材料及作者的采访笔录,共收集了 28 种异文,加以比较,认为这首民歌的异文样式均为不同历史时期中的多种异文叠加的结果。它们不仅反映了某个特定的事件,而且透露出不同叠加层中的历史信息,套用前人的叙述框架,并加入了新的内容,从而透露出多起历史事件信息。论文严谨而有说服力。常文昌、唐欣在《东干文学:世界华语文学的一个分支》中对东干文学作了定位,将其纳入世界华语文学的范畴,认为东干文学是世界华语文学的一个重要分支,东干人的语言是汉语,但文字却不是汉字,主张以华语文学代替华文文学,由此突破了"世界华文文学"的概念。常文昌的俄文版专著《亚斯尔·十娃子与汉诗》通过个案分析,透视了中国文化在中亚的传承与变迁,揭示了十娃子作品的丰富内涵及其与中国文化的关系,将十娃子定位为世界华语诗苑中的奇葩,破译了其中的某些诗歌意象,凸显出中国研究者的独特视角。

三、中国东干学研究的方向

目前,中国的东干学研究基本形成了由东干历史、文化、语言及文学四大板块组成的研究格局,同时也逐渐向专题研究深入。中国东干研究还正处于刚刚起步阶段,仍存在不少问题和困难:一是资料缺乏。目前从事此项研究工作的研究者基本上仅限于去过中亚的学者,他们从国外带回的东干文、俄文资料有限,而国内翻译的汉文资料又很少。二是研究人员尚少,研究队伍有待壮大。报刊上走马观花式的印象式介绍文章居多,而扎扎实实潜心于学术研究者屈指可数。目前,也有一些青年研究者朝这个方向靠拢,使研究队伍不断扩大。三是研究尚待深入。目前的研究应向专题研究开掘,尤其要从东干原文或俄文原著入手,从第一手资料开始,发前人之所未发。东干族系中国回族后裔,处于中亚多元文化的影响下,因此,东干学研究者既要熟悉伊斯兰文化,又要熟悉中国传统文化,既要了解俄罗斯历史文化,也要了解吉、哈、乌等民族的文化,还要会俄文、东干文和中国西北方言,需要相应知识结构的人员并下大力气。同时,读者面相对较窄,因此,研究者还要耐得住寂寞。

东干文目前仍在中亚东干人中使用。也有人主张,废弃东干文,改用汉字;废弃东干方言,改学普通话。这种主张,还未得到赞同。目前,中国国内在强调非物质文化遗产的保护,而东干学这一块,也是难得而特殊的与中国文化相联系的文化新大陆。

第二章　Я.十娃子的诗歌创作

Я.十娃子

随着中国东干学的兴起,中亚著名东干诗人亚斯尔·十娃子及其作品为越来越多的中国人所了解,以十娃子为代表的东干诗歌及其独特性,在世界华语诗歌中可谓别开生面。

十娃子对东干文化及文学的贡献是多方面的,法蒂玛·玛凯耶娃在《东干文学的形成和发展》中说,十娃子是"东干书面文学的创始者、诗人、散文作家、语言学家、文艺学家、卫国战争年代的战地新闻记者、翻译家、积极的社会活动家"。[①]在文学创作上,十娃子先后出版了40部作品,其中东干文19部,吉尔吉斯文11部,俄文10部。这些创作包括诗歌、小说、戏剧等多种文体,但是其成就最高的还是诗歌,因此被授予"吉尔吉斯斯坦人民诗人"的称号。十娃子为越来越多的中国人所了解。关于他的介绍和他的作品在中国的传播,笔者拟勾画出一个大致的轮廓,并加以评述。

---

① 玛凯耶娃:《东干文学的形成和发展》(俄文),吉尔吉斯斯坦出版社1984年版,第38页。

一、中、吉两国的文化使者——Я.十娃子

最早同十娃子有交往,并在其诗中留下珍贵纪念的是萧三,萧三的俄文名字为埃米·萧。1938 年,萧三访问吉尔吉斯斯坦,在十娃子家中做客,两人彼此留下了美好的印象。1939 年,萧三从苏联回国,专门写过一首《题 SHIWAZA 的新诗集〈中国〉》(《题十娃子的新诗集〈中国〉》),不仅抒写了两位诗人的深厚友情,同时也抒发了中国人与东干民族的感情。在另一首《暂别了,苏联!》中也写道"别了,东干人民的诗人十娃子"。这是中国最早对十娃子的介绍。1957 年,十娃子作为苏联作家代表团成员访问中国,在萧三家做客。萧三去世后,十娃子写过怀念的诗《你也唱过——给萧三》。两位诗人的交往,成为中、吉文坛佳话。

如何为十娃子定位,怎样解读其作品的精神内涵与艺术表现,中国的东干学者为此作出了独特的贡献。中央民族大学胡振华教授以研究柯尔克孜(吉尔吉斯)语闻名于吉尔吉斯斯坦,他与中亚联系颇多,是东干学研究的破冰者。他指导的博士生丁宏、海峰在东干文化及语言研究方面具有相当的成就。胡振华回忆,1957 年,苏联作家代表团来中国,他和十娃子初次见面,后来保持了多年的联系,他介绍了十娃子的创作活动及文化贡献。胡振华用中文转写了十娃子的东干文《天鹅》《桂香》《我爷的城》《北河沿上》等 7 首诗,最初收入吉尔吉斯共和国科学院东干学部编辑出版的论文集《亚斯尔·十娃子——东干书面文学的奠基者》(依里木出版社,2001 年),后来又收入他主编的《中亚东干学研究》,作为开拓者,胡振华教授功不可没。

新疆回族作家杨峰于 1996 年编译出版了东干小说散文选《盼望》(新疆人民出版社),选译了十几位作家,其中包括十娃子。不仅简单介绍了十娃子的生平与创作,同时还选译了作家的一篇小说《萨尼娅》,这篇写东干青年与其他民族姑娘恋爱的小说十分动人,所提出来的如何对待不同民族青年间爱情的问题也颇为深刻。这是国内最早将东干文转写成汉字的十娃子小说。2000 年,杨峰又出版了他访问中亚东干族的散文集《托克马克之恋》(新疆人民出版社),其中在《楚河诗魂》的标题下,用满怀激情的笔触介绍了十娃子的诗歌创作活动,虽然是访

问性散文,但其中不乏学术价值。最突出的是,指出十娃子受鞑靼族文学的影响,"在学习和借鉴苏联的多民族作家文学中,对他影响最大的还是鞑靼族诗人和作家的作品。这主要在 1922 年到 1930 年在塔什干教育学院学习期间,由于自身的条件,除了阅读大量的俄罗斯古典文学,十分喜爱普希金外,还如饥似渴地阅读和认真研究了大量的鞑靼文学作品,如阿布都拉·吐卡依的诗歌。十娃子早期的诗歌如《木鳖子》《唱曲子的心》《苦曲儿》等都可以看出鞑靼诗歌的印迹,他自己也常说:'阿布都拉·吐卡依的作品给过我很大的影响。'"①迄今为止,还没有人对十娃子受鞑靼文学的影响做过深入的研究,可见,杨峰的看法在今天仍具有启发意义。

在十娃子诗歌的评介与作品的直译转写方面,吉尔吉斯斯坦科学院伊玛佐夫通讯院士和中央民族大学丁宏教授合作编译出版的《亚瑟儿·十娃子生活与创作》(以下简称《生活与创作》)无疑具有重要的意义。此前零星介绍十娃子作品的差不多都是意译,而《生活与创作》则是直译,即东干文的汉字转写,完全保留了东干语诗歌的原貌。所选作品题材大多与中国有关,更容易引起中国读者的兴趣。其中《北河沿上》《运气曲儿》《我爷的城》《在伊犁》《话有三说》《宁夏姑娘》《喜麦的曲子》等,无论是思想性还是艺术性都属于十娃子的上乘作品。这使中国读者第一次能够大量阅读十娃子原汁原味的作品。这本书收录了伊玛佐夫撰写的《生活与创作》,对中国读者与研究者来说,是难得的有价值的长篇传论。中国人对十娃子的生平、创作、地位及其贡献知之甚少,伊玛佐夫的文章就显得更为重要。他给我们提供了许多重要的历史事实,如塔什干求学对十娃子产生了重要影响。十娃子和杨善新、马可及其他东干族大学生开始创制东干文字,尝试用阿拉伯字母拼写东干语,并刊印手写体东干语小报《学生》。这是东干文字史上的重要里程碑,为以后东干文字的创制奠定了基础。关于十娃子对东干文字创制的贡献,伊玛佐夫指出,十娃子结识了俄罗斯著名语言学家德拉古诺夫(龙果夫)、巴里瓦诺夫,与他们共同探讨东干语言文字问题。十娃子提出的"东干语音节正字法表"与德拉古诺夫的观点大致相同。可以说,十娃子是东干文字

---

① 杨峰:《托克马克之恋》,新疆人民出版社 2000 年版,第 72 页。

的奠基人之一。①在介绍诗人的诗集《诗作》时说,俄文诗集《诗作》被选入"苏联诗人文库",在莫斯科出版,这个文库发行量很大,且被选入的诗人多是有相当影响的一流作家。这些介绍使我们对十娃子的地位有了进一步的认识。伊玛佐夫是东干学学者,同时又是作家,创作了一系列小说和诗歌,因此他对十娃子作品的点评也使读者受益不少。《雪花》一诗是十娃子作品的精品之一,伊玛佐夫极其推崇,在引用全诗的同时,认为这是《好吗,春天》中语言最美的一首,诗人以明快的韵律表现了一种清新优美的境界。读者仔细品味,会产生同样的感觉。伊玛佐夫还介绍了十娃子的某些极有价值的学术观点,如 1965 年,吉尔吉斯共和国科学院东干学部举办学术讨论会,十娃子在发言中指出,不要一味借用外来语来填充母语在发展过程中的不足,而应该充分发挥语言内部的资源。不是万不得已,最好不要借用其他语言的现成词汇。在当时中苏关系紧张的背景下,发表这样的观点是需要勇气的。伊玛佐夫在评介十娃子的同时,有时也涉及了东干文学的发展脉络,如他认为,20 世纪 60—80 年代,东干文学事业走向一个新的高峰,呈现出欣欣向荣的繁荣景象。这看法是准确的。十娃子和阿尔布都是东干文学高峰期的代表。可见,《生活与创作》对于十娃子在中国的传播起到了重要的作用。

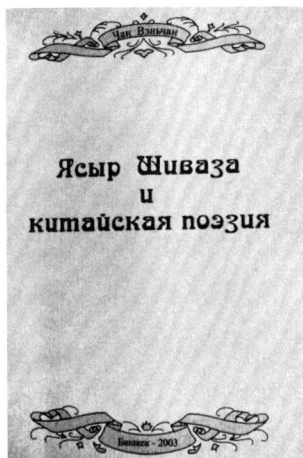

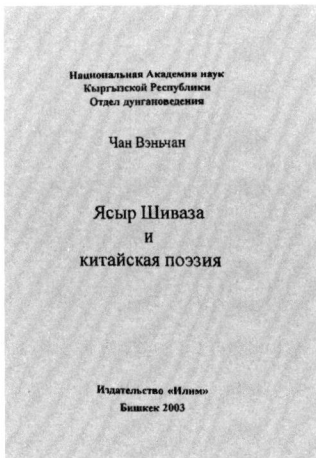

常文昌:《亚斯尔·十娃子与汉诗》(俄文),伊里木出版社 **2003 年版**。

① 伊玛佐夫、丁宏编译:《亚瑟儿·十娃子生活与创作》,宁夏人民出版社 2001 年版,第 32 页。

中国学者对十娃子诗歌创作的深入研究,要首推兰州大学教授常文昌。在他任吉尔吉斯—俄罗斯斯拉夫大学客座教授期间,完成并出版了俄文版著作《亚斯尔·十娃子与汉诗》。这本著作于 2002 年在吉尔吉斯斯坦科学院伊里木出版社一出版,就引起东干学界的关注与评介。伊玛佐夫通讯院士作序,高度评价这本著作具有"独创的思维"和"意想不到的见解","不同于以往的东干文学研究,是在原材料即直接阅读东干文的基础上写成的,将亚斯尔·十娃子与汉诗进行全方位的比较,这在东干文学研究上还是第一次",并且认为常文昌"对亚斯尔·十娃子的认识,不仅使东干诗歌研究方面的专家和中国诗歌领域的专家产生了极大的兴趣,同时对于普通读者来说也是诱人的",称赞这本俄文版学术著作"无疑加深与扩大了吉中两国直接的学术交流与对话"。《东干报》2002 年 10 月 27 日在头版显著位置刊登了介绍这本书的文章,《东干》杂志 2003 年第 3 期不仅评介了这本书,并选载了书中的部分章节。《东干》杂志 2006 年第 5 期发表该杂志主编比什凯克人文大学尤苏波夫教授的文章《东干研究在国外》,以差不多五分之一的篇幅介绍了常文昌对十娃子的研究成果,认为《亚斯尔·十娃子与汉诗》丰富了东干文学,也拓展了东干学。还有 2006 年吉尔吉斯斯坦科学院伊里木出版社出版了东干研究论文集《丝绸之路学术对话》,收入伊玛佐夫文章《亚斯尔·十娃子诗歌在中国》(俄文),2009 年宁夏人民出版社出版的《第二届回族学国际学术讨论会论文集》收入了伊玛佐夫提交的这篇论文,汉语译为《在中国认知亚斯儿·十娃子的诗歌》。论文提到的中国学者有彭梅、傅懋、胡振华、萧三、杨峰、丁宏、常文昌。论文的一半篇幅用来评介常文昌的《亚斯尔·十娃子与汉诗》,认为对十娃子的研究得出了一系列重要的结论。伊玛佐夫还提出了一个有趣的问题,在东干人看来,十娃子诗歌语言不很像东干人的口语,但在中国人看来,十娃子对口语的运用,超过了任何一位中国诗人。这完全是两个不同参照系导致的差异。东干书面语言与口语有差别,但在中国人看来,差别比较小。因为汉字失传,东干作家与汉语书面语言几乎是隔绝的,他们的书面文学语言是口语的提炼;而中国作家则不同,都受过书面语言的严格训练,即使创作中运用口语,始终摆脱不了书面语言的影响。常文昌在国内出版了专著《世界华语文学的新大陆——东干文学论纲》,以较长的篇幅全面论述了十娃子的诗歌创作,同时还发表了专门论述十娃子的两篇论文,一篇是与笔者合撰的《世界华语诗苑中的奇葩——中亚东干诗人亚斯尔·十娃子论》(刊发于《兰州大学学报》2006 年第 2 期),另一篇是《十娃子的创作个性与文化资源》(刊发于《中央民族大学学报》2009 年第 2 期)。

在上述论著中,论者将十娃子置于世界华语文学的坐标中加以定位,从文字、语言、诗歌的精神内涵及形式等方面论证了其诗歌的独特性,特别是在语言上,与别的国家或地域的华语诗歌截然不同,认为这是一朵奇葩。十娃子是东干书面文学的奠基人,同时又代表了东干诗歌的最高成就。在世界华语诗苑中,他的创作别具一格,其内容与诗形都令人耳目一新。他的诗歌创作资源,除了苏联现实生活与东干族自身的穆斯林文化外,还有三大文化资源,即俄罗斯主流文学的影响,周围吉尔吉斯、哈萨克、塔塔尔等其他民族亚文化的影响,特别是中国文化是其创作的重要资源之一。论者将十娃子称为"自然之子""土地之子""人民之子",将其创作概括为公民抒情诗、哲理抒情诗、爱情诗等类别。同时还探讨了十娃子诗歌的民族寻根意识与中国情结,十娃子对人类内心深处的人性追求及其诗歌的民族精神。在十娃子诗歌的意象系统与比喻系统的研究上,也是道前人之所未道。论者还从东干文学史的角度,将十娃子与青年诗人十四儿的创作做了比较研究,认为伊玛佐夫、拉阿洪诺夫、曼苏洛娃等人的诗歌创作基本上延续了十娃子的风格,没有较大的突破,而发展到十四儿,对十娃子既有继承,又有突破,表现出东干诗歌由现实主义、浪漫主义到对现代主义的吸纳。这些看法更专业化,尤苏波夫称之为职业的诗歌批评家的看法。

这里还要提到为东干文学的中文转写作出贡献而很少被东干研究者提及的马永俊。马永俊是新疆伊犁回族人,现在浙江义乌从事外贸生意,系新疆作协会员,兼任中国穆斯林网原创文学版主,已发表了不少网络小说、散文、诗歌。几年前在他的网页上,直译转写了十娃子的大量诗作和阿尔布都的小说,2011 年出版了《就像百灵儿我唱呢》,这是十娃子最有代表性的诗歌选集《挑拣下的作品》的中文转写,又从《春天的音》里抽出《回族姑娘》一首增补到《就像百灵儿我唱呢》中,是目前国内能看到的容量最大且最具有代表性的十娃子诗歌的中文转写本,保持了东干诗歌的原汁原味,共收作品 240 多首(其中还有部分长诗),比伊玛佐夫和丁宏选本多了近 6 倍,足以代表十娃子的诗歌创作成就。

马永俊不仅是回族,伊犁人,熟悉回族文化和西北方言,同时又娴熟掌握了维吾尔语、哈萨克语，还通晓英语、俄语、阿拉伯语、波斯语。这样的知识结构为他的翻译转写提供了极大的便利。他没有任何功利目的，全凭兴趣和责任心，付出了巨大的劳动，令我们对译者产生了深深的敬意。

东干文的中文转写不是一件容易的事，有些词汇在《简明东干语—俄语词典》里也找不到。马永俊的转写解决了其中的许多难题。除了广博的各种语言知识优势之外，他还亲自去吉尔吉斯，向东干学者请教，解决其中的疑点，为阅读铺平道路。试举几例，如《北河沿上》中"咱们家在东方呢，/天山背后/牛毛汉人住的呢，/长的金手"。以前有过几种中文转写，一种意译为"汉族兄弟住的哩，/河山锦绣。"①显然，最后一句，不合原意。另一种直译为"牛毛汉人住的呢，/长的精瘦。"②其中的"瘦"发音不合原著，原著拼音是 shou，但东干人"瘦"的发音是 sou，直译仍有疑问。马永俊请教东干学者，十四儿坚持是"金手"，说东干民间有"金手银胳膊"之说。马永俊注释，"金手"就是巧手，能干的手。毫无疑问，提供了新的解释。笔者以为"金手"的转写是对的。曼苏洛娃小说《三姐儿的泼烦》中就有"金手银胳膊"的说法，司俊琴认为，"金手"来源于俄语，是俄语"金手"即能工巧匠的仿译词，③可以作为又一佐证。《茶》里提到的邵塔，不熟悉苏联多民族文学，就难以索解。马永俊从东干人那里知道，邵塔是格鲁吉亚诗人，为中国读者提供了便利。十娃子诗中，将写字的笔称为"生活"，此前常文昌、林涛等在他们的论著中都有解释，而清代黎士宏在其《仁恕堂笔记》中说"甘州人谓笔曰生活"。甘州即今天的甘肃张掖。张文轩、莫超编写的《兰州方言词典》也收有"生活，毛笔"的词条。陇东老年人把笔叫生活。可见，这一叫法在甘肃较为普遍，可以与东干人互为印证。马永俊认为，东干人把笔叫"盖尔兰"或"森火"，前者来自俄语或阿拉伯语。为什么不叫笔？伊玛佐夫告诉他，笔或毛笔，在发音上太难听了，连任何一个大老粗也不敢使用。总之，马永俊以他的勇气和胆量，为我们直译了十娃子诗选，解决了其中的不少难题。当然，其中也不免出现一些误译，如《你出来，阿妈呀……》等诗中的芍药，都被误译为"佛叶"。《我的住号》（住址）误译为《我的句号》。《月亮》中"我能找着红旗/我的国号"误译为"我的贵号"。直

① 胡振华：《中亚东干学研究》，中央民族大学出版社 2009 年版，第 146 页。
② 伊玛佐夫、丁宏编译：《亚瑟儿·十娃子生活与创作》，宁夏人民出版社 2001 年版，第 164 页。
③ 司俊琴：《中亚华裔东干文学与俄罗斯文化》，《华文文学》2012 年第 2 期。

译转写,错误在所难免,能在马永俊直译的基础上,经过补正,会出现更完善的译本。

中国学术期刊发表过十娃子研究论文及译介文章的还有马青、马彦瑞、林涛、高亚斌、司俊琴、李凤双、黄威风等。马青发表了澳大利亚学者斯维特兰娜·达耶尔专著《亚斯尔·十娃子》英文版绪论,题目改为《东干人的历史与现状》(《回族研究》1994 年第 3 期),主要介绍东干人的生活,引出东干天才诗人十娃子。马彦瑞的《亚斯尔·十娃子:苏联东干人民的天才诗人》(《西北民族研究》1990 年第 2 期),篇幅很短,简要介绍了十娃子的创作。笔者也曾撰写过论文《雪花中藏匿的太阳——亚斯尔·十娃子的诗歌创作》(《丝绸之路》2004 年第 2 期)对十娃子诗歌的解读和赏析,从表面浅白的语言中剖析了蕴含在其中的浓郁诗意。李凤双的《亚斯尔·十娃子——东干书面文学的创始人》(《丝绸之路》2004 年第 2 期》)是伊玛佐夫论文的中文译文,让中国读者认识了十娃子在东干文学中的特殊地位。黄威风《天山外的乡音》(《四川职业技术学院学报》2010 年第 3 期)着重讨论了十娃子诗歌的中国情结。司俊琴在《中亚东干诗人亚斯尔·十娃子的诗歌与俄罗斯文化》(《黑龙江民族丛刊》2012 年第 1 期)中认为,十娃子是中亚东干族的著名诗人,他的诗歌创作不仅传承了中国文化,而且深受俄罗斯文化的影响;俄罗斯文化对亚斯尔·十娃子诗歌的影响既有显性、表层的,又有隐性、深层的。显性影响体现在诗歌语言、诗歌意象、诗歌题材、诗歌形式等各个层面;深层影响体现在俄罗斯文学思潮、文学观念与传统、俄罗斯文化精神等方面。此外,其诗歌对俄罗斯民俗事象的描写及俄罗斯人物、事件的反复呈现,体现出诗人深厚的俄罗斯情结。高亚斌在《论东干诗人亚斯尔·十娃子的诗歌》(《北方民族大学学报》2009 年第 3 期)中指出,十娃子的中国西北口语写作已经成为东干文学创作的基本模式,他的诗歌作品也成了东干民族宝贵的精神财富。其诗歌主要构筑了土地和天空两大意象,表达了对自然、爱情和英雄的赞美;在艺术上,也达到了很高的水平。林涛在《伟大诗人的中国乡情》(《西北第二民族学院学报》2006 年第 3 期)中认为,十娃子的诗歌创作,不仅全面反映了东干族人民的历史发展、风俗民情、生活变迁等社会画面,而且也浸透着浓郁的"中国乡情"。

十娃子在中国的研究取得了引人瞩目的成绩,在世界东干学研究中产生了一定的影响。特别是从中国文化的视角,对十娃子诗歌内涵的剖析有别于国外研究者。但研究仍有可以开拓的空间,有待突破。如对十娃子小说的研究几乎是一片空白,对十娃子诗歌研究,也有从俄罗斯文化关系、伊斯兰文化关系切入的,但对其诗歌与吉尔吉斯、哈萨克、塔塔尔等民族文化、文学关系的研究亟待开掘,对以十娃子为代表的东干书面文学语言与民间口语的关系也有待做出令人信服的论证,另外,十娃子东干文本的中文转写,还需要更为准确的版本。

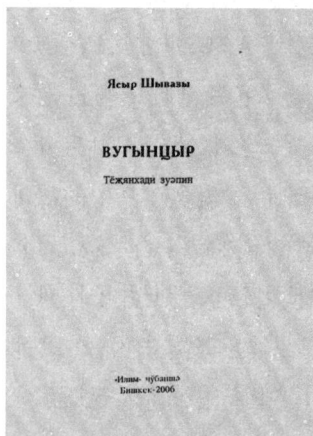

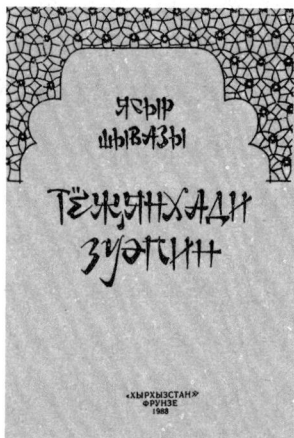

十娃子诗集《五更翅儿》(东干文),吉尔吉斯斯坦伊里木出版社 2006 年版。

十娃子诗集《我爱唱的音》(东干文),吉尔吉斯斯坦出版社 1981 年版。

十娃子诗集《挑拣下的作品》(东干文),吉尔吉斯斯坦出版社 1988 年版。

二、雪花中藏匿的太阳
——Я.十娃子的诗歌创作

吉尔吉斯斯坦科学院通讯院士、东干学研究所所长伊玛佐夫教授认为"亚斯尔·十娃子是东干书面文学的奠基者"。[①]这种看法代表了东干人对十娃子的高度评价,已经成为人们的共识,这同时也是从中亚东干文学发展的角度所作的科学概括。

换一个角度,如果从世界华语文学的视角来观照,十娃子应处于怎样的坐标

---

① 伊玛佐夫:《亚斯尔·十娃子—东干书面文学的奠基者》(俄文),伊里木出版社 2001 年版。

位置？论者曾将东干文学定位为"世界华语文学的一个重要分支"，①那么，十娃子就是世界华语诗苑中的一朵奇葩。

十娃子对东干文化的贡献是多方面的。东干学者φ.玛凯耶娃教授说："作为吉尔吉斯斯坦人民诗人亚斯尔·十娃子的名字在我国是人所共知的，他是东干书面文学的创始者、诗人、散文作家、语言学家、文艺学家、卫国战争年代的战地新闻记者、翻译家、积极的社会活动家。"②在各种称号中，十娃子最注重"吉尔吉斯斯坦人民诗人"这一荣誉，认为这是对他的最高褒奖。笔者旨在以中国人的眼光，从世界华语文学的角度为十娃子的诗歌创作定位。

在世界华语诗歌的格局中，以十娃子为代表的东干诗歌是非常独特的。首先，作为书面文学的载体，东干文字具有独特性。这里不用"华文文学"的概念，因为华文文学是用汉字书写的，而东干文是用33个俄文字母另加5个字母拼写而成的不同于中国象形文字的拼音文字。因此，只有"华语文学"才能包容东干文学。汉字失传，为东干人运用拼音文字提供了机遇。中国现代作家瞿秋白等曾在苏联汉学家协助下制定汉字拉丁化方案，提倡汉字拉丁化，以便于一般民众学习和掌握，但最终汉字拉丁化并未通行。就在中国学者讨论汉字拉丁化之际，苏联东干人却将拼音文字付诸实践。同汉字相比，东干文字很容易掌握。东干报刊、书籍通行东干文，已保存了大量的资料。东干人运用自己的文字，进行文学创作，是一大创举。十娃子就是其中最具代表性的作家。同港台、东南亚及欧美华语文学不同，这是世界华语文学中的独特现象。

其次是语言的独特性。以十娃子为代表的东干诗歌运用中国的西北方言，令读者觉得格外新鲜。一方面，与中国古典诗歌的语言没有多少继承性。十娃子的诗歌中除了"之后"中的"之"外，几乎找不出其他中国古典诗歌的词汇。另一方面，我们又惊叹于诗人将中国西北方言土语提高到诗的艺术境界的神奇能力。从而也有力地证明了，运用纯粹的西北方言，不仅能写诗，而且还能写出好诗。这在中国诗人群体中是很难想象的。许多从不入诗的方言土语，在十娃子的妙笔下转为优美的诗句。由于汉字的失传，东干人除了口传的民间文学，几乎

---

① 常文昌、唐欣：《东干文学：世界华语文学的一个分支》，《光明日报》2003年8月4日。
② 玛凯耶娃：《东干文学的形成和发展》(俄文)，吉尔吉斯斯坦出版社1984年版。

没有任何中国诗歌可以借鉴。在这种情况下，一方面，创作汉语诗歌只能靠摸索，另一方面，又为他们发挥艺术独创性提供了广阔的天地。

东干诗歌具有"言文合一"的特点。在中国古代，言与文常常是不一致的，说话用白话，作文则用古文；到19世纪末，改良派批判言文分离，提倡言文合一；"五四"时期，白话运动更加全面展开，白话文逐渐取代了文言文，这是一大历史进步。但是，由于中国地域辽阔，方言土语差别甚大，在文学创作中，通常以普通话作为书面语言。西北方言在花儿、信天游等民歌中频频出现，但不可能大量进入文人诗歌的殿堂。十娃子的诗歌使东干口语与书面文学达到了高度的统一。试看这样的诗句："我的曲子淌的呢/就像清泉；/打热心呢冒的呢/就像火焰。"①西北口语"淌的呢"、"冒的呢"用以表现现在时态，即正在持续进行的动作。这种言文合一的特点，在东干人的小说中尤其普遍。

为了能直观地体会到十娃子诗歌的原汁原味，且举代表他独特情感与文化意蕴的诗作《在伊犁》：

> 还在天上飞的呢，一过天山，
> 我闻见哩：韭菜味，我奶的蒜。
> 稻的田子，就像海，我爷的汗。
> 我闻惯哩。营盘呢我肯闻见。
>
> 我觉谋的将飞起，我的风船，
> 稳稳儿可价落脱哩，连鹰一般。
> 姑娘笑哩，到跟前：——这是伊犁，
> 谁接你呢：母亲吗，兄弟，姊妹？
>
> 谁都把我没接迎，下哩风船，
> 光白骆驼望我哩，眼睛像泉。
> 两个旋风儿转得来，不高，可快，

---

① 亚斯尔·十娃子：《挑拣下的作品·我的命大》（东干文），吉尔吉斯斯坦出版社1988年版。文中所引诗句均系笔者直译。

哈巴,我爷看来哩,领的我奶。

1957年4月底,由中亚哈萨克、塔吉克、维吾尔、乌兹别克和东干族作家组成的苏联作家代表团来到中国,十娃子是代表团成员之一。代表团第一站到达伊犁时,诗人写下了这首脍炙人口的诗篇。全诗看似朴白,全用口语,却有浓郁醉人的诗意,是一首别开生面的抒情诗。

第一节写飞机飞过天山,到中国上空,诗人的感触。先从嗅觉意象入手,选择了最能代表东干及中华文化的意象——韭菜和蒜。韭菜是东干人从中国带到中亚的,中亚人的“韭菜”单词是借用汉语发音。在十娃子诗作中,如在德国写的怀乡诗,也通过韭菜引发怀乡之情。因此,韭菜成为中国——东干——中亚之间联结的文学意象。从飞机上还看到如茵的稻田,联想到挥汗如雨的东干人的劳作,仿佛闻到了爷爷的汗味,这也是家乡营盘里常闻到的熟悉的气味。营盘,是哈萨克斯坦的东干村,陕西回民起义领袖白彦虎曾居住在这里,后改名为马三成。这里的营盘,代表中亚所有的东干乡庄。

第二节写飞机降落,笔调轻松愉快,同时也对第三节进行了有力铺垫。东干语言是晚清西北方言的活博物馆。东干人把飞机叫“风船。”诗人感觉飞机刚刚起飞,却很快就稳稳降落在伊犁,像鹰一般。姑娘笑着走过来问,是什么亲人来迎接呢?第二节以问句结尾,也是意味深长的。联系东干人的历史,自1877年被迫西迁后,从未忘记自己的根在中国,想念故国,可是故国已无亲人,应该说感情是复杂的。

第三节出人意料的精彩,显露出诗人的大手笔。下了飞机,没有兄弟姐妹等亲人迎接,却出现了两个意象:一个是白骆驼,一个是旋风。在伊斯兰教中,白骆驼乃圣人之坐骑。眼睛像清泉般的白骆驼的出现,将读者引入圣者再现的崇高精神境界。紧接着又刮来两股旋风。在中国西北民间及东干人观念中,旋风即鬼魂。诗人看见两股旋风不高,可刮得很快。猜想一定是爷爷领着奶奶来迎接。似幻似真,妙趣横生,将诗推向十分美好的境界。如此有力的结尾,可以称之为“豹尾”,乃神来之笔。结尾使诗具有了神秘的韵味和乐观的色彩。掩卷之后,令人回味无穷。诗中运用了“将将”(刚刚)、“觉谋”(感觉)、“哈(hà)罢”(大概)等西北方言,西北人读来倍感亲切。

从语言风格上看,十娃子的诗更乡土,更朴素。他的诗像洁白的雪花,可是

"里头太阳藏的呢/只有它白"。只有透过雪花,看到里头藏匿的太阳,才能真正领略其诗味诗境。这种风格,比李季的诗歌和赵树理的小说更加口语化,更加接近农民的语言。从这个角度看,以十娃子为代表的东干作家的作品自当别有一种意义。

综观诗人的创作,我们可以把十娃子称为"自然之子""土地之子"。在他内容丰富的诗作中,其公民诗、哲理抒情诗和爱情诗很有特点。他的中国情结与民族精神尤为可贵,他的比喻系统和诗歌形式在东干诗歌中有广泛的影响。

十娃子是自然之子,对大自然满怀激情。他的歌颂大自然的诗,充满浪漫主义的想象。这类诗给人印象最深的有两大意象群:一是太阳意象群,一是春天意象群。在中国现代诗人中,艾青是最著名的咏唱太阳的歌手,而十娃子诗中太阳出现的频率比艾青还要多。诗人似乎继承了中国"天人合一"的哲学思想,他笔下的大自然是和谐统一的,万物相互关联,相互依存,而太阳则是宇宙的主宰。诗人不但以细腻的感触发现了藏匿在雪花中的阳光,还以原型想象向太阳质问,太阳能使万物复苏,可是为什么不能照活去世了的母亲?在十娃子诗中,夏、秋、冬的意象相对较少,而春天的意象占有很大比重。他把春天的花朵比成火焰,写出了春的活力,这与中国现代诗人穆旦诗歌《春》中"绿色的火焰在草上摇曳,他渴求着拥抱你,花朵"有着异曲同工之妙。太阳与春天两大意象群构成了十娃子艺术世界的喜剧情境。他的诗作也有悲剧情境,但是最突出、最有特色的还是他的喜剧情境。由于诗人的主要活动处在社会生活上升时期的苏联,加之,他热爱美好的生活,因此他诗歌的主要倾向便是喜剧情境。而太阳、春天意象群为他创造喜剧氛围提供了可能。

十娃子又是土地之子。不同于中亚哈萨克、吉尔吉斯等民族的游牧文化传统,东干人则具有农业文化传统。因此,诗人对生他养他的土地怀有特殊的感情。他关于营盘、关于天山的诗广为流传,成为他诗歌中的精品。《营盘》写道:"我在营盘生养哩,/营盘呢长,/在营盘呢我跑哩,/连风一样。/营盘呢的一切滩,/一切草上/都有我的脚踪呢。/我咋不想?"诗人以满怀深情的诗句写出了抒情主人公在故乡无拘无束,如轻快自如的风掠过每一个滩道,每一片草木,留下他的足迹。接着,从视觉、听觉、嗅觉入手,柏林的广场与营盘的草场,罗马的音乐与营盘的癞呱(癞蛤蟆)声,巴黎的香水与营盘的草木味,在这三组意象的对比中,诗人爱的是后者。《营盘》中对故乡的怀恋,代表了东干人的情感与心声。在十娃子热爱故土的诗篇中,反复出现的一个意象便是五更翅儿(夜莺)。诗人听过各地五更翅儿的歌唱,但是心理感受却大不一样。不管哪里的五更翅儿都唱着同一支曲儿,音也一样,但是诗人听了,唯有营盘的能钻人心,能叫人心动。十娃子对家乡、对土地的情感还表现在他对天山的歌唱上。天山横亘数千里,跨越中、哈、吉几个国家。在诗人笔下:"这是我的一块儿天,/天山的天,/赶(比)一切净我的天,/赶一切蓝。"(《天山的天》)这儿有我的星星,我的月亮,我的太阳,淋漓尽致地道出了诗人对天山的特殊情感。读十娃子的这类诗,常常想到闻捷。这是东干人的"天山牧歌"。

俄苏诗歌传统中,从涅克拉索夫到马雅可夫斯基都创作了颇有影响的公民诗。十娃子受其影响,也创作了一系列公民诗。从关注东干民族命运的《运气歌》,到歌颂祖国的《就像亲娘》《我的共和国》,再到关注人类命运的《太阳歌儿》,诗人不仅以一个公民的身份参加了抗击法西斯的卫国战争,同时在其作品中也十分关注民族和祖国的命运,以崇高的精神境界关注着人类的幸福。

十娃子的诗歌以抒情为主,但也创作了脍炙人口的哲理诗。如《有心呢》:

> 眼睛麻哩,都说的,
> 　　有多孽障。
> 也看不见深蓝天,
> 　　金红太阳。
> 可是没的,有心呢,
> 　　也是眼睛。
> 也看见呢,看得显。
> 　　心但干净。
>
> 耳朵背哩,还说的,
> 　　有多孽障。
> 也听不见姑娘笑,
> 　　炸雷的响。
> 可是没的,有心呢,

揣的热心，

也是耳朵，听见呢，

把喜爱音。

谁有真心，也不怕

眼睛的麻。

也不害怕耳朵背，

听不见话。

你光盼的，叫心软，

就像起面，

叫心干净。听见呢，

看得也远。

这首诗是诗人80岁时所作，具有较高的思想境界。

上了年纪，眼睛麻了，耳朵背了，这是谁也逃脱不了的自然法则。关键在于，是以积极乐观的人生态度还是以消极悲观的人生态度去对待。古人说："哀莫大于心死"。十娃子正是以"人老心不老"的积极进取精神对待人生的。

接受外界事物，主要靠视觉和听觉。眼麻耳背，是人生的不幸。诗人选择了他经常运用的两个美好意象：一是蓝天上的太阳，看不见了；一是姑娘的笑声，听不见了。可是诗人并不悲哀，认为比视觉和听觉更重要的是心觉。心就是眼睛，能看得显；心就是耳朵，能听得真。第一、二节分写视觉和听觉，第三节为合写，是对一、二节的深化。如果沿着诗人的思路再深入一步，我们便可以这样体会：上了年纪，眼睛麻了，耳朵背了，是坏事，但是人生的阅历丰富了，观察事物的角度、方法与年轻人不同，一般人辨别不清的，老年人能看透。从这个意义上说，老年人更能看得显，听得清。诗人特别强调的是心地要干净，不掺杂念；要善良，不存恶欲。具备这两条，就不怕眼麻耳背。整首诗用纯然的东干口语，生动而又贴切。不说眼瞎耳聋，而说眼麻耳背。两者不仅有书面语与口语的分别，同时在程度上也不一样，"麻"并不是全瞎，"背"也不是全聋。"孽障"也是生动亲切的西北方言，意为可怜。东干人在运用比喻上，与我们不完全相同。如"你光盼的，叫心软/就像起面"。"心软"即善良，而用北方制作家常食物的"起面"作比，这在中国诗中很少见到。由此可以看出用西北方言也能写出如此富有诗意的哲理诗。这方面的代表作还有《我也是兵》《骆驼》等。十娃子的哲理抒情诗主要创作于他的后期。随着诗人思想更加成熟,阅历更加丰富,单靠纯粹的抒情还不能尽吐胸中之所思、所想。因此,转向哲理抒情诗的创作。诗人去世后,人们在他坟前的石碑上刻上诗人的忠告:"好话多说,老朋友,/褒伤人心。/听话,说的,听音呢,/把音拉正。"可见其哲理抒情诗已成为东干人的座右铭。

十娃子的爱情诗也很有特点。如《柳树枝》写的是东干人的爱情故事,具有中国文化意蕴。小伙子到姑娘家,姑娘热情接待。他希望姑娘能送他一枝表示爱情的鲜花,但临走时,姑娘送了他一枝柳树枝。小伙子很丧气,扔掉柳树枝,不敢再找姑娘。当他对别人提起这件事,一位长者告诉他,送柳枝表示姑娘爱他。小伙子如梦初醒,悔恨交加。全诗写得一波三折,妙趣横生。折柳送别是中国古代的习俗,柳枝不如鲜花美丽,但"柳"与"留"谐音,因此送柳枝便具有了不忍分别、依依相送的文化意义。十娃子正是借用了中国古代的文化符码,而没有用西洋的玫瑰来表示东干人的爱情。

在东干民族的情感世界中,始终凝聚着两个情结:一个是阿拉伯情结,一个是中国情结。前者更多地代表了东干人的宗教意识,后者则更多地体现了其世俗的情感。十娃子的《北河沿上》则是一首寻根的诗。爷爷、太爷说过东干人是流浪者,咱们的家在东方,——天山背后的中国。时候到了,回老家,当亲外甥,"大舅高兴接迎哩,/搂在怀中。/那会儿咱们团圆呢,/心都上天。"爷爷、太爷还说过,麦加是老家,那是圣人出生的地方,是穆斯林的根,具有磁铁一样的吸引力。这首诗写了东干人的两个根。相比之下,十娃子写中国的诗更多,不仅将他的一本诗集命名为《中国》,同时还在一系列作品中表达了东干人对历史故国的怀念。这方面的代表作是《我爷的城》,写爷爷到了"霜满两鬓雪满头"的暮年,口里总是念念不忘"我的银川",大概还在等待游子的归来,像"老娘一般"。惟妙惟肖地写出了老一代东干人对回族的城——银川的深厚感情。十娃子的这类诗对后来的东干诗人也产生了很大的影响,如伊玛佐夫的《一把亲土》,曼苏洛娃的《喜爱祖国》,同《我爷的城》表现出相同的主题,相似的情感。

十娃子的诗,充分反映出与中国文化母体的关系。试举几例,在中国,牡丹差不多被公认为国花,是富贵的象征。十娃子的《牡丹》称牡丹为花中之王。父亲不怕劳累,种下牡丹。母亲也酷爱牡丹花,她拿汗水浇灌,又怕早霜杀,拿手巾包住花。对牡丹花的嗜好表现了中国人的情感。在蔬菜中,十娃子对来自中国的韭菜怀有特殊的情感。在柏林,诗人写道:"五更翅儿也没喊我/天天早晨。/也没闻过韭菜味,/我爷的蒜。"在异国他乡,首先想到的是家乡的五更翅儿的歌唱和营盘的来自中国的韭菜。中国又是茶叶的故乡,世界上许多国家"茶叶"这个词的发音都借用汉语。《茶》写道,天天早晨起来,先喝酽茶。这个习惯并非诗人一个,而是外祖母、母亲、父亲几代东干人的传统。另外,十娃子诗中的屈原、韩信、王母神话等都同中国文化母体有着不可分割的联系。

读十娃子的诗,我们会感受到一个鲜明的诗人自我形象,一种永不停息的奋斗精神。《我的住号》便是这方面的代表作品。东干话"住号"就是住址,这里指诗人的目的地,即最终要到达的地点。全诗的主体部分写诗人永不停息地前行、前行。他背着山,朝前走呀走,没空儿歇缓,在目的地未到达前,不敢停留。这是一首精神境界很高的诗,类似鲁迅的《过客》,体现了诗人执著的追求。《桃树》赞扬了桃树最宝贵的品格——皮实,子弹一样的暴雨打不垮,石头一样的冰雪压不弯,尽管伤痕累累,还开出鲜艳的花,装点春天。《在浪里头》是一首音韵很美的诗。抒情主人公是浪的儿子,在浪里生,浪里长,在浪里歌唱。在大浪的跳跃中,寻找一种声音,表现了东干人搏风击浪的豪迈性格。东干人是陕甘回民起义领袖白彦虎等人的后代,是英雄的民族,在苏联卫国战争及和平建设年代,都作出了突出的贡献。十娃子诗歌中的文化精神,是东干民族精神的体现。

在十娃子的诗歌中,有两大比喻意象系统尤为突出:一是生活比喻系统,即大量的比喻都来自极普通的东干人的日常生活;二是自然比喻系统,即来自常见的大自然。所运用的喻词除了"就像"外,多为中国书面文学中少见的西北方言"赶"、"连"等。同一首诗中,两大比喻系统的意象常常同时出现,相辅相成。如《喜麦的曲子》开头这样写:

> 喜麦吹的那个笛
> 　　有指头粗。
> 就像拿油渗下的,
> 　　比金子黄。
> 桃树叶叶儿都听得

不敢动弹，

五更翅儿都不唱哩，

都发泼烦。

年轻喜麦吹的音。

有多受听，

这是姑娘唱下的，

不叫心定。

桃红姑娘长得俊，

就像月亮，

黑里她但(只要)出哩门

世界都亮。

笛子是中国的民族器乐，喜麦的笛子"有指头奘"(奘，zhuǎng 意粗)，这是第一个比喻，朴素新颖。第二个比喻"拿油渗下的"，是极普通的日常生活比喻，却很形象，用油渗过的，其光洁可想而知。第三个比喻"比金子黄"，说笛子金光闪闪。通过三个日常生活比喻，将笛子的外在形态写得很优美。以下便转成自然意象，听到笛声，桃树叶叶被惊呆了，不敢动弹；最善于歌唱的五更翅(夜莺)也发泼烦，不敢班门弄斧。这是形容喜麦笛声之悦耳。为什么笛声会如此动人？原来这是俊美姑娘唱的曲子，因此才这般动心。以下四行又以自然比喻写姑娘之美：以桃花状写姑娘之容颜，以满月形容姑娘的模样，这是典型的东方美人形象。姑娘是月亮，夜晚走出家门，连世界都被照亮了。以夸张的自然比喻，把姑娘的俊美推到了极致。在世界华语诗歌中，以这样朴素的方言土语，创造出如此美轮美奂的诗意诗境，是罕见的。我们真佩服十娃子的艺术才能。十娃子常用中国诗人不怎么用的生活比喻，如将神圣的共和国比喻成带给人们温暖的热炕。他的自然意象也颇为精彩，如将母亲的声音，比作温暖轻柔的春风；写父亲唱歌："我大爱唱《出门人》，/狠猴一般"。"狠猴"就是猫头鹰，诗人以猫头鹰状写父亲唱歌，形象地写出了没有文化的男性农民缺乏音乐感的歌声，特别有趣。《刺玫》也是一首想象力很丰富的诗歌。诗人把太阳的光比作箭，射到刺玫上，刺玫便长了满身的刺。花儿开得十分艳丽，姑娘不敢折。结尾两行"花儿是太阳生下的/

她不敢逗"。至此,诗味俱出。每个诗人都有自己独特的意象群,十娃子的两大比喻意象系统,说明诗人与大自然及农民生活的关系极为密切,他的根是扎在农村的,这就决定了他对意象的取舍。

在诗歌形式上,十娃子也试验过七言体、民谣体、楼梯形及自由体等各种形式,但是他运用最多的、已定型的一种形式,可以称作"七·四"体,或叫"十娃子体"。这种形式第一行为七个字,第二行四个字,第三行七个字,第四行四个字,依次类推。如《我背的春天》:

　　　　我背的呢把春天,
　　　　　　就像天山,
　　　　往大滩呢背的呢,
　　　　　　又往花园。
　　　　多少鲜花我背的,
　　　　　　清泉,月亮……
　　　　背的蝴蝶,五更翘
　　　　　　太阳的光……

"七·四"体有较大的灵活性与伸缩性,它可以四行一节或八行一节,或不分节。四字行可以独立,也可以作七字行的补充,也允许跨行。十娃子运用这种形式,无论抒情、叙事,还是对话都得心应手,非常自如。受其影响,后来的东干诗人也较为普遍地采用了这种形式。

十娃子是一个个性异常鲜明的诗人,也是一个对生活十分热爱、十分执著的歌手。《我四季唱呢》是一首充满浪漫想象的奇诗,最能体现他的个性。诗人要像中国伟大诗人屈原一样歌唱,但不跳江;要像俄罗斯伟大诗人普希金一样歌唱,但不变成铜像。要成百年、成千年地活下去,唱下去。诗的结尾忽发奇想:

　　　　那塔儿我但防不住,
　　　　　　叫老阎王,
　　　　把我的命但偷上,
　　　　　　连贼一样。
　　　　高抬,深埋但送到,
　　　　　　梢葫芦乡。

赶早我可出来呢,

　　就像太阳。

高声,高声还唱呢

　　百灵儿一般:

——好吗,春天,小姑娘

　　银白牡丹!

　　吉尔吉斯斯坦人民诗人、东干书面文学的奠基者、中国人民的忠实朋友——十娃子没有死,他和他的诗永远活着。每当太阳升起的时候,诗人又死而复生,以他的西北方言土语,唱着太阳的歌,春天的歌。这歌声在横亘数千里的天山久久地回荡……

第三章 A.阿尔布都等的小说创作

A.阿尔布都像

阿尔布都小说集《独木桥》
（东干文），吉尔吉斯斯坦出
版社1985年版。

　　自十月革命伊始，东干文学经历了三个阶段，产生了老、中、青三代东干作
家。这里我们选取具有典型东干小说特色的两位作家：A.阿尔布都与Э.白掌柜
的，他们分别是东干小说第一代与第二代的代表人物。前者的小说水准以及在
东干小说家群体中的位置，恐怕暂时无人能及，而后者在乡庄文化以及儿童小说
创作方面，也颇有成就。

一、中华文化在中亚的传承与变异
——A.阿尔布都《惊恐》之个案分析

目前,东干学研究也历时半个多世纪,苏联学者研究成就很高,在东干文学与俄罗斯文化、与伊斯兰文化关系方面,都有比较深入的探讨,比如著名俄罗斯汉学家、苏联科学院东方研究所 Б.Л.李福清教授和东干学者 M.哈桑诺夫、H.尤苏波夫共同编著《东干民间故事与传说》,李福清不仅研究中国文学,同时也研究远东乃至世界民间故事,资料翔实,学术眼界开阔。东干本土研究者中也有佼佼者,比如东干学者伊玛佐夫、十四儿等,在搜集以及运用本土化视角研究方面卓有成绩。

但俄罗斯、东干等外国学者的研究过程中缺乏中国视角,而东干文学发展的文化之根很大程度上来源于中国传统文化,所以借助中国传统文化的视角,与东干文学进行一些比对研究,可以帮助我们解决一些有价值的问题:比如东干文学,在汉字失传、完全脱离母语的情况下,竟奇迹般地将中国传统文化传承了140 多年,这在华语文学史上是十分罕见的。那么东干文学如何在完全脱离母语的环境下,从口头文学发展到书面文学,从无文字发展到创制文字?它为什么可以在异域环境中独立地成长与发展呢?在吸纳中国传统文化的同时,它又产生了哪些在世界其他地区华裔文学中所没有的奇特现象呢?

东干小说家阿尔布都的短篇小说《惊恐》与中国唐代白行简的《三梦记》(第一梦)在情节、结构、细节等方面异常相似,笔者拟以《惊恐》①为研究个案,通过与《三梦记》以及《三梦记》的诸多重写小说进行比对,分析东干文学如何传承中国文化,中国文化在特殊的语境中又发生了怎样的变异。

阿尔布都出生于1917 年,与第一代移民迁入时间整整相隔四十年,可以说是地地道道的华裔,这就意味着他的创作是在与母体文化时空完全割裂的情况下完成的。当然,阿尔布都是否通过其他渠道接触过《三梦记》,尚不得而知。②

---

① A.阿尔布都:《独木桥》(东干文),吉尔吉斯斯坦出版社 1985 年版。

② 李海《东干小说对中国文化的传承与变异——〈惊恐〉与"刘幽求故事"之比较》(《宁夏大学学报》2011 年 4 期)一文中提及目前尚无直接资料显示阿尔布都接触过《三梦记》,但有间接资料反映出阿尔布都很可能通过俄译本的《聊斋志异》阅读过在《三梦记》基础上创作的《凤阳士人》。

《惊恐》无论从主要情节、人物角色还是结构设置等方面都与唐代白行简的小说《三梦记》中第一梦极为相似。先将第一梦实录如下：

> 天后时，刘幽求为朝邑丞。尝奉使，夜归。未及家十余里，适有佛堂院，路出其侧。闻寺中歌笑欢洽。寺垣短缺，尽得睹其中。刘俯身窥之，见十数人，儿女杂坐，罗列盘馔，环绕之而共食。见其妻在坐中语笑。刘初愕然，不测其故久之。且思其不当至此，复不能舍之。又熟视容止言笑，无异。将就察之，寺门闭不得入。刘掷瓦击之，中其罍洗，破进走散，因忽不见。刘逾垣直入，与从者同视，殿庑皆无人，寺扃如故，刘讶益甚，遂驰归。比至其家，妻方寝。闻刘至，乃叙寒暄讫，妻笑曰："向梦中与数十人游一寺，皆不相识，会食于殿庭。有人自外以瓦砾投之，杯盘狼藉，因而遂觉。"刘亦具陈其见。盖所谓彼梦有所往而此遇之也。

《惊恐》简直可以说是当代中亚版的《三梦记》。一个名叫李娃的农民，背着自产的笤帚和辣面子到集市上去卖，回家时遇上暴雨，耽误了行程，只得赶夜路，路过荒废已久的金月寺，看到十几个阿訇和乡老在调戏他的老婆——麦婕儿，一怒之下向寺中投掷石块，顿时人影全无。谁料回到家麦婕儿向他讲述了自己刚刚做的一个梦，与李娃在寺中所见情形别无二致。

中国古典小说中关于梦的故事很多，而这个"彼梦有所往而此遇之"的梦的模式自白行简之后便不断地被重写，从薛渔思的《河东记·独孤遐叔》、李玫的《纂异记·张生》到冯梦龙的《醒世恒言·独孤生归途闹梦》，虽在枝节上有所添减，但故事的基本情节模式没有变。通过文本比对，我们发现《惊恐》依然遵循着《三梦记》的基本情节结构模式：夫妻二人分离，丈夫在僻静的寺中看到妻子被众人调笑，盛怒之下扔掷石块，一切归于平静，回到家中听妻所述，才知晓看到了妻子梦中之事，正所谓"彼梦有所往而此遇之"。

笔者暂将以《三梦记》为核心故事的中国传统小说系列称为"三梦记"模式。如果说"三梦记"模式在中国反映的是历时的重写史的话，那么《惊恐》所提供的完全是"三梦记"模式在中亚华裔文学中的传承与变异。

（一）记录梦境——批判现实

"时间"在小说叙事中是一个关键的要素。中国传统小说的叙事时间基本按照故事的开端、发展、高潮、结局的顺序依次展开,即文本的叙事时间与故事进展的时间相重合。小说选择何种时态开头在很大程度上决定了小说将以什么样的方式来表达,比如鲁迅的《伤逝》:"如果我能够,我要写下我的悔恨和悲哀,为子君,为自己。"仅仅一个假设句,已经奠定了小说回忆伤感的基调。再来看"三梦记"模式的小说,均开门见山,直接交待时间、地点,也注定了小说顺时序的表达方式。

天后时,刘幽求为朝邑丞。尝奉使,夜归。(白行简《三梦记》)

贞元中,进士独孤遐叔,家于长安崇贤里,新娶白氏女。家贫下第,将游剑南。(薛渔思《河东记·独孤遐叔》)

有张生者,家在汴州中牟县东北赤城坂。以饥寒,一旦别妻子,游河朔,五年方还。(李玫《纂异记·张生》)

昔有夫妻二人,各在芳年,新婚燕尔,如胶似漆,如鱼似水。

(冯梦龙《醒世恒言·独孤生归途闹梦》)

阿尔布都的小说叙事时间同样延续了中国传统小说的叙述方式。小说一落笔就从介绍时间、人物开始,依照故事发生的时间依次写下去,甚至于连倒叙、插叙也没有。

值得注意的是,《惊恐》与"三梦记"模式的过去时态不同,它选择的是现在时态。过去时态一方面可以使叙述者与故事发生的时间产生很大的距离,另一方面也造成读者与故事的距离,增强故事的虚假性、叙述人的不可靠性。由此我们可以理解中国的"三梦记"模式为什么无一例外会选择过去时态。首先讲述的故事不仅不是真事,而且还是个梦,不仅是个梦,而且还是个奇怪的梦。中国每篇"三梦记"模式的小说题目也点明了这一点:《三梦记》中"梦"便直接点明故事子虚乌有,《纂异记》中一"异"字表现故事的不真实性,《独孤生归途闹梦》同样表明这是一场荒诞的梦。《惊恐》,只表示人物的心理状态,但故事的真实性却难以判断,这是其一;其二,小说将过去时态置换为现在时态——"昨儿后晌",这意味着故事更具有当下的意味;其三,《惊恐》中故事高潮发生的地点产生了变化,《三梦记》等故事均发生在寺院中,而《惊恐》却发生在"金月寺",很明显,故事被赋予了伊斯兰教的文化气息。这当然与东干族信奉伊斯兰教有着密切的关系。作品从一个侧面反映了东干人在传承中国的民间故事、传说的同时,也依据回族的信仰对其进行了变异。比如《西游记》中唐僧去西天取佛经的故事,在东干人这里却变成了师徒四人跋山涉水前往阿拉伯取《古兰经》;另外,故事还将调戏媳妇的众人置换为阿訇与乡老。作者受到当时苏联主流文化的影响,对极少数贪赃枉法、胡作非为的阿訇进行了批评,不过作者有意借助梦幻的形式来进行现实的批判,也反映了阿尔布都在特定的历史条件下的矛盾与困惑。一个阿訇对麦婕儿说"你光听阿訇的念,叵看阿訇的干,我们是宰玛尼阿赫尔(阿拉伯语,世界最后的)的阿訇,把经上的一句话也不懂,一天光等地叫人乔(请)我们呢,吃哩、喝哩,还不够,我们还要些儿养家肥己的钱呢,我们还是嫌穷爱富的阿訇,把乔(请)哩我们的穷人的门弯过去,走富汉家里去呢,富汉家的吃的旺实,钱也给得多"。而《三梦记》中只提到"儿女杂坐",这些人只有性别之分,却无身份之别。《独孤遐叔》中"有公子女郎共十数辈,青衣黄头亦十数人",有了主仆身份的区别,却没有特指的群体。《张生》中记录"宾客五六人,方宴饮次",有长须者、绿衣少年、有紫衣胡人、黑衣胡人,有了民族身份的区别;再到《独孤生归途闹梦》中众人皆为"洛阳少年,轻薄浪子"。与之相比,《惊恐》中的阿訇、乡老的形象要具体丰富得多。比如其中"一个铁青胡子、矬墩墩儿阿訇",挺着肥肚子"到哩我跟前来,把个家的肚子搓哩几下,说的:'这是我的新近上哩膘的肚子,这都是众人的吃的长起来的'",语言简练、形象生动,又极具现实批判性。阿尔布都几乎所有的作品都采用了现实主义的创作方法,但《惊恐》有些特别,它借用"梦"的形式造成荒诞无稽的风格,但实质上仍是面向现实的、颇具魔幻现实主义风格。

(二) 叙事人:旁观者——当事人

《惊恐》在叙述人的安排上也有所不同。中国古典小说几乎全部使用第三人称全知叙述的方式,不过有时在叙述中经常会嵌入人物旁观的限知叙述。"三梦记"模式也不例外,同样以第三者的视角向大家传递这个关于梦的故事。整个故事的核心情节是寺中众人调笑女性。但这个情节如何向读者交待,阿尔布都却设计了与中国"三梦记"模式不尽相同的情节。后者均通过丈夫偶然路过寺院亲眼目睹把核心情节传达出来,文末均以妻子简述梦中之事,所见与所梦完全吻合结束。也就是说,它的主要叙述人是丈夫。但在《惊恐》中,作者把主要情节交给妻子叙述,丈夫所见与妻子所述相互补充,而不是中国"三梦记"模式中情节的前后重复,而且寺中之事由妻子亲口娓娓道来,更加强了故事的真实性与层次性。主人公李娃路过金月寺,月色朦胧中只能窥见模糊的场景,却听不到他们在说什么、在干什么,因此读者同李娃一样满腹狐疑:"阿訇乡老给她得道说啥地呢。过哩一时儿,都把酒盅子端起来哩,可不喝,脖子抻的,手拃的,给麦婕儿得道说啥的呢。"这种安排也为后面女主人公的叙述留下了很大的表述空间。这不单单是形式上的变化,它还有益于充分展示女主人公的性格特征。因为中国"三梦记"模式中作者都是通过旁观者——丈夫来转述所见所闻,丈夫作为叙述人,更多地体现的是他的性格与内心的情感起伏,妻子作为事件的当事人却始终处于被丈夫观看与揣测的处境,妻子的性格与形象都是模糊不清的,甚至是次要的。白行简的《三梦记》言简意赅,只有故事梗概,"见其妻在坐中语笑",妻子是否情愿与众人饮酒欢谈不得而知;《独孤遐叔》"中有一女郎,忧伤摧悴,侧身下坐","其妻冤抑悲愁,若无所控诉,而强置于坐也"。《张生》中人物的言语、神态较前者要丰富许多,妻子的形象也更为饱满。张生先是"见其妻亦在坐中,与宾客语笑方洽"。后在宾客的一再纠缠下不悦,沉吟良久,不愿意继续唱歌。《独孤生归途闹梦》更是铺陈渲染,把来龙去脉介绍得详详细细。妻子与丈夫失去联络,思君心切踏上寻夫路,不想路遇洛阳游玩少年强行挟持到古华寺。"那女郎侧身西坐,攒眉蹙额,有不胜怨恨的意思"。在众恶少的强逼下,妻子只得忍气吞声,涕泪交零。《惊恐》的女性形象却不同。女主人公直接站出来成为故事的讲述主体,她因此也就拥有了更多向读者展示性格的机会。麦婕儿表现出少有的正直勇敢,她不仅严厉斥责:"你们是阿訇么,咋喝酒呢? 咋糟蹋女人呢?"面对阿訇的金钱诱惑,"把一沓沓子红帖子(钱)往手呢硬塞",麦婕儿却断然拒绝,"把金子摆下,我也不拿",而且面对无理举动还敢于还击,"一个阿訇手伸的去,捏麦婕儿的腔子(胸脯)来呢,叫麦婕儿架(朝)手上狠狠地斫给一捶(拳)"。可以说麦婕儿的形象完全突破了中国"三梦记"模式中逆来顺受的女性形象,增强了小说的现实感与强烈的批判性。

(三) 文人书写——民间表达

中国"三梦记"模式基本都由文人、士大夫书写,带有典型的书面化、高雅化的风格。白行简作为著名的文学家,小说写得词约语丰,典雅考究。在"三梦记"模式的纵向传承中,这种风格又不断地得到强化,集中体现在妻子与众人的对话交由一系列的歌咏来完成:"今夕何夕,存耶? 没耶? 良人去兮天之涯,园树伤心兮三见花。"(《独孤遐叔》)"叹衰草,络纬声切切。良人一去不复返,今夕坐愁鬓如雪。""劝君酒,君莫辞! 落花徒绕枝,流水无返期。莫恃少年时,少年能几时?""怨空闺,秋日亦难暮! 夫婿断音书,遥天雁空度。""切切夕风急,露滋庭草湿。良人去不回,焉知掩闺泣!""夜已久,恐不得从容。即当瞑索,无辞一曲,便望歌之。""萤火穿白杨,悲风入荒草。疑是梦中游,愁迷故园道。"(《张生》《独孤生归途闹梦》)这些曲辞都传达着一个主题:闺中思夫。大量诗词入文,使小说更显清丽文雅。

《惊恐》从语体风格到人物题材完全突破了中国传统"三梦记"模式的士大夫书写形式,体现出民间文学的特点来。

首先,东干小说语言具有鲜明的特点。从晚清到"五四",中国一直提倡言文合一的白话文,但能做到的却凤毛麟角。没有想到的是,东干文学却做到了真正的言文一致。由于第一代东干人都是农民,没有中国书面语言的重负;由于汉字失传,东干人的书面语言同口语是一回事。东干小说的语言,其主体是西北农民的口语,又因为生活在中亚这样一个多元文化语境中,因此,它的语言既是晚清的语言化石,又有俄语借词,还有阿拉伯语、波斯语、中亚哈萨克语、吉尔吉斯语乃至维吾尔族中的某些词语。

东干小说的叙述语言与农民口语一致。在中国小说中,许多作家运用知识分子的书面语言作为叙述语言,也有接近农民口语的叙述语言。而东干小说,找不到类似中国现代小说中的知识分子叙述语言,完全用农民方言口语来叙述。《惊恐》中的语言就是纯粹的口语:"昨儿后响热头落空哩,西半个烧得红朗朗的。李娃扎哩几个笤帚,踏哩些儿辣面子,都设虑停当,睡下哩,睡哩一觉,眼睛一睁哆,东方动哩,把婆姨捣给哩两胳肘子,自己翻起来,走哩外头哩。"把太阳叫"热头",不说准备好了,而说"设虑停当",不说破晓,而说"东方动了",把妻子也称作"婆姨",不说"制作",而说"踏哩些儿辣面子",这些都是东干农民口语。

东干小说中语气词运用得很多。比如东干文学中常常使用"呢"等语气词增强作品的生动性。即便在东干书面文学创始人之一的十娃子的诗作中,也不乏使用这样的语气词来传情达意。"儿子站的笑的呢,太阳照上,脸上血脉发的呢,连泉一样。"①《惊恐》中也是一样。"他的婆姨麦婕儿在一把子阿訇连乡老中间坐的呢","麦婕儿……叽儿咕儿地坐地呢,听地呢,阿訇乡老给他得道说啥地呢"。语气词的使用增强了表达的口语化。

西北方言中的许多词汇在《惊恐》中也大量地运用。比如一些时间副词很有特点,"已经"用"可价"(如"热头一竿子高,他可价到哩街上哩"),"当窝儿"就是"当下、立刻"的意思(如"李娃当窝儿不害怕哩""寺里当窝儿黑掉哩"),还有把"伸手、扬手"叫"拃手",把"差不多"叫作"傍间","边……边"用"旋……旋"(如"李娃把口袋呢的馍馍掰哩一块子,旋吃旋往前走脱哩"),"不要"用"嫑"("这是咱们头上遇过的一宗惊恐,你嫑害怕哩")等,不一而足。

还有西北人喜欢用叠词,东干语也是这样。小说中有的是后一个音节重叠,"西半个烧得红朗朗的""氽喷喷的滚茶""煡墩墩",前一个音节重叠的有"往前再一走,有个不高的梁梁子呢""空空儿""猛猛地对住金月儿寺望哩下"、"李娃看哩个显,当当儿就是麦婕儿"。这些词汇至今依然被陕甘的农民广泛使用着。

东干语中还有一些语汇具有相当的语言学、文化学价值,因为它还保留了我国 140 多年前晚清的民间口语。比如东干人把"钱"叫作"帖子"(如"把一沓沓子红帖子往手里硬塞")。东干人还在西北方言与晚清口语的基础上有所创造。比如把男教师称为"师父"、把女教师称为"师娘"。戏曲中称"一出戏"为"一折子",《惊恐》中东干人把电影中一个场景创造性地进行了搭配——"一折儿电影"。

另外,在语序排列上也与当今的陕甘方言相似。比如宾语前置的现象就很普遍。兰州方言中"把"字句非常突出,如"我去看看你",兰州人经常会说"我把你看一下"。《惊恐》中这样的例子也不少。"把卡拉穆举克走过,到哩阿克别特塔拉滩道呢哩。""打这儿,把个家的古龙乡呢的灯亮也看见哩。""我的脸往过一转,把外头窗子跟呢站的你看见哩。"短短两千多字的短篇,却有 39 个"把"字句。

《惊恐》中还体现出许多西北的民俗。比如"炕",是中国北方农村常见的取

---

① R.十娃子:《挑拣下的作品·头一步》(东干文),吉尔吉斯斯坦出版社 1988 年版。

暖与休息的场所。东干人家家也有炕。炕传递出许多丰富的文化内涵,东干人非常讲究坐炕的位置,炕中央、上炕、下炕、炕沿都与人的长幼、尊卑紧密联系。《惊恐》中把争权夺势的人叫作"想占上炕子呢"。若不知晓有关东干的"炕"民俗文化,就难以理解。

阿尔布都的小说被誉为东干人生活的写实画作,从他的作品入手探讨东干文学对中国传统文化的传承与变异,较有代表性。中国传统文化对东干人的生活从日常生活到民间风俗,从口传文学到书面文学,影响至深。继续研究东干作家的作品,将会得到更多的惊喜。

二、A.阿尔布都小说中的女性生活图景

东干作家阿尔布都小说创作数量之众、质量之高,是目前其他东干小说家暂时无法望其项背的,难怪和十娃子并称为东干文学的"双子星座"。他们分别代表着东干诗歌与小说的主要成就。

阿尔布都终其一生都在为东干人民写作,他的这支笔从来也没有离开过东干乡庄,他写东干人的历史与现状、困惑与希望、苦痛与欢乐。阿尔布都小说中的男性群像与女性群像是那么的特色鲜明、丰富多样,借助这些人物群像的命运变迁、悲欢喜乐,作家传达着自己对于生于斯长于斯的乡庄的深厚情谊。

小说中男性与女性所代表的符号意义非常明显。"男性群像"承载着本民族的历史、社会主流价值观等宏大意义;而"女性群像"的符号意义恰恰相反,她们作为社会的一股潜流,从婚姻制度、家庭成员、孩子教育、道德品质等方面表达着"男性群像"所不能触及的社会层面。阿尔布都创作了一系列生活在中亚的中华回族女性后裔群像,既有在回儒双重文化规约下命运多舛的老一代东干妇女,也有在苏联卫国战争时期兼具男女双重角色的东干女性,还有在集体农庄时期因掌握知识而改变了命运的东干新女性。分析小说中的"女性群像",既可以了解东干女性的现实生活图景,也可以与其他华语文学中的女性形象进行比对,还可以对中国回族女性在社会转型期的主体意识建构起到某种借鉴作用。

（一）回儒双重文化规约下的老一代东干女性

任何侨民的迁移史都是一部血泪史。无疑,东干民族也不例外,甚至更为惨烈。作为失败的起义军,前有雪山,后有追兵,长途跋涉,据说过境定居时几乎是百人存一,只有六七千人存活了下来。阿依莎·曼苏洛娃在情真意切的诗文《永总不忘》中记录了这段血泪迁移史:

夜静三更月儿不见,

哑谜儿动静。

回族孽障的走脱哩,

老—少没剩。

黑哩他们起哩身,

没嫌路远。

渡哩黄河,翻哩山,

找哩平安。

……

十冬腊月没挡住,

回族孽障。

深雪里头走的呢,

跌倒,爬起。

妈妈跌倒没命哩,

一声没喊。

娃娃身上爬的呢,

也没趷团(挣扎)。

把妈妈,儿子雪盖哩,

就是坟院。

运气他们没找着,

太阳没晒。

　　　　一路儿孤坟满的呢，

　　　　是谁没管。

　　　　就朝这么作难哩，

　　　　回族可怜。①

　　从迁居到被接纳，又需要百倍的努力与挣扎。阿尔布都的小说是东干人生活百科全书式的全面展示。如果说起义军领袖白彦虎（《独木桥》）、"二战"英雄哈尔克（《扁担上开花呢》）、老英雄苏来曼（《老英雄的一点记想》）、集体农庄的老马富（《老马富》）、巴给（《头一个农艺师》）等一系列男性人物表现的是东干民族的英雄史诗的话，那么被卖到清国的米奈（《记想》）、绰号为"孙二娘"的开婕子（《扁担上开花呢》）、头一个女性知识分子——农艺师聪花儿（《头一个农艺师》）等东干女性多舛的命运体现出的则是东干人民的生活百态。

　　第一代东干移民的文化观与价值观还深受中国封建传统文化与伊斯兰文化的双重影响。伊斯兰教自唐传入中国，就与中国封建文化不断地磨合，甚至在明末清初时，以李贽、马注、王岱舆等为代表的学者掀起了一股"以儒诠经"的活动，即用中国传统文化来解释伊斯兰教理，在解释的过程中，自然而然地将伊斯兰教教义与中国儒道观念紧密地联系起来，使天方之经与孔孟之道进行对话，对话的结果就是回族文化受到回儒双重文化的影响，进而"加强了中国回族女性的深闺制度，使得回族妇女被两种文化体系中传统女性观的交集所规约"。②

　　显然，老一代东干女性的命运就是在这样的文化规约下变得异常艰难。阿尔布都的小说《记想》，短短几千字，却勾勒出东干妇女百年的历史变迁。小说的叙述者是两位六十几岁的老人，从他们不经意的谈话中，东干女性的隐秘文化符码自然流淌出来。

　　阿尔布都的小说中屡次提到女性的穿着打扮，这并不仅仅是描述人物形象的需要。对于伊斯兰女性来说，服饰绝非单单用作蔽体，它还代表着伊斯兰的宗教观与文化观。女性着装要以不引起异性的邪念为原则，所以《古兰经》中道："你对信士们说，叫她们降低视线，遮盖下身，莫露出首饰，除非自然露出的，叫她

---

① 阿依莎·曼苏洛娃：《喜爱祖国》，惠继东译，中国出版集团、世界图书出版公司2016年版，第32—33页。

② 骆桂花：《甘青宁回族女性传统社会文化变迁研究》，民族出版社2007年版，第75页。

们用面纱遮住胸膛,莫露出首饰,除非对她们丈夫,或她们的父亲,或她们的丈夫的父亲,或她们的儿子……"①所以伊斯兰妇女服饰的主体文化特征就是戴盖头,穿着宽大的衣服,不施脂粉。正如《古兰经》所言:"应当安居于你们的家中,不要炫露你们的美丽,如从前蒙昧时代的妇女那样。"②

基于这种根深蒂固的伊斯兰教的女性观,两位久别重逢的朋友在城里看到当今东干女性的穿着与行为,意见颇不一致。马蛋子看着甚为不满:"姑娘穿的短袖子衫子(裙子),龙头鞋,梳的喷头,胳膊上戴的金表……",小伙儿向姑娘献花,姑娘笑嘻嘻地接上后挽着小伙儿的胳膊走了,看得马蛋子瞠目结舌,他吃惊的表情"就连拣细茬儿一样,眼不睬地盯地看了"。

可想而知,新时代东干女性的服饰与行为的变化对东干老人马蛋子的冲击力有多大。叙述者"我"也是一位与马蛋子年龄相仿的老人,但观念却完全不同。由此两人回忆过去或亲历或耳闻过的一些女性的故事,随着记忆的不断浮现,两位老人反省了自己传统守旧的女性观,同时以粗线条方式展示出百年来东干妇女的辛酸史。

首先,"我"提到了传统的妇女观受到伊斯兰文化的深刻影响。以前,三哥子阿訇说"女人们的一根子头发但是叫旁人看见,失'伊玛尼'(信仰)了,变成'卡费儿'(不信教者)了,女人但是上街,顿亚(现世)临尽呢"。这种思想影响了不少老一代东干人,由此也产生了许多家庭悲剧,比如吴三子老汉的媳妇因为穿毛蹄子(长筒袜)挨了一顿鞭子不算,还被迫离了婚。

另外,买卖婚姻也葬送了许多东干女性的幸福。父亲要把13岁的姑娘卖给一位48岁的男人,为了逃避厄运,姑娘与年轻伙计私奔,没想到私奔后在整个社会竟无容身之地,只得回来再次接受命运的安排——嫁给一位60岁的老汉。提到马蛋子的老婆米奈,更有一段故事。米奈被卖到清国,但坚强的米奈勇于与命运抗争,在途中杀掉迎亲的清国老汉独自驾车回来,逃往异地念书去了。小说最后把造成老一代女性悲剧的原因归结到了"老规程"上,"回民的事上啥都好,可是有一样子不好——新女婿不娶新媳妇去,新女婿但是到了媳妇儿家,两个儿站

① 马坚译:《古兰经》(24:31),中国社会科学出版社2003年版。
② 马坚译:《古兰经》(33:33),中国社会科学出版社2003年版。

到一达,给一切客把'色俩目'说了,把礼使了,一达上了喜车子,到了婆家,给这儿的客再把'色俩目'说了,把礼使了,你看多好! 这么价但是干,姑娘也就不低贱了"。这样看来,在男女婚姻中,只有男女平等,打破婚姻陋习,女性才能得到真正的幸福。

老一代女性虽然命运不济,但作家在表示同情的同时,也让她们承载着中国的传统美德。伊斯兰文化中尊老敬老思想和儒家文化的孝道交融而成的回族"孝"文化,在回族家庭结构中起着重要的作用。《古兰经》把孝敬父母提高到天命的高度来对待,先知穆罕默德曾说"所有的罪恶在末日都要受到惩罚,对父母不孝敬的人受到惩罚最快"。在"孝"的问题上,新、老两代女性的态度也出现了偏差。老一代女性严格地恪守着孝道,不仅孝敬还顺服,无论长者是对是错,一味地忍让顺从,精心侍候。《我爷的脾气》中"我妈"就是因为我爷的脾气倔强而常受气、照顾我爷又积劳成疾,尽管如此,临死前还叮嘱儿女要孝敬爷爷,以免邻居笑话。但随着农业社会向工业社会的发展,长辈在家族中的家长角色逐渐受到挑战,孙女不再像母亲一样地一味顺从听话了,而是要与爷爷论个理儿。孙女海麦要去莫斯科旅行,爷爷还抱持着陈旧的思想,认为女子抛头露面出远门是丢脸的事。但海麦据理力争,代表着新一代回族女性的观念:"为我爷的故事儿,为他的几句不相干的话……打脸(丢人)、丧德的时候过哩,那是把女子圈门(关在家里)的时代上遇下的,那会儿,光不是丫头,有娃娃的媳妇子,把男人撂下,跟上单另的人(别人)跑掉的也有呢。我们的时代上的姑娘,不干那么低贱的事情,我们是学堂(学校)里调养下的,得哩苏维埃知识的姑娘,那么价的事情,我们的头里头(以前)都没有的。"故事最后以新时代受过教育的女性的成功而告终。又比如小说《补丁老婆儿》中的"补丁老婆儿",一辈子以为人缝补衣裳为业,虽然生计艰苦,却不贪图钱财、品德高尚,把遗忘在客人衣袋里的六个金币如数还给主人,是位可钦可佩的老人。

(二) 战争时期兼具男女双重角色的东干女性

"二战"对于卷入战争的人民来说是不幸的,但在苏联卫国战争的特殊时期,却给了东干女性一个解除束缚的机会。卫国战争以前,东干人的封建意识、宗教意识相当浓厚,妇女的社会参与程度低,活动限制严,足不出户,不能抛头露面,禁止与男客人同桌吃饭,她们只干家务活,带养孩子。但是战争使大多数东干男性奔赴战场,迫使大批东干妇女走出家门,走入社会,走向田间,担当起全部的农活,兼具男女双重角色。这对东干族妇女来说无疑是一次历史性的解放。

《扁担上开花儿》中绰号为"孙二娘"的开婕子就是这一历史时期的典型代表。在苏联成立集体农庄的时候,她积极配合农业集体化运动,主动把男人埋在窖里的4 800公斤麦子献给政府当种子,因此与丈夫发生争执,在扭打过程中丈夫还受伤落下残疾,从此两人分道扬镳。随后她又领导乡政府妇女工作,为妇女们做了许多事情。"临后,那个女人在乡苏维埃上领首(领导)了很几年的妇女部分。……到了那塔儿(哪里),搧袖抹胳膊的能说,能当的一面儿,青年们把她叫成孙二娘哩。"一个舍己为公、大胆泼辣、敢作敢为、干练利落、雷厉风行的东干女性形象跃然纸上。这样的女性在传统的东干乡庄中是不可以想象的。

中篇小说《头一个农艺师》依然以卫国战争为故事背景,讲述战时东干乡庄的女性们,这些女性的生活环境较为宽松。在欢送会上,女人与男人们一起无所顾忌地唱歌跳舞。"一时三刻,三弦子,胡琴子,鼓鼓子,瓦子都耍脱了。外间子房里的女人们跟上男人连响琴也唱脱哩。"女人还可以当众起舞:"阿舍儿看的吼叫的症候大得很了,对着马丹望了下,出来,细条汉架,杰俊女人先在场子上走了几步,之后把两个嫩绵绵的胳臂伸开,就像设虑(预备)地飞呢,把身体拿得稳稳儿地,就连小脚女人走路的一样,把指头拊得叭叭的,连一股风一样,维囊(跳舞)脱了,她的后头巴给的媳妇子海彻儿也跟上了。"

当她们的丈夫、儿子奔赴战场的时候,东干女性在担忧亲人、经济困顿的双重压力下,担当起了全部的重任。"在卫国战争时期表现最突出的是东干族妇女。战争使许多东干族妇女走出家门,积极参与社会活动及生产劳动,她们取代参军入伍的青壮年,成为农庄的主要劳动力。她们提出的口号是'替上前线的丈夫父兄们多干些活!'"①这是一群多么让人可亲可敬的女性。连集体农庄的主席都不得不改变观念,夸赞道"那会儿的光阴上,把女人们苦了,说的除过抓锅、养娃娃,女人们啥上都不中用。可是这会儿,打粮食、给牲灵拉过冬草料等活儿,

---

① 王国杰:《东干民族形成发展史》,陕西人民出版社1997年版,第193页。

女人们干得一点儿不比男人差"。

东干女性这些角色的巨大转变进行得相当顺利,在这个非常时期,东干女性以她们的勇敢与勤奋证明了自己,受回儒双重文化规约的一些保守的传统女性观念不攻自破、自动废除。从老一代人到东干男性,都不得不承认女性一点儿也不比男性差。从此以后,随着教育程度提高、社会的不断进步,东干妇女的地位也逐渐得到提升。

东干女性虽然在集体农庄时期积极地参与了社会活动与农业劳动,突破了以往严格的闺密制度,但东干女性的整体素质还亟待提高。阿尔布都小说中众多的女性,哪怕是知识女性,无一例外,都要操持家务,这在很大程度上牵制了女性的精力;其次,经济活动无论是农业还是商业,几乎都是清一色的男性,女性被远远地抛出社会生产及生活之外,经济上缺乏独立性,社会参与的程度很低;再次,出嫁过早,女性受教育程度低,致使女性的认知水平也比较低。以上这些因素都导致东干女性整体素质有待提高。轻喜剧风格的小说《奸溜皮》《后悔去,迟了》,反映的都是东干女性因生活空间的有限而导致心理空间的狭窄,在处理夫妻关系、教育孩子等方面都暴露出许多问题。

《奸溜皮》虽是小说,但更像一部充满喜剧色彩的话剧。它借用话剧的表演形式,情节的推进、矛盾的发展、人物性格的展示完全由夫妻间的对话完成,也唯有在生活流一样的对话中,才能完全展现女主人公言语琐碎、心胸狭隘、敏感多疑甚至胡搅蛮缠的典型家庭妇女的性格特点。靴匠满娃子买了音乐会的门票兴高采烈地邀请妻子一起去观看,妻子却因放心不下15岁的儿子单独在家而拒绝了,夫妻的争吵由此开始。就在你一言我一语的貌似无逻辑的对话中,争吵的语言逐渐变成了男性与女性思维的对话、心理的较量、性格的差别、观念的分歧。不能去听音乐会,满娃子只可惜票钱白扔了,妻子法麦立即提起往事,"哪怕它十张帖子呢……年时(去年),替李娃子的媳妇子,你出了八张帖子的出租钱,也没死掉哩! 为我丢掉五张帖子怕啥呢?"丈夫害怕吵架强忍住不吭声,妻子见势得寸进尺,拿别的男人与丈夫作比,"你是个啥男人哟,一年四季,三个帖儿,五个帖儿,在嘴上吊着呢,人家西拉也是男人,给婆姨(妻子)买的金耳坠子,金戒指,金绳绳子(项链),把毛婕子拿金子包掉了。"法麦由东扯到西,从去年的事又想到前年的事,继续斥责丈夫对自己妹妹不好,在公众场合不叫她的昵称等等,把陈年旧事一古脑儿地搬出来,满娃子不厌其烦,又不能争辩,因为他的每次争辩只能为妻子提供更多的继续争吵与谩骂的理由,那么,这场战争将无休无止地继续下去。音乐会已经开始了,满娃子沮丧地让儿子把票退了,儿子为父母因自己而不去听音乐会感到困惑,法麦摸着儿子的头拉着哭腔道"我的葫芦呀,你才十四,交上十五,到一百岁上也罢,我是你的妈妈,你是我的娃娃,我睡梦里都操心你呢。你病下了,害谁呢,我的娃? 还不是害我吗? 你大(父亲)做啥呢吵,谁说啥话呢,裤子上拍一把,土不沾,还管你呢吗!"最后,苦恼的满娃子"把票扯成糊糊子,摺到地下,踏给了一顿脚"。出去喝酒至深夜才醉醺醺地归家。小说《后悔去,迟了》表现的是家庭妇女白姐儿失败的教育方式,她深爱儿子,但对爱理解很浮浅,她特别关心儿子一件事情:吃。最后儿子得了肥胖症,只得就医。这就是"日常生活中无事的悲剧",悲剧的根源还在于东干女性囿于家庭生活,受教育程度低,视野狭隘、见识浅薄。

(三) 知识改变命运——东干新女性

要想提高东干女性的整体素质,教育是个瓶颈。伊斯兰教义中崇尚知识,提倡男女均有受教育的平等权利。穆罕默德说"求学对于每个男女穆斯林,都是宗教礼仪"。但东干又深受中国"男尊女卑""女子无才便是德"的封建文化的影响,加之经济条件等外在因素的制约,女性受教育程度相当低。所以女性要受教育,教育观首先得改变。

显然,作为东干民族生活的忠实摹写者,阿尔布都考虑到了这个问题,甚至不吝惜笔墨,用中篇小说《头一个农艺师》来叙述东干第一位受到良好教育服务于乡庄的知识女性——聪花儿的成长。小说中有意设置了聪花儿的一位好友——米奈,她与聪花儿年龄相仿,却因为放弃读书,最后仍旧沿袭传统东干女性的道路,成了一名郁郁寡欢的家庭妇女,和聪花儿相比,走上了完全不同的人生道路。在回族文化与儒教传统文化的合力下,"女孩子不能多读书"成为东干人的普遍观念。聪花儿的奶奶为人可亲可敬,在乡庄为人称道,但观念陈旧,不主张孙女继续读书:"老婆子都笑话着呢,说的丫头家念下书做啥呢,脸皮子都念厚掉了。"乡老用教规规劝米奈的父亲不要继续供女儿上学:"儿娃子(男孩)十二上，丫头子九岁上就担法日则（履行穆斯林宗教义务）呢，女娃子一担法日则，把念书的就要禁掉呢。"如若继续读书，那就是失"伊麻尼"（信仰），是反教的行为。在强大的传统文化、宗教文化的束缚下，一个不谙世事的弱小女孩根本没有反抗的能力，服从了长辈的安排，米奈辍学回家养鸡做饭，继续着传统东干女性的老路。与米奈相比，聪花儿是幸运的，他的父亲是个开明通达的人，正是在父亲的一再坚持下，聪花儿才有机会学知识。父亲巴给在奔赴战场之前是乡庄的主席，在工作实践中他终于悟到了"知识就是力量"："书就连空中里的武器一样，在头顶里旋了一辈子，没得上，穷难光阴里给我的少年使了坷绊（栽跟头）了。""这会儿不是那会儿的光阴了，回族人也要念书呢，单另再没有路。"读书是东干人改变命运的唯一出路。聪花儿作为东干新女性的代表，教育给她带来了幸福，无论职业、爱情，还是人际交往、家庭生活都很美满。她自由恋爱，破除乡庄不允许恋爱男女一起见面的风俗，与男友在乡庄的巷子里边走边说边笑。她把所学的知识运用到实际中，研制出稻子早熟半个月的方法，引起轰动，作为奖励，区委又送聪花儿到莫斯科去读大学，这一切，都是知识带来的。

　　当然，知识带给女性的不全是完满的结局。阿尔布都小说中还有另一类知识女性，却因个体的经济独立与自我意识的觉醒，为摆脱婚姻中的附属地位，坚持自己的价值观，从而与丈夫发生冲突，最后导致婚姻破裂。《不素心》中的拉彦，读的是会计专业，会算账，婚后不愿回到乡庄，要在城里坐办公室，丈夫执意回乡，两人以分手告终。还有小说《哈婕儿》，女主人公哈婕儿同样因为与丈夫的价值观冲突，宁肯牺牲婚姻，也要坚持自己的观点："从城里回来，对丈夫斩钉截铁地说：虽然咱们中间没有另干也罢，我不是你的人，我打你们家里走掉了，到你上，这会儿我成下旁人了，到我上，你也成下旁人了。"随着时代的发展，东干女性的性格大胆泼辣，凸显自我，对待婚姻的态度更加主动，能逐渐掌握主动权。《结婚》也是一部戏剧性很强的轻喜剧。第二天就要结婚了，未婚夫却听信谣言误以为未婚妻是个残疾人，违背婚前不能见面的乡俗坚持要见面，使女方父母陷入尴尬的境地。可独立漂亮的未婚妻大大方方见面后，却说自己看不上男方要退婚，使故事发生了一百八十度的转折，让未婚夫追悔莫及。这个戏剧性的场面别有意味，既是现代东干女性对自己命运掌控的写照，也是现代东干女性婚姻关系乃至社会关系中摆脱被动地位的象征。

三、Э.白掌柜的儿童文学以及乡庄小说

白掌柜的像

在国内东干文学研究中,对十娃子与阿尔布都研究较多。除此而外,也有伊斯哈尔·十四儿和穆哈默·伊玛佐夫的专论,但对其他东干作家的研究就很少了。对于东干文学研究,既需要点上的深入开掘,也需要面上的扩展。东干作家白掌柜的,目前尚无专门研究的论文,笔者拟从其原始的东干文小说入手,以确定作家在东干文学创作中的地位。在儿童文学创作上,他以喜剧色彩见长,善于刻画儿童心理,突出儿童认知活动的实践性;在东干乡庄日常生活小说创作上,从人性角度切入,既有平凡而伟大的母亲形象的塑造,又有生活烦恼的淋漓尽致的描写。作品显示出鲜明的东干民族性特征。

白掌柜的小说集《公道》(东干文),米克捷普出版社1977年版。

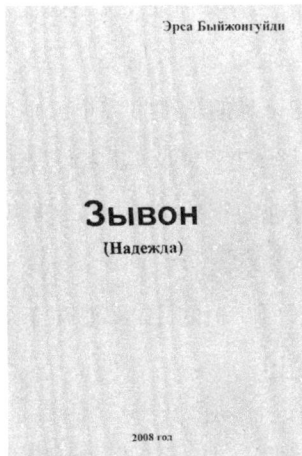

白掌柜的小说《指望》(东干文),比什凯克,2008年版。

（一）白掌柜的小说的意义

　　白掌柜的全名为尔萨·努洛维奇·白掌柜的（1920—2009），中国读者听到这个名字，都会发出会心的笑声，觉得既熟悉，又怪怪的，这是因为东干人的姓名也负载了复杂的文化意义。从中国迁徙到中亚，登记姓名，要按俄罗斯人的习惯，姓名由三部分组成，一般顺序为：名字、父称、姓。吉尔吉斯斯坦广播电视台东干编辑叫老三诺夫，一听就很有意思，在排行老三后面加个诺夫（女的可以加诺娃），成为姓名的一部分。而东干人真正的姓则是另一回事，如伊玛佐夫姓黑，曼苏洛娃姓马。白掌柜的出生在哈萨克斯坦最大的东干"陕西村"营盘（后来改名叫马三成）一个贫困农民家庭。营盘是清朝陕甘回民起义失败后迁徙地的名称，带有起义军驻地的色彩，马三成是东干骑兵团的缔造者，连村庄的名字都赋予了历史文化意义。母亲是孩子的第一位老师，对孩子影响最大。作家的母亲从外貌上看，是一个美丽的东干妇女，为人真诚、热情，从不高声训斥孩子，对孩子总是充满爱抚与耐心。她在 32 岁时就死于饥饿，但是她却像遥远的星星，一直照耀着白掌柜的。由于乡庄缺少教师，白掌柜的 9 岁才上学读书，13 岁考入阿拉木图师范学校，17 岁回乡任教。他 1940 年参军，奔赴卫国战争前线，战争胜利后，他回乡继续任教，长期担任东干语言文学教学工作。白掌柜的不同于一般的教书匠，除了教书，他还从事文学创作。每当进入创作状态，他便会感觉到自己生活在奇异的精神世界里。他的主要作品现已结集为《公道》（1977 年）①、《遇面》（3 人合集，1986 年）②、《望想》（1999 年）③，就在他去世前的那一段时间，还曾刊印过他的作品《指望》（2008 年）④，选录了小说、诗歌、猜话（谜语）、笑话及教育方面的文章。

　　如何为白掌柜的定位，他在东干文化建设与文学创作上具有怎样的地位？下文简要论述。

---

① 白掌柜的：《公道》（东干文），米克捷普出版社 1977 年版。
② 白掌柜的、曼苏洛娃、舍穆子：《遇面》（东干文），米克捷普出版社 1986 年版。
③ 白掌柜的：《望想》（东干文），1999 年。
④ 白掌柜的：《指望》（东干文），2008 年。

首先,他是东干语言的继承者与捍卫者。对东干人来说,语言是他们"民族赖以独立生存而不被周围民族同化的保障",是他们与历史故国情感"联结的纽带"①。东干第一批移民几乎都是农民,不识汉字,只会讲西北方言,第一代东干学者十娃子、杨善新等在苏联汉学家龙果夫等人的帮助下,创制了拼音文字,为东干语言文学及文化的发展铺平了道路。

在具体措施上,一是创办东干报刊,二是编写东干语言文学教科书,普及东干文,培养骨干队伍。这两者又相辅相成。白掌柜的以强烈的民族责任感投入东干语言教学工作,同时又关注东干语言的发展趋向。他写过一篇题为《把自己的语言看守好》,批评东干协会近几年举行的几个大会,都用俄语发言,这是不对的,应该拿"亲娘语言"东干话交流。他还批评了《回民报》(东干报,前身为《十月的旗》),该报过去一半文章拿东干语写,一半用俄语,而现在拿东干语写的文章越来越少。白掌柜的将东干语提升到作为东干民族重要标志的高度,让东干人牢牢记住:"父母语言——亲娘言,一切回族贪心念。没有语言没民族、规程、文化带乡俗。"尽管世界上有的民族有自己的语言,有的没有自己的语言,而白掌柜的则坚信民族语言决不能丢掉,并为此守候了一生。

其次,他是位很有特点的东干作家。作为第二代东干作家,白掌柜的受东干书面文学奠基人十娃子的影响,开始小说创作,他的第一篇短篇小说《围裙》就是在十娃子的影响下写成的。十娃子的贡献主要在诗歌方面,而著名东干小说家阿尔布都则是白掌柜的小说创作的"教父",②对他影响更大。在东干小说创作的坐标中,白掌柜的之贡献首先体现在儿童文学创作上,可以说,他与伊玛佐夫、曼苏洛娃三足鼎立,成为东干儿童文学创作的三位主要作家,但三位都不仅仅局限在儿童文学创作领域。白掌柜的执教于东干学校,对儿童教育有更深的思考,其反映少年儿童生活、学习及心理的作品带有喜剧色彩,能自成一格,同时又具有东干民族特点,能于细微处见精神。此外,白掌柜的反映成人生活的作品在东干文学中也有与众不同之处,他参加过卫国战争,受苏联战争文学影响,从人性的角度写出了《盼望》等具有代表性的作品,塑造了东干母亲的动人形象。他的

---

① 常文昌、高亚斌:《东干文学中的"乡庄"世界及其文化意蕴探析》,《北方民族大学学报》2010年第4期,第62页。

② 白掌柜的:《指望》(东干文),2008年,第4页。

绝大多数作品避开了宏大的政治叙事,可以归入生活小说,某些作品接近我国新时期出现的反映生活烦恼的新写实小说。定居中亚的东干族,分为"甘肃村"和"陕西村",宁夏曾属甘肃管辖,甘肃村也包括了宁夏。由于东干文化人多为甘肃村人,因而其书面语言,包括报刊、广播、语言文学都以甘肃话为标准,加之东干作家大多出生于甘肃村,因此语音和词汇基本上是甘肃话。尽管陕甘方言差别不大,但还是有一些区别的。白掌柜的小说的意义,还在于他的创作中又融入了陕西方言的成分。

(二) 白掌柜的的儿童文学

　　白掌柜的儿童文学的一个重要特点是富于喜剧性。一般认为,儿童文学就是快乐的文学,其审美效应在于作品的喜剧性。东干作家善于发现儿童天性中的喜剧性因素,并将其提升为喜剧艺术,读来别有一种情趣。由妈妈话题出发,东干作家创作了一系列动人的儿童喜剧作品。人生都离不开妈妈,儿童会说的第一个词便是妈妈,对于尚无独立生活能力的儿童来说,妈妈更是须臾不能离开。伊玛佐夫的《妈妈》主人公叫李娃儿,他看见奶奶家一群刚刚孵化出来的鸡雏没有妈妈,心里十分着急。奶奶告诉他,这是马世那(俄语"机器"之义)孵出来的。李娃儿便找了一个鸽子给小鸡当妈妈,鸽子呼唤小鸡吃食、饮水,小鸡钻到鸽子翅膀底下取暖,后来鸽子也就成了小鸡名副其实的妈妈。这可以说是东干儿童文学中的赞美性喜剧。而白掌柜的小说《谁的妈妈好?》则是一篇幽默喜剧作品,字里行间透露着童趣。作品中两个小主人公是邻居,他们在一起议论着自己的妈妈。一个说,我的妈妈是顶不好的妈妈,害怕我跑远处去,凡常把我看得很紧。另一个说,那算什么,我的妈妈才是顶不好的妈妈,我跟娃们玩的功夫大,她就骂我。两人争持不下,后来决定互换妈妈。这完全是儿童天真幼稚的想象。当他们迈步走到对方的家门口时,已经开始动摇了,甚至没有勇气去按门铃。可是话已经说出去了,就不能收回。到了对方家里,对方妈妈说,我问问你妈,同意不同意互换。这时候,孩子多么希望妈妈不同意互换,叫他快快回家。可是询问的结果是,妈妈不要不听话的孩子了,叫给别人当儿子去。最后小主人公们后悔了,他们像一股风一样,拔腿就往家里跑,到家见了妈妈后,差点儿哭出来,抱住妈妈亲了又亲,说你是顶好的妈妈……。第二天,两位小主人公又走到一起,此时他们都说自己的妈妈是顶好的妈妈,而且为此又争执不下。小说想象奇特,主人公从现实世界进入想象世界,经过亲历体验后,又从想象世界重新回到现实世界,这才认识了世上只有妈妈好的真理。这部作品无论是从艺术构思还是教育意义来看,都是儿童文学中的上乘之作。

怜恤、抚养也提目(孤儿)是东干文学"常见的主题",①如曼苏洛娃的《你不是也提目》便是这方面的代表性作品。《古兰经》反复强调要抚养孤儿,不仅要求人们善待孤儿,对保护孤儿的财产也作了具体的规定。因此,这类作品带有伊斯兰文化的特点。白掌柜的儿童小说中涉及怜惜动物孤儿的有《也提目羊羔》和《猫娃子》,后者是一篇带有喜剧性的作品。《猫娃子》中主人公阿丹,看见一只没有妈妈的也提目猫娃子,连路都走不稳,冷得浑身打颤,别的小朋友都不敢带回家去,阿丹决心说服父母,收留猫娃子。父母同意了,阿丹把这只灰色猫娃带到自己房间里用牛奶喂养。第二天,阿丹又捉回一个黄色的猫娃,害怕父母看见,偷偷藏在自己房间里。过了几天,又捉回一个黑色猫娃。后来父亲突然发现,从儿子房间里一会儿跑出来一个黄色猫娃,一会儿又跑出来一个黑色猫娃,他明明记得儿子带回的猫娃是灰色的,感到十分蹊跷,以为自己眼睛出了毛病……。阿丹说了实话,父母也并没有反对。这篇赞美性喜剧作品肯定了东干儿童的善良品性,同时将东干人怜惜孤儿之情延伸到动物身上,使儿童文学带上了民族性特征。

善于刻画儿童心理,是白掌柜的儿童小说的又一特点,其《男人的活》便是这方面的代表作品。被白掌柜的尊为文学"教父"的阿尔布都,写儿童生活的《丫头儿》,颇为精彩。小说主人公是一个女孩,由于父母没有男孩,给丫头取了个男孩名字叫穆萨,并让她穿男孩衣服和男孩一起玩耍。因为她生性柔弱,男孩子们看不起她。可是在喂养也提目鸟儿这件事上,她的善良与勤奋却赢得了小朋友的一致赞许。《男人的活》可谓汲取了《丫头儿》的神髓,也是匠心独运。主人公叫巴世尔,老是希望做一件顶难的事,可是妈妈通常总是给他派女人的活:洗碗,收拾房子,在铺子买馍馍、称糖等,可他是男子汉,总想干一宗男人干的活,从而显

---

① 常立霓:《东干文学与伊斯兰文化》,《北方民族大学学报》2010年第4期,第79页。

示自己的本事。他的堂妹拉比尔从城里来,妈妈没有叫他到火车站拿行李,巴世尔哭了,因为拿行李才是男人的活。一次,拉比尔撕住他的衣领,他不还手,告诉妹妹,不跟她打架,因为他是儿娃子。爸爸带他们去湖上玩,巴世尔不会划船,拉比尔却会;巴世尔怕妹妹呛水,没有想到拉比尔还会游泳,比自己更胜一筹,羞得巴世尔无地自容。拉比尔回城时,巴世尔得到了爸爸妈妈的支持,让他将行李扛到火车站,终于干了一次男人干的活,拉比尔也夸他是男子汉。小说的心理刻画十分细腻,主人公虽然也多少有点大男子主义思想,但孩子渴望像成人一样独立,又是合乎情理的,作品的喜剧性与幽默感,给人以阅读的快感。

　　不同于伊玛佐夫和曼苏洛娃,白掌柜的儿童小说特别注重儿童认知活动的实践性。他是教育工作者,因而他的文学创作也体现了苏联时期重实践的教育思想。其作品《学生农艺师》和《账算学》(数学)便是这方面的代表。在东干文学中,农艺师比工程师更受人关注,如阿尔布都的著名中篇小说《头一个农艺师》,塑造了一个全新的东干姑娘——农艺师的艺术形象。东干人以种植水稻和蔬菜闻名,所以农艺师就显得更为重要。白掌柜的儿童小说《学生农艺师》中的小主人公萨里尔才七岁,爸爸是农艺师,他的志向也是长大后当一名农艺师。为此,爸爸给了他一小块土地,要他在念好书的同时,学做农艺师。萨里尔在爸爸的指导下,在地里种了麦子,经历了从种到收的全过程。第二年,萨里尔独立种植,获得了更大的成功,他的麦子因颗粒饱满而成为集体农庄的麦种,并被命名为"萨里尔"种子。从此主人公学习与实践的劲头更大了,中学毕业后,他顺利地考上了莫斯科季米里亚捷夫农学院。注重儿童实践活动的作品还有《账算学》。《账算学》写小学生哈尔给数学很差,考试得了2分,老师家访后,哈尔给作了保证,下决心要好好念书。过后,又不用功了,因为他觉得念书太难。哈尔给想开汽车,他放弃念书,只想长大当个司机,为此他天天去汽车站,正好那里有他认识的一个司机。司机带他去跑车,下坡时司机关了发动机⋯⋯让哈尔给算出今天省了多少汽油,用这些汽油能多跑多少路,并告诉他,不会数学就当不了司机。哈尔给后悔不迭,从此他又开始念书并用功学习数学。小说写出了通过实践环节,使后进儿童的思想发生了转变的故事。

　　白掌柜的儿童小说不仅通过喜剧情境展示了儿童天真纯洁的内心世界,同时还提出了儿童教育中值得注意的问题:除了加强实践活动外,还要正确引导儿童克服不良习惯,如《娃娃不兴惯》就是这方面的作品,作家提醒家长,对孩子不要娇生惯养。因此,其作品的思想性和艺术性都值得借鉴。

(三) 白掌柜的的乡庄小说

白掌柜的在创作上,不限于儿童文学,他还发表了有关东干乡庄日常生活的一系列小说。总括起来,这类小说主要有以下两方面的特点:

首先,在东干文学的人物画廊里,白掌柜的为我们增添了平凡而伟大的东干母亲形象,如他的短篇小说《盼望》便是这方面的代表性作品。杨峰选译了东干小说中具有代表性的作品,虽然只选了白掌柜的一篇小说《盼望》,①可见其对这篇作品的认可和推崇。卫国战争是苏联各民族包括东干族所经历的最伟大的历史事件,东干人为此付出了巨大的牺牲,当时不到 3 万人的小民族,牺牲在前线的青年近两千人。②中亚最大城市塔什干广场上建有烈士亭,里面有卫国战争烈士的名册和一位饱经风霜的母亲的雕塑,旁边是永不熄灭的火焰,这种设计的象征意义令人回味无穷。《盼望》中的东干母亲叫阿依舍,丈夫死得早,她含辛茹苦地把三个儿子抚养大。卫国战争开始后,三个儿子陆续上了前线,不久收到大儿子的阵亡通知书,她悲痛欲绝,希望大儿子的死能换来另外两个儿子的平安。可是事与愿违,后来又接到二儿子的阵亡通知书,阿依舍像换了一个人,苍老了许多。她把唯一的希望寄托在小儿子身上,希望他能活着回来。许久没有收到小儿子的信了,她焦急地等待着。柏林攻克了,战争胜利了,每天都有从前线回来的军人,但是她的儿子仍然没有消息。一个月过去了,一年过去了,儿子还没有回来。人们安慰她,小儿子会回来的。因为她没有收到小儿子的阵亡通知书,她还有一线希望。直到小说结尾,阿依舍还伫立在那里眺望,希望儿子能突然出现在她面前……阿依舍是个坚强的深明大义的东干母亲形象,在她身上体现了东干民族的精神和灵魂。作者没有正面描写战争,只写战争在东干母亲心灵中投下的阴影,使作品具有了悲剧的美学意

---

① 杨峰选译,《盼望》,新疆人民出版社 1996 年版。
② 王国杰:《中亚东干族与苏联卫国战争》,《东欧中亚研究》1997 年第 4 期,第 97 页。

义。这篇小说可能是受艾特玛托夫的影响,艾特玛托夫是吉尔吉斯斯坦作家,曾担任过苏联作协书记,已被公认为世界级文学大师,他的《母亲—大地》中的母亲托尔戈娜依,卫国战争中把丈夫和三个儿子先后送上了战场,但没有一个能活着回来。虽受到一连串的打击,但母亲没有倒下去,她是高于一切的大写的人。白掌柜的在小说《盼望》中也情不自禁地赞叹道,母亲是一个多么神圣而又骄傲的字眼,世上有多少无私的爱、伟大的情,都凝聚在"母亲"这个字眼里。由此可以窥见东干文学与所在国主流文学的关系。

　　其次,东干小说中描写日常生活的作品居多,而白掌柜的早期的部分作品却能独辟蹊径,别具风格,如《多谢你的好心肠哩》《兔皮帽子》等,这些作品结集于1977年出版的《公道》,早于我国新写实小说十几年,二者没有任何联系,但在反映生活的原生态上,以细节的真实再现普通人的生活烦恼,与新写实小说有某些相似之处。白掌柜的生活小说多半从一件小事入手,通过横切面来反映生活。《多谢你的好心肠哩》采用第一人称叙事视角讲述主人公风衣旧了,朋友们劝他买一件新的,他嫌没有可身的,托朋友找了一个认识的裁缝去做。布料交给裁缝后,裁缝要他一个月后来试穿。一个月就一个月吧,反正不等穿。一个月后,他去拿风衣,裁缝说,再等一个星期。一星期后,裁缝说再等三天,三天后又说钮扣配不上,再等一两天,两天后又说这样的纽扣我们这儿还没有,明天再看。此后天天去,天天回答"明天"。主人公实在没有办法了,把料子拿回来吧,已经剪了。满肚子的窝憋没法说。朋友劝他给裁缝送礼物,他说送礼物办不到,多半辈子没有干过这样的事。于是主人公在信封里装了东西送给裁缝,裁缝很快将信封放进抽屉里,给了他风衣。可信封里装的不是钱,而是信纸,主人公在上面写了一句话:"感谢你的好心肠,涅节里(俄语,没有生过牛犊的小母牛)!"做一件风衣让人如此烦恼,而东干人却又如此的硬气,始终没有低头。《兔皮帽子》写家庭日常生活中的一件小事:主人公看见铺子里卖女人帽子,想给妻子买一顶,可是店铺里人围得水泄不通。他回家告诉了妻子,妻子听说女人们都在争购兔皮帽子,她埋怨丈夫:为什么不把队排上? 要不到明天女人们都戴兔皮帽子,唯独她就像老太婆顶个盖头。第二天早晨,铺子还未开门,丈夫又去排队,直排到中午,又饿又困,折腾了一天,兔皮帽子仍没买上。妻子骂他是个废物,为此丈夫一个晚上都未能睡好觉。后来,他又排队去买帽子,排队排了第一名,挤来挤去,晕过去了。

在医院里他被抢救过来,医生得知缘由后,将自己妻子的兔皮帽子转让给了他的妻子。为了一顶兔皮帽子,不知费了多少周折。可是没过几天,他的妻子把兔皮帽子连看都不看一眼,又去追赶新的潮流——要买顶狐皮帽子……以上两篇小说淋漓尽致地反映了日常生活的烦恼,同时又从一个侧面含蓄地批判了人性的弱点。

白掌柜的小说创作并不平衡,有的作品略嫌平平。尽管如此,他对东干文学的贡献是毋庸置疑的。

第四章　多元文化语境下的东干文学

一、东干文学研究对海外华语文学理论构建的启示

海外华语文学学科从 20 世纪 80 年代肇始至今已有 30 余年的历史,学科围绕着命名内涵、研究方法、创作主题、学科归属、美学品格等进行了阐释与梳理,基本描绘出本学科的大致轮廓、学理脉络,但作为一门新兴的学科,在带来新的研究范畴与内容的同时,仍有诸多问题尚未厘清。

东干文学在海外华语文学的版图中虽然是个新面孔,小族群,仅有 15 万人口,但其文字、语言、文化等方面的独特性,目前还没有任何一个区域的华语文学能够替代,它的独特性以及研究方法对世界华语文学长久以来争执不休的一些话题,甚至对海外华语文学的理论构建与深化都能提供一些思路与启示。

(一)"华语文学"的命名与内涵

要为一个复杂的、动态的事物进行客观公允的命名,本身就是件费力的事儿,这是任何一个学科在命名时都会遇到的问题,尤其是在该学科的草创期更是如此。"海外华语文学"也不例外,在 30 多年的发展中,该学科的命名始终是一个难以躲避的话题,当然,命名的过程也是不断辨析、构建学科的过程之一。

　　综观学科的命名史,基本从作品、作者、地域三个方面来命名。以作品而论的分为两种情况:一种以作品的载体——"语种"命名。当然目前最普遍的、最为学人认同的是用汉语写作的文学——"华语文学",即"中国以外其他国家、地区用汉语写作的文学",①也有人认为是用汉字写作的文学——"华文文学"。虽然一字之差,却有区别。一般认为,"汉语"与"汉字"基本保持一致,所以"华语文学"与"华文文学"两个概念似乎差别不大,有时这两个概念分别使用,有时又互通使用,不特别加以区分。但事实远没有这样简单,华语文学的写作情况要复杂得多,比如有些中国移民作家用英文、法文、德文等非汉语写作后又译成汉文的作品究竟如何归属? 有的作家使用双语写作。②还有更复杂的一种情况是,比如东干文学,它用西里尔字母(东干文)来拼写汉语。对于这类文学作品,我们又对其如何命名? 于是产生了第二种补救漏洞的方法——以作品反映的内容来命名。无论它运用何种语种,只要作品内容反映了华人的生活、思想与情感,就可以归为海外华语文学。"我们不仅要将海外华人用中文写的文学作品纳入'华文文学'的视野,而且应当将中国国土上用少数民族语言写成的作品和华人与非华人用外文写成的反映海外华人社区生活或中国国内矛盾斗争的汉语译作也列入'华文文学'的范围之内。这是因为,中国少数民族本来就是中华民族大家庭的成员,作品反映的也是作为华人之一族类的生活,只要译成汉语文,理当视之为华文文学;华人和非华人作家写的反映华人生活的外文汉译作,由于内容和形式已合乎'华文'的文学要求,也当视作'华文文学'。"③要而言之,就是主要描写华人聚居地人民的生活、心理和思想感情的文学,包括反映同类内容、用中国少数民族语言或非汉字抒写而被译成汉字的文学。

　　以作者而论的,提出"海外华人文学"的说法。亚华华文作家文艺基金会的邵建寅教授在《社会变革与菲律宾华人文学》一文中对"华文文学"与"华人文学"两个概念加以区分,"华文文学是应用中国语文创作的文学作品,因此作者不一定限于华人,应以文为主;华人文学是华人或华裔用中国语文或其他国语文创作的文学作品,应以人为主"。华文文学以作者的族群、血统身份作为划分标准,也

---

①　饶芃子、杨匡汉:《海外华文文学教程》,暨南大学出版社 2009 年版,第 1 页。
②　林丹娅、刘玫:《东南亚华文文学研究进程论》,《世界华文文学论坛》2006 年第 1 期。
③　杜元明:《试论华文文学的母土性、区域性和环球性》,《世界华文文学论坛》1998 年第 1 期。

有一定的道理。但这种划分也带来一些问题。谁是华人？"华人"本身就是个比较模糊的、弹性很大的概念，它可以身份论，可以语言论，也可以血统论。另外，"华人"的指称除此之外，也被称为华侨、华裔、新移民等，更增加了命名的混乱。

以区域而论，随着海外华语文学研究的不断深入，研究对象也从中国台湾、香港文学，逐渐拓展到中国澳门、北美、欧洲、澳洲，甚至南美洲的海外华语文学。当然，学者们越来越认识到单纯以作品、作者以及区域等单一标准命名的局限性，于是综合性的、宏观的命名越来越多。在2002年10月召开的第十二届世界华文文学国际研讨会上，杜国清提出"世华文学"的概念。"世华文学"是"世界中华文学"的简称，这个概念的内涵将学科研究对象的界定依据从语种转向与华族有关的作品内容，它包括全世界的华人和华文表现华人世界和文化的文学作品。这个概念的提出综合了以上"作品"与"作家"的双重标准，使得学科研究对象的包容性更强，研究面也拓展了许多。

目前在研究界较为通用的名称为"海外（世界）华文文学"与"海外（世界）华语文学"。实际上，"华文"与"华语"应该是对应关系，而不是替代关系。前者偏向文字，是书面语，后者偏向语言，是口语。若用"华文文学"来指称，势必将大量优秀的非汉字书写的作品排除在外。若采用"华语"，其研究对象将会有极大的包容性，也更符合目前多语种、多方言等非汉字创作的复杂现实。

当然，还有学者对"海外华文（语）文学"命名所表现出来的"中国文学中心论"的姿态表示质疑，提出了"国际华文文学""世界华文文学"等概念，还为这些概念附上了"超国家""超民族"等字眼。①

东干文学的出现，在某种程度上有助于辨析"世界华语文学"与"世界华文文学"两个命名哪个更为科学合理。东干移民几乎都是农民，汉字失传，口传文学成为东干文学的唯一源头。20世纪20年代末到30年代初，东干学者先后创制阿拉伯字母和拉丁字母拼音文字，50年代又改制为俄文拼音文字，东干的书面文学由此产生。于是出现了一种奇特的现象，东干人在日常交往中使用的是"汉语"，确切地说，就是西北方言，但东干文学中运用的文字却不是"中文"，而是东

---

① 沈庆利：《"华文文学"与"世界"——关于"世界华文文学"概念的几个疑惑》，《华文文学》2007年第1期。

干文。因此,从东干文学的角度来看,采用"华语文学"涵盖面更广,更为合理,它既可以是使用汉语言与汉文字的文学作品,也可以是口头使用汉语言,但文学作品却使用非汉文字的文学作品。

在世界范围内按照法语、英语、德语、西班牙语等语种进行文学划分,也是惯例,所以"华语文学"的划分符合这个习惯。一方面,无论哪个民族,外国人还是中国人,只要使用华语进行创作的,都归入华语文学,例如受到中国传统文化影响的日本的汉诗就可以算作华语文学,虽然它的作家并不是华人,但作品却是运用汉语言创作的;另一方面,许多华侨、华裔为了扩大作品的知名度,得到居住国文化的认可,经常使用双语或者多语进行写作。比如被誉为"东干文学双子星座"之一的吉尔吉斯斯坦著名诗人十娃子就创作了大量使用俄文、东干文、吉尔吉斯文创作的作品。其他一些学者也曾提出过类似的看法,不论是王德威使用的"华语语系文学",①还是陈国恩使用的"汉语新文学"②概念,都注意到语言载体在海外华语文学学科命名中的重要性。

另外,我们也注意到,"华语"一词的使用,其指涉面更大,内涵更为丰富,无形中拓展了华语文学的研究范畴。在当下学科相互渗透、交叉的时代背景下,已不可能只就文学谈文学,在未来除了文学,它的研究领域还会涉及影视传媒、文化传播、民族学、历史学、人类学等领域。"华文"这个概念,仅仅局限于使用汉文字的作品,不适宜于跨学科、跨领域、跨民族的复合研究趋势。

(二)"华语文学"的整合研究

海外华语文学研究经过几十年的努力,在许多方面取得了可喜的成就。大体分为三个层次:第一个层次是微观研究,主要关注语言选择、作者立场、作品内容、自我身份定位等方面的具体问题;第二个层次是中观研究,围绕着华人群体的族群特征、迁移历史等进行研究;第三个层次上升到整体化、一体化的研究。

目前的研究现状是:一方面,各个华人区域文学研究严重失衡。短短 30 年,

---

① 王德威:《"华语文学研究的进路与可能"专题研讨——华语语系文学:边界想象与越界建构》,《中山大学学报》2006 年第 5 期。

② 陈国恩:《3W:华文文学的学科基础问题》,《贵州社会科学》2009 年第 2 期。

从研究港、台、澳文学开始,以此为引桥,研究范畴几乎遍布全世界。随着作家、作品个案研究的日积月累,已经初步形成东南亚、东北亚、北美、欧洲与澳洲等研究板块。但在这几大板块的研究中,无论在研究力度还是在接受广度上都存在着失衡的现象。港台澳文学是最早进入该领域的,又随着香港、澳门的回归,台湾、大陆之间政治、经济、文化的频繁交流,促使港台澳文学研究成果丰硕。东南亚华文文学因为地缘与历史关系,也是被重点关注的一块。近些年,随着大量中国移民拥向北美发达国家,大量高水准的华人、华裔作家持续涌现,掀起了北美华裔文学的研究高潮。欧洲、大洋洲板块因为严格的移民政策、移民居住较为分散等原因,都使得华裔文学研究尚未形成规模与气候。至于拉美及非洲华裔文学,还只是刚刚开始探索接触。

对于中亚东干文学,研究者称这是"世界华语文学的新大陆",也有研究者称其为世界华语文学的"孤岛",有着极高的研究价值。中国学者关注东干学主要集中在语言学、历史学方面,其次是文化学,文学视角是近些年刚刚开始的。东干文学也因其特殊的拼音文字、对中国晚清语汇的保留、民间文学资源、多重文化的杂糅等,都使其成为华语文学研究板图中一个与众不同的区域。目前的海外华语文学史、教材、作品选中都难觅东干文学的踪影,实质上东干文学创作已经颇有成果,尤其是在诗歌、小说方面,有被誉为"东干双子星座"的诗人十娃子和小说家阿尔布都,他们均有几十万字的作品问世,目前相关的翻译作品在国内也能看到。

另一方面,华语文学研究在微观研究方面已经有着长期的积淀与丰富细致的文本分析,区域的、族群的中观研究正渐次展开,然而整体性的、一体化的研究还尚未充分发展起来。已有学者敏锐地关注到了"整合研究方法"。饶芃子在会议论文《海外华文文学学科建设与方法论问题》中就曾提出将文化研究、比较研究、女性主义、身份批评等方法整合来研究华语文学的主张。与此同时,张炯的《关于世界华文文学的综合研究问题》也提出了"综合研究"的命题。他认为,"在世界华文文学的蓬勃发展中,如何进一步加强分布于五大洲的华文文学的综合研究,以进一步深化人们对华文文学的整体与局部的认识,比较各地区华文文学的特点、优长和不足,从而更好地相互借鉴,扬长避短,并在新的历史条件下,使华文文学在世界文学的总格局中获得更大的繁荣,作出更大的贡献,这已成为跨世纪之交海内外华文作家和学者必须共同加以考虑的课题"。①也有学者提出运用文化人类学的方法进行整体性研究。②"世界华文文学本身应该是一个共同体,东南亚、欧美、大洋洲的华文作品拥入内地,中国内地作家的作品也在海外华人社区中广泛传播,创作、交流、期刊的传播、旅行,都逐渐加强世界华文文学一体化的进程。"③

　　所谓的"整体化、一体化",笔者认为,既指华语文学研究的理论需要进一步提升,达到相当的理论高度,同时也指华语文学研究对象的一体化。因为华语文学研究对象庞杂分散,遍布全世界,加之主客观方面条件的限制,目前的研究基本以区域为核心,各自为政,各区域文学研究之间交流也不多,难以形成合力,从而形成一个普遍性的、宏观的研究。理论的提升可以深化华语文学的研究,同时华语文学对象研究的整体化也有利于华语文学研究理论的创新与提升。

　　华文文学研究目前面临着研究方法较为单一、陈旧,研究视角较为狭隘的瓶颈,若要突破,必须上升到宏观的整体性的研究,从各个方面进行整合。华语文学研究在理论上急于寻求突破,构建属于自己的学科理论体系,稳固学科的合法性与独立性。但究竟如何整合?整合什么?近些年来学者饶芃子致力于华语文学的"诗学研究"理论探讨,美国学者石静远从语言与文字方面研究"离散境遇"里的华语文学,无论近代、现代,也无论东南亚、美国的华语文学,都纳入了研究视野。可以看出他们试图对华语文学进行整合研究的努力。有些研究者对"走向一体化的世界华文文学""想象的共同体""华文文学的大同世界"等宏大词汇的使用,都彰显出寻求学科整合研究的强烈愿望,也是华语文学学科未来的发展趋势。

1. 同中求异,异中找同

　　华语文学研究既要寻"同",又要求"异"。"求'同'有助于规律性问题的探

---

　　①　张炯:《关于世界华文文学的综合研究问题》,选自吴奕锜《近 20 年来台港澳及海外华文文学研究述评——以历届学术年会及其论文集为例》,《汕头大学学报》2001 年第 2 期。

　　②　肖成:《文化人类学与世界华文文学研究一体化的可能性》,选自吴奕锜《近 20 年来台港澳及海外华文文学研究述评——以历届学术年会及其论文集为例》,《汕头大学学报》2001 年第 2 期。

　　③　周宁:《开放的诠释:世界华文文学》,《东南学术》2004 年第 2 期。

索,明'异'是为了发现和寻找新的质素。"①追求华语文学的共通性,构建"想象的共同体",有助于华语文学学科地位的确立与巩固,但任何共性都是在深入研究个性的基础上得出来的,尤其目前个性比共性研究得要深入,所以仍要微观、中观、宏观研究齐头并进、相互支撑、相互论证,才能得出有说服力的结论。当然,笔者所理解的"同",除了指华语文学的共同特性之外,更应该侧重把华语文学作为一个有机整体进行多向度的整合。

这个整合并不是简单的区域相加,一方面,应该在区域内部进行整合,凸显出区域的文学特点。比如美国的一些华裔文学研究者同时也是亚裔文学评论者,能够运用跨民族、跨种族的开阔视野,在华裔文学、韩裔文学及日裔文学等区域文学研究基础上探寻亚裔文学的创作特点,是真正整体化、一体化研究的实践者。"只有接纳、融合不同的观点,重新审视亚美研究,让来自亚洲、美洲以及各个种族地区的学者通力合作,亚美研究才会更加圆满,并避免盲目爱国主义和狭隘的民族自大心理。"②另一方面也应具备世界眼光与胸怀,打破传统的以国籍、居住区域划分的方式,可以从语种、族群、宗教、文化、代际关系、迁移方向、性别等相关方面进行整合,重新建构华语文学的立体版图,深化华语文学的求同维度。例如华语女性文学的研究,已显示出整体研究的趋势。因为华语文学创作群体中女性占据了相当一部分,加之女性主义批评理论非常成熟,研究界已经开始了全球视野当中的女性华语文学的整合研究。又比如杨建军的论文《世界华裔文学中的伊斯兰文化带》③就是一次整合研究的有益尝试。正是在东干文学研究的基础上,文章以伊斯兰文化作为研究视点,放眼世界,大胆地勾画出分布在中亚、西亚、东南亚以及欧美个别地区的世界华裔文学中的伊斯兰文化带,提出了一系列对于华语文学研究颇为有益的设想与意见。另外,也可以选取一些华语文学共同关注的主题、题材等,比如华语文学对中国经典文化的运用方式、挪用背景、传承与变异等问题可以作为一个整体进行比较研究,深入挖掘,分析不同华人群体的处理手段与表现方式,以期发现表象背后深藏的文化素质。比

①　饶芃子、杨匡汉:《海外华文文学教程》,暨南大学出版社 2009 年版,第 30 页。
②　[美]张敬珏:《从跨国、跨种族的视角审视亚美研究——林露德的〈木鱼歌〉》,《华文文学》2008 年第 3 期。
③　杨建军:《世界华裔文学中的伊斯兰文化带》,《兰州大学学报》2009 年第 3 期。

如东干文学在大量地借用、化用中国民间故事过程中对其进行伊斯兰化的改造。东干文学中的孟姜女、韩信等人物都被置放到伊斯兰文化语境中，在保持人物原本特点的基础上，在细节、情节等方面进行适度的伊斯兰化改造，创作出富有浓厚伊斯兰宗教特点的人物形象。中国古典名著《西游记》也在东干人中广为流传，不过，唐僧师徒四人去西天取佛经就被置换成了取《古兰经》。还有东干作家阿尔布都的小说《惊恐》与唐代作家白行简《三梦记》的故事框架乃至细节都如出一辙，但原故事中对贵族的讽刺也被换成了对阿訇与乡老的批评。美国华语文学同样在跨文化语境中运用中国神话传说与经典进行创作，比如汤亭亭对花木兰进行女权意识的人物形象再塑造，对经典小说《西游记》的互文式写作，都表现出不同语境中处理中国传统文化的态度。与东干作家对中国传统文学的伊斯兰化不同，美国华裔文学挪用中国传统文学，完全出于另一种目的。"从华人文化的角度来看，赵健秀和汤亭亭通过挪用中国文学典故所建构的不同版本的华裔美国文化都是大有问题的；两位作家——包括赵健秀本人——对此都有充分的了解。但华裔美国作家进行这种建构的目的并不是要确认中华文化的权威性，而是要借中华文化为华裔美国文学正名，并通过赋予该文学及其叙事策略与文化逻辑合法性的方式，强调华裔美国人在美国的存在和相关性，以及他们在欧洲中心论占主导地位的美国社会中的重要历史作用。"[1]

　　除了题材、主题等，转写与翻译也是华语文学研究中一个很好的观察点。转写与翻译，并不仅仅是简单的语言转换，而是挖掘隐藏在语言转换背后对译介、转写对象的认识，以及产生这种认识的原因。美国华裔作家哈金用英文创作小说，反过来，又用汉语翻译自己的英文小说《落地》，这为研究作家如何处理两种语言提供了绝好的个案。东干作家也常常在汉语、东干语与俄语之间来回穿梭。中国现代作家老舍的小说《月牙儿》被译成俄文，东干作家又由俄文翻译成东干文，这种重重转译，可以考察东干作品的口语化与书面语的情况。

　　在类似以上的整合研究中，同中求异，异中找同，华语文学的研究才能不断拓宽视野，建立自己的学科体系。

---

① ［美］凌津奇：《谈全球化背景下的华裔美国文学研究》，《英美文学研究论丛》2010 年第 1 期。

2. 学者之间，尤其是国内与居住国研究者的交流与观念整合

华语文学研究本身就是跨时空、跨语言、跨民族的研究，对研究者的综合素养要求较高。对于研究者来说，海外华语文学有着时间、空间上的障碍，同时它在空间迁移、代际传递过程中有着极为复杂的外部因素，这就要求研究者不仅精通母语，深谙移民的所得语，还要具备较高的文学理论素养，更要略知"我们"与"他者"的文化、历史、种族、政治、经济等。除此之外，研究者还要还原到移民的生存情境中，要有设身处地的"他者"的代入感，要克服时间与空间上的障碍，避免自我为中心的倾向以及不自觉的民族情绪。

东干文学对研究者的综合素质要求极高。首先，在语言方面，东干口语是中国晚清时期的西北方言，东干文学中的书面语与口语不像现代汉语有着很大的错位，而是保持高度一致，是真正的"我手写我口"。有些语言学家因为不懂西北方言，所以在译介东干作品的时候讹误百出，甚至以讹传讹。除了熟悉西北方言外，还要懂得俄语。东干文主要是由俄文字母组成的，不会俄文字母，便读不懂东干文。东干作家同时也使用双语写作，除了东干文作品，他们还有不少俄文作品。另外，最早进行东干研究的学者，成就最高的当属苏联学者，他们有相当数量的东干研究成果。当然，除了熟悉西北方言与俄语外，还要略知一点儿阿拉伯语。东干文中有一少部分涉及伊斯兰教的词汇，主要是阿拉伯语的借词。其次，是对多元文化的了解。东干文学深受几种文化的影响：母体国——中国传统文化、居住国——俄罗斯文化、居住区——游牧文化，以及东干族信仰的伊斯兰文化。这对研究者的知识结构、研究视野与理论素养都提出了极高的要求。比如发表在《北方民族学院学报》的一组东干文化研究文章，分别由回族研究者、俄罗斯文学研究者以及中国现当代文学研究者共同完成。

因为研究视角、研究者经历、学术文化背景、生活处境、美学观念、理论视野、情感倾向不同，中国研究者要与域外，尤其是研究对象居住国研究者经常进行对话、交流、互动等。既能使学术力量形成合力，产生国际影响，又能使研究对象处于立体的关照中，得出更为人信服的结论。"由于国内学者和海外学者学术文化背景和具体生活处境的差异，理论视野和美学观念也有所不同，面对共同的对象却常常出现不同的观察、阐释和结论。例如马来西亚学者张光达以潘雨桐小说

研究为个案,比较中国学者和马来西亚学者研究的差异,指出中国学者'受到传统印象式分析法和西方的新批评方法学的局限',偏重于讨论潘雨桐小说对传统意境的营造,而身历其境的马来西亚学者则更关注潘雨桐小说营造古典意境的美学选择背后的历史语境与意识形态。对这类差异的对话、呼应和反省,有助于扩大华文文学研究的学术话语空间的国际化。研究跨国的华文文学理应具有国际化的话语空间。"①比如东干文学的研究格局中,前有俄罗斯学者群、中国学者群,后有澳大利亚、日本、挪威等国学者,各有自己的优势,同时也有盲点。东干文学本身就是多文化的混合体,既有主流文化——俄罗斯文化的影响,又有中国传统文化、伊斯兰文化的影响,各国学者各取所长,俄罗斯学者在俄罗斯文化的影响学方面更有优势,但对于东干文学中中国文化的影响却多讹误,都是由于文化上的隔膜导致的,只能相互参照、互相启发,才能使研究更加深入。又如美国华裔文学研究,中国学者更习惯于从故园、身份焦虑等华文文学传统母题入手,而美国的华裔文学研究者更有亲历性,加之美国主流文学研究方法的渗透,美国学者具有更加开阔的视野,比如张敬珏女士运用跨民族、跨种族的宏观视野,对华裔文学、韩裔文学及日裔文学均有研究,用实践尝试了研究的整体化、一体化。只有接纳、融合不同的观点,重新审视亚美研究,让来自亚洲、美洲以及各个种族地区的学者通力合作,亚美研究才会更加圆满,并避免盲目爱国主义和狭隘的民族自大心理。"对这类差异的对话、呼应和反省,有助于扩大华文文学研究的学术话语空间的国际化。研究跨国的华文文学理应具有国际化的话语空间。"②

(三) 海外华语文学的走向

1. 华语文学是异质文化冲突、交流、整合的现实样板

海外华语文学在异质文化冲突中的处理方式及经验既是其学科迥异于其他学科的特点,同时为解决世界范围内的文化冲突提供了一定的参考。学者

①② 刘登翰、刘小新:《对象·理论·学术平台——关于华文文学研究"学术升级"的思考》,《广东社会科学》2004年第1期。

陈国恩强调华文文学研究的意义与目的不是寻找海外的中国文学,而是发现海外华人如何处理中西文化冲突,惟有如此,才能体现华文文学研究的学科特点。①

东干文化有一大特点,就是对中国传统文化传承得非常好,比如东干语言中大量的语汇都保持着中国晚清时期的语汇,被誉为"晚清文化的活化石"。为什么一百年来我们丢弃、遗忘了的晚清语汇竟然能在异域的华裔群体中很好地保存下来呢? 一方面与东干人的居住模式有关。东干人以大分散、小集中的聚居方式生活在中亚 30 多个"甘肃村""陕西村",当地称为"乡庄";另一方面,东干人信仰伊斯兰教,宗教信仰使他们坚守着某些规程、文化。140 多年来,他们从未割断与母体文化的联系,形成了独特的文化景观。这种文化保存的经验,对于在母体文化与居住国文化的博弈当中具有启发意义。我们也可以运用如前所述的整合、比较方法,探讨分布在世界各地的"唐人街""类唐人街"在传承中国传统文化、提供文化认同方面起到的凝聚作用,最终提炼出"唐人街"文化模式。

2. 海外华语文学在全球化语境下的研究新动向

"在今天文化、知识、讯息急剧流转、空间的位移、记忆的重组、族群的迁徙以及网络世界的游荡已经成为我们生活经验的重要面向。"②诚如王德威所言,如今影响海外华文文学的主客观因素都在发生巨大的变化,研究范式也要随之更新。

一方面,华语文学中传统的母题、情结、研究范式、内容都将面临挑战。比如华人的身份在"华侨—华人—华裔"中转变,华语文学的创作主体、叙事内容随之发生了变化。"怀乡、望乡"主题将被逐渐淡化。还有"以'离散'观点出发的学者必须跳脱顾影自怜的'孤儿'或'孽子'情结,或是自我膨胀的阿 Q 精神。"③新移民群体、新生代等新型文学形态的产生,都会在深层次影响华语文学的布局。"其一是华人新生代和新移民作家与居住国的关系已摆脱了过去的紧张性,他们写作方式的本土性、多样性拓展了海外华文文学的生存空间。其二是海外华文

---

① 陈国恩:《3W:华文文学的学科基础问题》,《贵州社会科学》2009 年第 2 期。
②③ 王德威:《"华语文学研究的进路与可能"专题研讨——华语语系文学:边界想象与越界建构》,《中山大学学报》2006 年第 5 期。

文学创作的'边缘'空间有了大幅度拓展。海外华文文学的存在更多的是一种双重(母国和居住国)'边缘'的存在,新生代、新移民更清醒地意识到文学本质上是'边缘'的,他们甘于'边缘'的姿态。对于新生代、新移民而言,'边缘'不再是一种流放的无奈,而是一种独异的文化财富,一种有价值的生命归宿。"[1]

另一方面,海外华语文学研究因互联网对于华语文学的改变而生发出一些研究的新向度。移民群体一直以来在空间上分为母国与居住国,但互联网却催生了移民群体的第三个空间。

移民虽然在现实空间上离开了母国,在居住国,移民同样可以在网络上迅速聚集,交流海外的生活感受,通过参与博客写作、话题讨论、加入群聊等方式,时时刻刻与母国保持着信息的沟通以及情感上的依托,虽然它是个虚拟空间,但对移民生活却起着实实在在的作用,分担移民群体的焦虑,移民借此由分散居住、被动聚集转而在第三空间上主动交往,产生了强烈的归属感。由此引发了海外华语文学研究的巨大变化。比如,不同文化背景、语言、种族的互联网使用者,可以因共同兴趣而在网络上形成某个群体,移民的身份认定就不能单纯以语言、宗教、民族等来区分,它将变得更为复杂难辨,当然,传统意义上的"自愿迁移\被动迁移""母国\居住国"等概念也需要重新思考。这一系列变化都将为海外华语文学研究提供新的生长点。

3. 全球化语境下海外华语文学的生机与危机

全球化为海外华语文学带来了生机,但与此同时不能回避的问题是,随着本土化的推进,海外华语文学在未来愈来愈显现出独立性、自足性,还是在本土化、居住国主流文学的渗透下渐渐萎缩终至消失呢? 如果从与中国文化的远近亲疏来看,随着华人在居住国的代际下移,华人后代对居住国文化、身份认同度会越来越高,而对于中国文化可能越来越疏离,文学的"中国性"将会越来越淡化。这对于华文文学来说令人担忧。对于东干文学来说,目前形势更为危急,东干文学后继乏人。欧美地区、澳大利亚等先进地区与国家不断有中国移民加入,中亚经济相对落后,很少有新的华人移民,原有东干人中,有的如奥什东干人母语(汉

---

① 黄万华:《新世纪 10 年海外华文文学的发展及其趋向》,《天津师范大学学报》2010 年第 1 期。

语)丢失后,改变身份,加入其他民族;有的如乌兹别克斯坦东干人,不用东干文;哈萨克斯坦东干协会主席主张将东干语过渡到现代汉语上。在中国历史上,已有回纥文、西夏文、女真文等十几种文字消亡,东干文面临失传的危险。而东干文学曾有过十娃子、阿尔布都等作家群创造的辉煌时期,现今趋于衰落。因此,东干文学的抢救性研究迫在眉睫。东干文学并非个案,其他地区也不同程度出现了类似情况。比如东南亚地区华人创作的环境并不乐观,对华人歧视、排挤、打压,都在一定程度上打击了华人创作的积极性,也使得华人作品的出版及传播显得步履维艰,因此对于这些地方来说,华语作家队伍正在缩减。"印度尼西亚华文文学几十年来陷入困境,比新马泰华文文学发展严重滞后,这不是印华作家不努力或印华作家未按文学规律从事创作,而主要来自种族歧视,来自印度尼西亚当局长期压制华人,扼杀华文文化。"①"父辈们对华语的那份热爱和执着正在减退,导致东南亚各国的华文作协文学队伍后继乏人,发现和扶植新人就成为重要的课题。"②

所以,对于海外华语文学来说,生机与危机并存。但我们相信,只要引起华语研究界的足够重视,加快加大研究步伐与力度,只要海外有华人居住,海外华语文学就不会消亡。

二、东干文学与中国现代文学的契合点

东干文学因其独特性与复杂性,对中国古典文学、海外华语文学、语言学、民俗学、回族学等多个学科领域的研究均有参照意义,同时,东干文学与中国现代文学具有某些契合点:一是在时间段上东干文学几乎与中国现代文学同步发展;二是东干族是华人后裔,东干文学和中国现代文学一样与中国传统文化关系密切,二者采取的文化策略具有可比性;三是东干族集中分布在吉尔吉斯斯坦、哈萨克斯坦等中亚地区,是苏联时期的一个少数民族,东干文学与中国现代文学均受苏

---

① 古远清:《21世纪华文文学研究的前沿理论问题》,《甘肃社会科学》2004年第6期。

② [美]融融、谢昕妤:《海外华文文学的非母语和母语写作比较——以东南亚华文文学和北美新移民文学为例》,《世界华文文学论坛》2011年第2期。

联文化影响至深。因此东干文学与中国现代文学在诸如"汉字拼音化"、言文一致、文学的大众化与民族化等一些具体问题上相契合,可互为参照,比对研究。

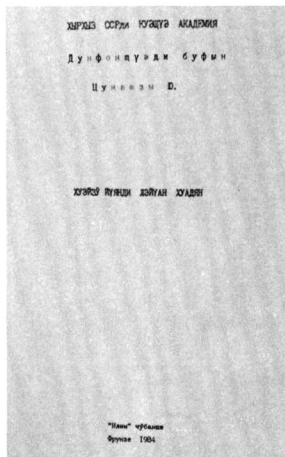

Ю.从娃子《回族语言的来源话典》(东干文),伊里木出版社1984年版。

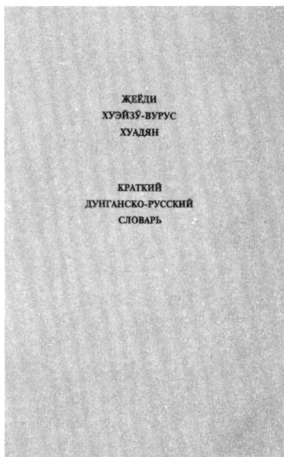

Ю.杨善新《简明东干语—俄语词典》(增订本),莫斯科,2009年版。

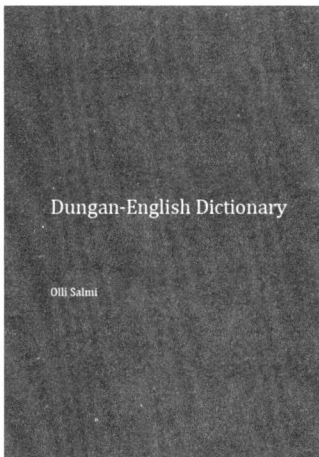

Olli Salmi《东干语—英语词典》,2017年。

(一) 汉字拼音化

"汉字拼音化"是中国文学现代化过程中的一个重要命题。"汉字拼音化"是不是特定历史情境下的文字改革策略,汉字拼音化利与弊如何权衡,若汉字拼音化真正推广开来,而不是"几个读书人在书房里商量出来的方案"(鲁迅语),那么它将会产生怎样的影响? 难道这些问题仅仅只是假设吗? 东干文作为目前世界上唯一成功的汉字拼音化文字,从诸多方面为中国现代文学中这些争论不休的命题提供了一个实例,通过分析东干文在实践操作中的可能性与局限性,来反观中国长达20多年的汉字拼音化运动。

1. 东干文与其他东亚汉文字圈国家拼音化文字的异同

"汉字拼音化"并非中国特有的问题,凡是东亚汉文字圈的国家如越南、日本、朝鲜等都面临过这一问题。汉文字圈在很大程度上以是否使用汉文字而划分。它不同于印度教、伊斯兰教各国,内聚力来自宗教的力量;它又不同于拉丁语系或盎格鲁—撒克逊语系各国,由共同的母语派生出各国的民族语言,这一区域的共同文化根基源自萌生于中国而通用于四邻的汉字。①

自东汉伊始,越南使用汉字有 2 000 多年的历史。从 16 世纪中叶开始,葡萄牙、法国等西方传教士陆续来到越南,为了便于学习越语与传播天主教,他们通过拉丁字母记录越南语,渐渐地创造了越南的拼音文字,越南人称"国语字"。1878 年,法国殖民者正式推行国语字,与汉字同时使用。1945 年后,越南停止使用汉字,全面推行拼音文字,越南语的文字从意音文字成功过渡到拼音文字。

朝鲜在 1444 年以前一直使用汉字,之后朝鲜人创建了拼音文字。这是真正的在同一种语言文化的基础上实现的文字改革,即在同一种语言文化基础上用拼音文字替换意音文字。

日语文字也出现了类似的情况。公元前 5—公元前 4 世纪,汉字由中国经朝鲜半岛传入日本,后来日本人在汉字的基础上创制了假名。假名分平假名和片假名,是一种音节文字。和朝鲜语拼音文字出现的方式略有不同,日本假名是在汉字的基础上产生的。日本现在基本上是假名和汉字混用,但完全用假名也可以。因此可以说日语也完成了由意音文字到拼音文字的过渡。

以上这些曾经大量使用过汉字的国家最终都由意音文字过渡到了拼音文字,东干文也是汉字拼音化成功的一例,那么东干文与之相比,又有什么不同呢?

汉字传入之前,东亚汉文字圈的国家都属于仅有民族语言而无文字的"接收集团",汉字的输入,使其书面语言成为可能,获得了历史性的进步。但汉字与东亚汉文字圈的民族语言之间缺乏直接的对应性,即"言"与"文"不一致,从语音上看,汉字基本上是一个字记录一个语素一个音节,而朝鲜语和日语都是黏着语,一个语素多个音节的情况很多,汉字并不完全适应这些国家的本土语言。所以虽然借用、仿造汉字帮助他们记录历史、识字读文,但文字与语言的错位一直困扰着这些国家,于是长时间以来引出以"言文一致"为目标的语文变革。而东干文产生的前提是汉字失传,但语言却是地地道道的汉语,所以一旦当其借用拼音文字流利地拼读汉语时,"言"与"文"可以毫无障碍地保持高度一致。当然,在东干文的创制过程中也遇到了一些问题,如有些读音无法用斯拉夫文字表示,于是

---

① 参见[法]汪德迈:《新汉文化圈》,江西人民出版社 2007 年版。

自创了 5 个字母 Ә、ж、ў、Y、Ꜧ 来代替。简而言之,汉文字圈中的汉字拼音化问题的核心是汉字与拼音化的关系,而东干文的拼音化核心却是汉语与拼音化的关系。

2. 东干文的汉语拼音化与中国的汉字拼音化比较

中国的汉字拼音化运动与东干文的创制都是在十月革命后苏联开展扫盲运动中进行的。十月革命后,苏联的文盲众多,当局大力开展扫盲运动,一方面,苏联政府主张俄文拉丁化,另一方面,苏联当时有 115 个民族和部族连文字也没有。列宁赞誉这个运动是"东方伟大的革命"。

苏联的拉丁化运动从 1921 年开始持续了 15 年,直至 1937 年才结束。汉字拼音化的直接动因是为当时苏联远东地区十万中国侨苏工人扫盲。1930 年瞿秋白出版《中国拉丁化的字母》小册子后,苏联汉学家龙果夫、郭质生和中国的萧三等都加入方案制订与讨论当中。1934 年在"文学大众化"的讨论中,苏联的拉丁化成就被介绍进国内,成为文学大众化的重要尝试手段。中国汉字的拉丁化运动从 1934 年开始至 1955 年进行了 21 年。其间一方面由于拼音化自身的一些学理问题,另一方面拼音化推行的社会环境恶劣,"汉字拼音化"被国民党当作共产党宣传政治思想的工具而被查禁。另外,民族救亡、抗日战争等都打破了拼音化的进程,使得汉字拼音化始终局限在一时、一地、某些群体中,并未在全国普遍推广开来。

东干文的创制同样有赖于苏联这次大规模的为无文字的少数民族创造文字的潮流。第一代迁居中亚的东干人基本上都是文盲,只会说汉语,却不认识汉字。随着 20 年代的拉丁化运动与文字改革,1932 年,苏联学者帮助东干族创制了拉丁化的东干字母,包括 31 个拉丁字母和自创的 5 个字母,一个字母表达一个音素,不标声调。在苏联政府的支持下,通过开办学校、成立研究中心、编订教科书、出版书籍、发行报纸(1932 年创办《东火星》报)等方式展开,东干文普及率很高,截至 1937 年,在东干人集中的吉尔吉斯斯坦和哈萨克斯坦 70% 的东干人已脱盲。[①]

---

① 参见丁宏:《东干文化研究》,中央民族大学出版社 1999 年版。

　　可以说,汉字拼音化与东干文的发生时间、背景、创制目的甚至参与者都很相似。比如东干文的主要创制者、东干书面文学的奠基人十娃子与中国作家萧三交情甚深,而萧三在苏联时期、解放区时期都是推动汉字拉丁化的主将。又如龙果夫等许多苏联语言学家,既积极地参与了东干文的创制,又投入了汉字拼音化的方案制订。这些方面的要素无疑使得东干语拼音化与汉字拼音化有着相类似的思路与方法。

　　东干族作为中国华裔,母语就是汉语,似乎东干文的汉语拼音化实践对于中国汉语拉丁化具有极大的借鉴作用。那么为什么东干的汉语拼音化只用短短的十几年就能成功,而中国汉语拼音化投入了大量的人力、物力,历时弥久却步履维艰,难以推广?

　　第一,二者拼音化的目的不同。中国的汉字拼音化前期在工具理性的笼罩下,拼音化文字与汉字分别代表强势文化与弱势文化,推动汉字拼音化的力量主要来自向西方文明学习的心态;后期力推汉字拼音化,则立足于文学大众化、通俗化的目的,以最便利易学的文字进行大众扫盲,从而达到"五四"文学之初"启蒙"的初衷。

　　汉语拼音化提倡之初也存在着改良派与改革派之分。前者急于借用简单易学的拼音化汉字扫盲,但并不排斥汉字,二者可共同使用。当时就有人不赞成废除汉字,例如1936年吴俊升提出:"我们教育者实在不应也不必附和废弃汉字的提议,而应在改良汉字的教学上多用功夫。第一,应该更适当的确定常用字汇,以为教学的根据;第二,应该就儿童学习的心理和汉字本身的体系,研究出汉字的经济学习法。"这是想通过改革教学方法来提高学习汉字的效率。而改革派则认为汉字代表着文化霸权,必须以拼音化文字代替汉字。瞿秋白是主张废除汉字、制定拉丁文字方案的重要奠基人。他发表过一系列抨击汉字的激烈言辞。瞿秋白曾经提出:"现代普通话的新中国文化必须罗马化。罗马化或者拉丁化,就是改用罗马字母的意思。这是要根本废除汉字。"①瞿秋白接受了文字具有阶级性的思想,认为"汉字不是现代中国四万万人的文字,而只是古代中国遗留下来的士大夫——百分之三四的中国人的文字"。②

――――――――――

　　①② 《瞿秋白文集》(第2卷),人民出版社1998年,第690页。

　　汉字拼音化之所以引起众多学者的关注,更大程度上因为它关涉汉文化与民族命运。汉文化以汉语为交流语言、以汉字为书面沟通的载体,维系着中华民族文化的绵延。美国历史学家唐德纲认为"汉字是维护民族团结的一个重要手段,它与政治、思想、文化等都保持一致性,它也就限制了方言的过分发展"。如若废除汉字,那将是中华民族的灾难。东干族与其他世界上的华裔群体相比,具有相当的凝聚力,其凝聚力一方面来自大分散小集中的居住模式,另一方面作为回民,伊斯兰教在团结东干人方面起到了至关重要的作用。当然,东干人能在俄罗斯文化、突厥文化的包围中坚持独立的民族性,也与其讲方言有着很大的关系。

　　东干文的拼音化,始自苏联 20 年代开始的扫盲运动,包括东干族在内的苏联许多民族没有文字。十月革命后,苏联总人口的 72% 是文盲,特别在数量众多的少数民族和部族中,文盲的比例更高。其中有 115 个民族和部族根本没有文字,还有一些民族和部族虽然有文字,可是很不完善,极难学习。东干人无民族文字,因而在苏联二三十年代文字拉丁化运动过程中着力创制本民族文字。

　　第二,影响汉语拉丁化的条件不同。中国幅员辽阔,人口众多,方言很多,各地群众甚至互不通音,这成为汉语拼音化过程中一大无法逾越的障碍。为解决这一问题,中国汉字拼音化之初就编制了方言版拉丁化新文字。1930 年,瞿秋白编制的《中国拉丁化的字母》方案是以北方话为基础拟制的,1934—1937 年,上海话、苏州话、无锡话、宁波话、温州话、广州话、潮汕话、客家话、福州话、厦门话、湖北话、四川话、桂林话、梧州话 14 种方言先后制订了各自方言版拉丁化新文字方案或草案,但实际只有上海话、广州话、潮汕话和厦门话的拉丁化新文字推行过。各地方言的存在,在很大程度上限制了任何一种汉字拉丁化方案的推行。即便对于极力主张汉字拉丁化的瞿秋白而言,对于方言的问题,他在 1931 年《普洛大众文艺的现实问题》一文中认为:"无产阶级在'五方杂处'的大城市和工厂里,正在天天创造普通话,这必然是各地方土话的互相让步,所谓'官话'的软化。统一言语的任务,也落到无产阶级身上。……无产阶级自己的话,将要领导和接受一般知识分子现在口头上的俗语——从最普通的日常谈话到政治演讲,使它形成现代的中国普通话。自然,照中国现状,还会很久的保存着小城市和农村的各地方的土话,这在特殊必要的时候,也要用它来写的。"①所以有学者说,当中国方言消失以前还必须得用汉字。

东干语具有内部统一性,均为陕、甘地区方言,标准的东干话或东干书面语言均以甘肃话为主。陕、甘地域相邻,语言相近,很少存在方言分歧造成的拼写上的不统一。拼音文字必须建立在民族共同语的基础之上,必须按照共同的标准语来制订语音系统。东干人最初进入中亚,方言口语比较复杂,有陕西话、甘肃话、宁夏话、青海话等。但这些中国方言在中亚经过融合之后,最终以甘肃话为民族共同语,以甘肃陇中片语音为标准音,才产生了记录东干语的东干文。②也正因为东干语的这种特殊性,使得语言学界对于东干语到底是不是一种独立的语言分歧很大。持赞同观点的是苏联语言学家 A.龙果夫教授,"东干语来源于汉语,但现在已经发展成为一种独立的语言"。德国学者吕恒力给予东干文相当的独立地位,他认为"汉语语支包括好多方言,但只有两种书面语,一是以汉字为标准文字的汉语普通话,一是用斯拉夫文字书写的苏联(东干)回族民族语言"。③而中国语言学学者海峰、林涛等认为东干语是汉语方言在境外的一种变体。他们从东干语的形态学类型未转化与改变,历史渊源上东干语与中国汉语西北方言中原话官话有着一脉相承的共源关系,东干语在语音、词汇和语法诸语言要素上只发生了局部的变异等几个方面来论证这一观点。

第三,文本继承问题也是汉语拼音化遭来非议的原因之一。中国文化历史悠久,卷帙浩繁的经典文本因汉字才得以保存,今人也因汉字得以与几千年前的古人进行沟通,如若汉字拼音化,汉字势必会逐渐被废弃。那么皮之不存,毛将焉附?大量的传统文化会不会就此消失?而东干语拼音化却不存在这个棘手的问题。本来迁居中亚的多为目不识丁的农民,对于中国传统文化文本知之甚少,东干人基本上通过以下几种途径来了解中国传统文化文本:一是通过俄文译文来了解;二是创立东干文后对中国文化文本进行翻译,如老舍的《月牙儿》等就是通过这种方式为东干人民所熟悉;三是通过民间故事、传说等口头文学间接地了

①　倪海曙:《拉丁化新文字运动的始末和编年纪事》,知识出版社 1987 年版,第 78 页。
②　参见林涛:《东干语论稿》,宁夏人民出版社 2007 年版。
③　[德]吕恒力:《30 年代苏联(东干)回族扫盲之成功经验——60 年来用拼音文字书写汉语北方话的一个方言的卓越实践》,《语文建设》1990 年第 2 期。

解。所以不存在必须保留汉字继承传统经典文本的问题。

东干人能够成功地实现汉语拼音化,主要由于它无须承担中国文学现代化这一历史使命,既无中西文化比较中的弱国心态,也无古今选择的困境。加之东干文的使用主体渴望有一种本民族的文字,东干本土知识分子一直力图创造一种可以记录、整理、传承本民族文化的载体,苏联也积极推行民族平等原则,为无文字的少数民族创制文字,正是以上这些主客观原因,促成了东干文的诞生。文字创制成功后,还要成功地推广与普及,才能算真正成功。苏联及东干学者通过积极开办学校、广播,编写教材,发行报纸、杂志等形式进行推广,其最有说服力的就是在短短几十年中仅有 10 万人的小群体中却出现了影响力较大的一批东干作家,创作了大量的东干文学作品。

3. 东干语在汉语拼音化过程中的局限性

东干汉语拼音化成功了,但在汉语拼音化过程中仍然遇到一些问题,这些问题也是中国汉语拼音化过程中遭遇到的。

比如同音字的问题。汉语作为意音文字,其特点是同音字多,要依靠不同字形来区分字义。这给失去汉字以斯拉夫字母为载体的东干语造成了极大的不便,加之东干文不标声调,就更增加了同音文字辨识的难度。东干族只得借用一些辅助手段来解决这个问题,比如在特殊的情况下,用给单音节词标上调号或者借助俄文来解释,但这毕竟只是辅助措施,并未从根本上解决问题。东干文学也随之在以下几方面表现出它的局限性来。

首先,东干文学作品被译成中文的时候,一些不太熟悉西北方言的译者在翻译时容易出错或发生歧义。比如十娃子的诗《我爷的城》开头四行出现了三种误译文本:第一种译法:"雪花飘落在我的头上,/我也爱唱哩:/虽然眼睫毛上已结下了一寸多的霜。"第二种译法:"雪也落到头上哩,/我爷孽障。/眼睫毛上也落哩一层冻霜。"第三种译法:"雪也落到头上哩,/我爷孽障。/眼遮毛上也落哩/一层冻霜。"而原文中眼睫毛应为"眼眨毛"。"一层冻霜"中的"冻"原文拼为"du",从发音看,不是"多"也不是"冻",而是"毒",即下了一层毒霜,意为风霜雪剑何其毒也。正因为东干文特殊的标音法及同音词的存在导致多种误译。

其次,因为没有汉字的支撑,随着与母体文化的分离,许多字只留其音却不知其义。学者赵塔里木曾对东干民歌在口头传承的过程分析发现,个别唱词在失去原有语音外壳的同时被赋予具有新词义的语音,从而出现了由语音转变引起的词义替换现象。他举例民歌《茉莉花》由江南传唱到西北地区,东干人再由西北地区把这首歌带至中亚时,《茉莉花》本义已完全丢失,并按照东干语汇的习惯,在茉莉花一词后附加一"子"后缀,变成了"毛李子花",意为"毛李子树上开的花"。①在东干方言语音的干扰下,没有汉字对语音的固定,语音极易发生变异,进而影响到语义的变化。

再次,东干语不标声调,依靠语义环境来理解同音字。不标声调,东干人长期使用东干语,在心理与语言等方面约定俗成,联系上下文可以顺利地读出语义来,但对于非东干族来说就造成了极大的不便。尤其表现在诗歌创作中,大量同音词的出现可能并非好事。基于诗歌的跳跃性、抽象性等特点,要在语义联系不甚紧密的诗歌语境中猜测字义,就显得相当困难。东干文学作品呈现出的一大特点,就是现实主义方法创作的作品最多,而现代主义的作品寥寥,这固然与当时苏联的文学创作主流、作家注重表现东干人民现实生活有关,但不容忽视的是,语言的形式对文学作品内容的限定作用。王小盾教授就这方面做过一些有益的探讨。

十四儿诗集《快就,夏天飞过呢》(东干文),比什凯克,2014年版。

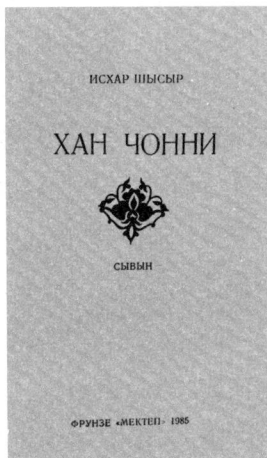

十四儿诗集《还唱呢》(东干文),米克捷普出版社1985年版。

---

① 赵塔里木:《中亚东干民歌的传承方式》,《音乐研究》2003 年第 1 期。

东干第二代诗人十四儿,在众多东干现实主义作家中显得异常特别。因为他的诗作试图表达一些现代性的主题,比如对生死的考虑、对时间的焦虑意识、对空间的感受、对孤独的彻骨体验等。"当他企图用东干诗歌表达死亡、永恒、历史、孤独等主题的时候,作为创作基本条件的东干语文,便成了他的镣铐。他不得不对旧意象加工,通过意象联结、延长、散文化等方式来创造新意象。"[1]当然,王小盾做出这样的判断,是基于对诗的某种特定认识:诗在本质上是一种非日常语言,诗要超越口语;他还对汉语书面诗与十四儿的诗歌作对比,认为十四儿为了不因同音字发生歧义,不得不将汉语的书面语改成拖沓的口语,从而牺牲了诗歌的紧凑。当然,在这种分析背后也透露出作者的评价标准:书面语较之口语要更为凝练、进步,更接近诗的本味。这些意见中还有值得商榷之处。诗歌是否有诗味并不在于它用口语还是书面语,书面语也会因其长期的固定性而显现出表达能力退化的现象,反倒一些口语更为生动、更有表现力。

东干文通过书报、广播、文学作品等载体在东干已经广泛使用了几十年,渐臻成熟,它有完善的正字法、标点法系统等,证明了用拼音文字书写汉语是完全可行的。东干拼音文字为保持东干的民族独立性、保存与发展东干的文化作出了很大的贡献。正是由于东干语是汉语方言的变形,所以它的拼音文字的经验对汉语拼音文字的建立有重大的参考价值。[2]

(二) 言文一致

"言文一致"与"汉字拼音化"都是新文学向大众化努力的途径与手段。从近代诗人黄遵宪的"我手写我口、古岂能拘牵"到瞿秋白的"现代'人话'的新中国文",都主张言与文的一致。"言文一致"的诉求是中国文学现代化过程中一重要命题。东干文几乎完全记录口语,口语与书面语保持高度的一致性,书面语就是口语的真实记录。那么口语、方言能否入文,若能入文,对作品的创作及发展会有什么样的影响?

---

① 王小盾:《东干文学和越南古代文学的启示——关于新资料对文学研究的未来影响》,《文学遗产》2001年第6期。

② 参见杜松寿:《拼音文字参考资料集刊:东干语拼音文字资料》,文字改革出版社1959年版。

1. 东干语言的发展

先来看看东干语在中亚一百年来的发展情况。作为华裔,东干语言的发展与北美、欧洲、东南亚等地的华裔语言发展有着共同的特征:母语的发展与居住国语言、母体语言以及自身的语言发展需要相关。但东干语也有着与世界其他地区华侨语言与众不同的地方:一是东干族大分散小聚居,如目前吉尔吉斯斯坦的梢葫芦乡、米粮川等都是东干族聚居的地方,当地人俗称为"乡庄",乡庄作为文化载体与活动场所,使得东干的文化自守性与传承性成为可能;二是东干族信仰伊斯兰教,又使得东干族内部具有相当的凝聚力。因此乡庄内部通用东干语,对外使用俄语,这种文化特点使得汉语西北方言能够在异域生存百年之久。作为东干母语——晚清时期西北方言,一百多年来在东干人中使用着,随着与母体文化的渐渐疏离,居住国文化的逐渐渗透,东干语言发生了以下的一些变化:

东干语随着新生事物的产生,自身也有部分的造词能力,创造一些新词,如失去妻子的男人叫寡夫,飞机叫作风船等;二是随着与母语文化的隔绝,一些词汇保持了相当的生命力与表现力,一些我们早已弃之不用的晚清时期的词汇现在依然存活在东干人的表达中,如帖子、干办等词;三是一些词汇也因为没有文字对口语的保存与确认,或对词汇本义不甚了了,一些词汇的意义逐渐模糊,或者对词语原义误读,或者有些词已变成死词。

居住国语言相对于华侨群体母语,显然是强势文化,潜移默化地对后者的语言、文化进行渗透与影响,这也是华侨群体自身存在与发展的必然路径。东干族也不例外,在一些科技等新词方面借用俄语,如"集体农庄"用"卡勒豁子",把"汽车"拼为"马使奈"等。据东干学者哈娃子统计,东干语借用俄语的词约占东干语整个词汇总量的7%。①

大量借词的使用丰富了东干语言,增强了东干人的表达能力。但另一方面,也因为借词的使用,使得东干语的纯净性越来越受到影响。

正因为如上所述的原因,现今的中国人阅读东干文时会遇到一些障碍。当然,80年代以后随着中国与中亚地区交流的增加,许多东干文化人回到宁夏、甘

---

① 参见林涛:《东干语论稿》,宁夏人民出版社2007年版。

肃、陕西等地寻根,同时也使得东干语独立发展近百年后又再次与母语文化得以交流,一些中国当代的新语汇逐渐融入东干语当中,不过,无论在数量上还是影响力方面都还十分有限。

2. 东干口语与书面语之间的关系

按照中国文学的发展规律,当书面文学独立于口语文学之后,随着书面文学的不断成熟与自我不断的创造与变更,书面文学越来越脱离口语文学,渐具独立性,当这种情形发展到 20 世纪时,其文与言的割裂遭到了启蒙者们强烈的批判。但东干书面文学与中国文学发展规律完全不同,即它越来越依赖于口语。东干书面文学毕竟发展时间有限,从 20 世纪 30 年代东干文创立至今,也仅仅约 90 年的时间,而中国书面文学用漫长的时间才逐渐实现言文剥离。东干文学比之中国古典文学,可资借鉴的文化资源极其有限,因为没有大量的文本积累,对于中国传统文化资源直接的传承仅仅局限在一些民间故事、口歌口溜、民间习俗等方面。还有一个致命的问题,就是拼音文字与汉字的功能。汉字是一种语素本位的语言,是一套附着虚有其表语素系统上的文字。汉语的单音节语素十分活跃,构词能力强,汉语中的词大都是其语素意义的不同方式的合成,所以汉字之间的组合能力较强,会随着新事物的出现或表达的特殊需要而不断地生成新词语。而东干语中拼音与口语基本保持一致,虽然书面文字与口头语之间依然会产生彼此相互影响共同命名与认识事物的作用,但与中国书面文字自我创新的强度相比,东干的书面语与口语之间的互动关系并不强。因为口语中能指与所指的紧密性(言文的高度一致性),新出现的事物无法再用已有的话语来表达,对新生事物的命名能力较差。为了解决这个问题,只能不断地向俄语、突厥语、阿拉伯语、波斯语等借用词语。在东干文中,民间文学多以汉语西北方言为载体,民族宗教用语多为阿拉伯用语,而出现的新生事物大量地使用俄语借词,就能说明这个问题。东干语能作为沟通工具主要是依靠约定俗成,这也造成其语言发展较为缓慢,一些习惯的命名、固定的搭配等变化较少,文字组合不够活跃。正因为东干语发展的迟缓性,也使得东干语具备了良好的传承性与稳定性,保留了大量中国晚清时期的语言,具有很高的语言学价值,被称为"晚清语言的活化石"。

3. 书面文学与口语文学

由于东干语生存的封闭性,使得东干文学在发展的前 50 年只有口语文学,而无书面文学的支撑。书面文学诞生后,又强烈地依附于口语文学,尚未获得完全的独立性。正因为东干文学高度依赖口语,整个东干文学呈现出典型的口语化、通俗化、大众化的特点,即便书面文学产生了,但东干文学中较发达的仍是口语文学,如民间故事、口歌、口溜等;另外在东干叙事类作品中,叙事方式的现实主义创作方法、故事框架建构基本沿袭中国传统小说叙述模式,大量密集的东干民俗的展示等都传达出东干文学的这一特点。而中国文学中书面文学完全可以脱离口语而自成体系、独立发展。

东干文学与口语的共生依托关系,一方面会使东干文学具有强烈的辨识度,但另一方面也会给东干文学带来局限,突出地表现在诗歌的创作中。王小盾曾提出,因为无法利用文字来区分同音词,文学作品中的意象要依靠上下文才能成立,这样就造成了意象语汇的萎缩,同时也造就了若干种意象语汇的固定搭配(例如“春天”“姑娘”“花园”的搭配)。这种看法的确有一定道理。被誉为东干文学奠基人的十娃子的诗作中的确出现了类似太阳、春天等大量意象重复的现象,虽然这并不妨碍诗人创作出优秀的充满诗味的诗歌,但作品也确实出现了题材、艺术手法等某些方面不够丰富的问题。造成这种现象的原因很复杂,还有待进一步探讨。另外,王小盾还认为,为了减少文句的歧义,东干诗歌从传统的七言句式中发展出了“七四七四”句式,即用四言句对七言句的词义进行补充。[①]比如诗人十娃子的《雪花儿》[②]:

> 雪花儿,雪花飞的呢,
>
> 　　空中呢旋。
>
> 这个清水没分量,
>
> 　　鸡毛一般。

七字句为一完整句子,四字句作为延伸或补充,但事实并非完全如此。如十

---

① 王小盾:《东干文学和越南古代文学的启示——关于新资料对文学研究的未来影响》,《文学遗产》2001 年第 6 期。

② 参见亚斯尔·十娃子:《挑拣下的作品(诗选)》,吉尔吉斯斯坦出版社 1988 年版。

娃子的《我爱春天》：

> 一朵鲜花开的呢，
>
> 就像火焰。绿山顶上开的呢，
>
> 我看得显。
>
> 就像不远，我看的，
>
> 我能揪上，
>
> 可是它远，离我远
>
> 就像月亮。

虽然"七·四"体是东干诗人常使用的一种诗歌形式，但除此之外，既有"七·四"体灵活的多种变体，还有民歌体、楼梯诗、七言诗等多种诗歌形式。所以认为东干语限制了东干诗歌形式的看法似乎也不能完全成立。这个看法值得商榷，由此也引出中国研究者在研究东干文学时往往容易陷入民族文化本位主义，认为东干书面文学语言是汉语西北方言，太土，不典雅，以我们的艺术口味与标准去衡量其他艺术的优劣。

另外，东干文学的口语化也对东干文学在文化传播、文化传承等方面有所影响。因为文字对于语音与语义的固定作用，使得文化传承更有效，当然在文化的传播方面，口语的文化传播广度可能比之书面文学更有效力。东干文学自文字产生之后，书面文学的大量产生对于东干文学记录本民族民间文学、传统、习俗，在一定范围内对东干文学的传播乃至研究都起到了很大的作用。与此同时，口语又因为缺乏文字的支撑，在传播中会使文化信息部分丢失或发生变异。

4. 东干文学面临的困境

口语的限制作用，新生事物借词的使用，在一定程度上影响了东干文的纯净性，加之越来越多的东干年轻人在俄罗斯文化的浸淫下长大，与母语文化的逐渐疏离、对俄罗斯文化的向心性与归属感的加强，东干文及东干文学在逐渐萎缩，人们不禁担忧起东干文学的发展，认为目前极有必要对东干文学进行抢救性的研究。

1991 年苏联解体以后，东干人面临着今后语言选择的问题：是以东干文-俄文为主呢，还是以东干文-汉文为主？是因循已然熟悉的、越来越为东干年轻人认同的俄语,还是回归到亲娘言(母语)? 东干学者说:"习学咱们的亲娘语言(东干语)⋯⋯""往前去(发展)咱们要往汉字上过(转变)呢,因此(原因)是咱们的话连汉语的根是一个⋯⋯","回文的根基是汉文。回到回文的根基上一定要把汉字学会,再按回文的发音,就是用俄文、东干文的字母拼音写出来的单词。这样回族的语言才能慢慢恢复带发展起来。"①2002 年初,吉尔吉斯的东干学者已经开始了试点,在比什凯克市印行了一份《回族语言报》,号召中亚的东干人"回到回文的根基"上来,都学习汉文。

(三) 文学的大众化与民族化

文学的大众化、民族化是中国现代文学始终追求的主题。中国现代文学理论体系的建构以及文学批评实践很大程度上受到苏联文学影响。东干文学在 20 世纪 30 年代随着东干文的诞生而发展起来,苏联文化作为居住国文化对于东干作家影响更大,甚至他们的创作就是苏联文学的一部分。因此中国现代文学与东干文学在美学追求、创作风格、民间文化资源利用与借鉴等方面都有很大的相似性。

1. 文艺美学方面

中国现代文学中的解放区文学与东干文学都积极采用现实主义的创作方法,创作情绪乐观向上,以赞颂新生活为主,语言上吸纳群众口头语言,在文艺美学上表现出共同的审美趋向。

(1) 现实主义的创作方法。东干文学兴起之时,现实主义创作方法是苏联文艺创作领域的主流。从 20 世纪 30 年代开始,社会主义现实主义是苏联主流的、官方的文艺创作方法,主要以歌颂十月革命及国内战争期间的领袖人物、党的领导及革命胜利后确立的共产主义目标为主要任务,文学主题多为革命英雄主义、集体主义和个人奉献精神,歌颂新社会、新事物、新人物。第二次世界大战爆发期间,文学以战争为主题,领袖、战斗英雄和劳动模范成为其主人公。纵观

---

① 林涛:《东干语论稿》,宁夏人民出版社 2007 年版,第 18 页。

东干文学几十年的发展,除却个别的青年作家寻求突破之外,绝大多数东干文学创作都秉承着现实主义的创作方法。

苏联现实主义文学对中国现代文学中现实主义的创作影响深远。30 年代经周扬介绍,社会现实主义"汇入并开始左右我国现实主义思潮"。后经毛泽东修正与强化,加入中国传统文化要素,建构起中国特色的现实主义文艺思想,借助着毛泽东权威推广,对中国现代文学及当代文学产生了深刻的影响,中国现代文学在相当大的程度上都体现出现实主义的创作理想、文艺美学和主题表现。

(2) 创作主题。东干文学创作主题紧紧地跟随着苏联的主流创作趋势。首先是集体农庄文学题材。20 世纪 30 年代,苏联在全国范围内开展了大规模的农业集体化运动。东干人民积极地加入卡勒豁子(集体农庄),实行公有制,共同建设社会主义国家。大量的东干文学作品反映了这一社会现象。其中的人物形象:有拒绝加入而被朋友乡亲孤立鄙视的青石儿,有为集体农庄献计献策的聪慧机敏的东干少女聪花儿,有大公无私将自家粮食贡献给集体农庄的女性开婕子等。作品以是否加入集体农庄,是否积极劳动作为作品价值体系的标准、臧否人物的准绳。

再次是卫国战争时期的文学。第二次世界大战爆发后,苏联卫国战争文学也诞生了。爱国主义、英雄主义、人道主义精神成为卫国战争文学的主题。东干族青年义无反顾地奔赴战场,为苏联卫国战争的胜利立下了汗马功劳。大批东干家庭在这次战争中饱尝了妻离子散的悲痛。东干文学中不少作品都反映了东干族在这场战争中所表现出的人性美与人情美。不过,东干文学很少正面展现战场,更多的是将笔触放在因战争而分崩离析的痛苦家庭上,通过母亲的坚忍、妻子的顽强、孩子的童稚来反映东干人民对卫国战争的支持与东干民族的民族感、正义感以及对侵略战争的强烈谴责。第二次世界大战期间,中苏两国人民都遭受着国际法西斯侵略势力的蹂躏,命运相关、休戚与共。苏联的战时文学不仅适应其国内形势的需要,也为中国作家所认同。苏联卫国战争文学的创作思想和艺术技巧,也对中国的战争文学、军事文学产生了潜移默化的影响,产生了大量歌颂英雄人物、领导人物、劳动与光明的作品。

(3) 人物形象。东干民族本来就是中国晚清时期迁移到中亚的回族农民,以农为本,重农抑商,迁入中亚之后东干人的组织形态依然是乡村模式,称之为

"乡庄",加之东干人的思想传承了中国儒家传统文化,所以东干文学作品中描绘最多的人物形象是朴实的农民。作品中既有对农民优秀品质的歌颂,也有对农民性格中存在的因循守旧、自私狭隘的性格的温和批判。

东干族的许多作家阿尔布都、白掌柜的等都参加过卫国战争,十娃子在卫国战争期间曾是随军记者,从军经历给他们提供了丰富的创作素材,作品中出现大量的英雄人物形象。如《相片原回来了》中在战场上牺牲、与爱人生死诀别的黑娃尔萨,《老英雄的一点记想》中智勇双全的马三成,《扁担上开花儿》中与德国军官展开面对面博弈的哈尔克,十娃子的诗歌《英雄之死》等一系列民族英雄形象。东干文学中的英雄人物除却强烈的民族情感之外,还将苏联战争时期的革命英雄主义与穆斯林的虔诚信仰融为一体,形成自己特有的风格。

另外,东干文学勾勒出一系列生动鲜明的东干妇女形象。既有在回儒双重文化规约下命运多舛的老一代东干妇女,也有在苏联卫国战争时期兼具男女双重角色的东干女性,还有在集体农庄时期因掌握知识而改变了命运的东干新女性。

(4) 叙述方式的民间性。东干知识分子大多数都从乡庄中走出来,毕业后仍回到乡庄种田、做生意或教书。东干知识分子本身就是农民中的一员,他们的创作、生活与乡庄有着千丝万缕的联系,与农民有着深厚的感情。他们既无中国知识分子与民众间的启蒙与被启蒙,也无知识分子的思想改造问题,因此表现在作品中,叙述语言与人物语言始终保持了与东干口语高度统一的特点,并且是原汁原味的东干方言,本民族群众读起来毫无艰涩之感。而中国现当代以民间化、大众化语言作品而著称的作家当中,如老舍、赵树理、贾平凹等,其叙述语言与人物语言是隔裂开的,即人物语言是大众语或方言,而叙述语言始终是知识分子的。即便是大众语或方言也是经过知识分子加工提炼后的语言,留有作者独特的个性特点。

2. 对民间文化资源的发掘与利用,呈现出浓郁的民俗色彩

如何发掘和利用民间文化资源是中国现代文学大众化、民族化的一条重要途径。作为海外华人群体之一种,东干民族却不像其他海外华人被居住国文化快速同化,而是长期保持民族特点,很大程度上归因于东干民族大分散、小集中的居住方式以及信仰伊斯兰教产生的凝聚力。

首先,浓郁的中国传统民俗与伊斯兰民俗。东干文学中不少作品基本上就是对东干民俗真实而完整的记录,具有很高的民俗学价值。东干族一方面很好地传承了中国传统尤其是晚清的一些民俗,另一方面也顽强地固守着伊斯兰民俗。比如在人生的几个重要阶段的礼俗上,几乎都会请阿訇来念经。提亲时先要念一段经,再说正事。伊斯马尔·舍穆子的《归来》写道:"媒人到了尤布子家,念了个'索儿'(经文)后,说明了来意。"定亲时也要念索儿。结婚时更有一套老规程,接新娘子的喜车由双套马拉着,马也装扮一新,"马的鬃上、尾巴上绑的都是红,车的篷子上铺的花毯,红毡,车户的手里拿的响鞭子,折弯子的时候,鞭子的响声就连炮子一样响了"。新媳妇进门后要揭盖头。随后还要吃"试刀面",以此检验新媳妇的茶饭手艺如何。东干的男孩子一般到六七岁的时候就要孙乃体,也就是给男孩子行割礼,庄严而隆重,不亚于婚礼。人若生病了,也会请阿訇念经,他们把念过经的水叫"杜瓦水",据说病人喝后就会痊愈。《杜瓦儿》中的伊斯玛子病了,疑心自己每次经过白家庄子都会招来灾祸,于是去求阿訇的杜瓦尔驱邪。①

其次,以民间故事为素材进行创作。《三国演义》《水浒传》等故事及人物在东干可谓家喻户晓。东干族文学创作一方面基于现实生活,一方面大量取材于民间文学形式。如阿尔布都的名篇《莎燕与三娃尔》就是典型的中国民间传说"梁山伯与祝英台"的故事模式。三娃尔与莎燕,一个是财主家的长工,一个是财主的女儿,两人相爱,可想而知,是个悲剧故事,死后化做两只白鸽子,黎明时分出来结伴玩耍,日落之际相随消失。《独木桥》这部东干民族史诗般的作品,同样取材于东干民族英雄白彦虎的故事。还有韩信的故事在东干民间广为流传,十娃子诗作中多处以韩信来比喻歹毒、心狠之人:"把长到一达呢的/两个嫩心,/拿老刀刀儿割开哩,/就像韩信。"(《败掉的桂花》)"他把鲜花儿撂掉哩/心里没疼,/踏到淬泥里头哩,/就像韩信。"(《牡丹》)②这与中国传说中率性而为、桀骜而又侠义的韩信形象相距甚远。究其原因,仍源自东干民间传说,韩信被描绘成作恶多端、背信弃义的历史人物。

---

① 参见 A.阿尔布都:《独木桥》(东干文),吉尔吉斯斯坦出版社 1985 年版。
② 参见亚斯尔·十娃子:《挑拣下的作品(诗选)》(东干文),吉尔吉斯斯坦出版社 1988 年版。

再次,大量口歌、口溜入文,丰富了东干文学的表达。东干族还流传着许多反映东干生活的口传文学,大多是从中国带去的口歌口溜,是不识字的东干人精神文化生活的一部分。同时这些口歌口溜也嵌入东干小说中,丰富着东干文学的表达。如阿尔布都的小说中就时常运用口歌、口溜为文章增色添彩。

东干文学与中国文学有着千丝万缕的联系,前者对后者既有传承又有变异,后者既是前者的母体文化又曾经相互隔绝多年。东干文学对中国现代文学的启示这一视角还远未能道清更多有价值的问题,文中所涉及的一些问题,也值得进一步深究下去。需要说明的是,笔者旨在两种文学形态在相关问题上的比较,以及揭示东干文学在某些问题上对于中国现代文学的实践作用,无意于二者孰优孰劣的判断。

三、东干文学与伊斯兰文化

东干族居住在中亚多民族混居的特殊环境中,其文化既受俄罗斯(苏联时期)主流文化的影响,又传承了中国文化的基因,同时也受周围哈萨克、吉尔吉斯、乌兹别克等其他民族文化的影响,而东干文化能在诸多强大的文化包围中没有被其他的民族同化,依然保持其独特的文化特点,除了传承中国文化外,很大程度上要归因于其坚守的伊斯兰文化。东干著名诗人十娃子在诗歌《北河沿上》将伊斯兰文化奉为东干的根:

我爷、太爷还说过
　　——麦加地方
就是老家,太贵重,
　　连命一样。
圣人生在那塔儿哩,
　　他的心灵:
把《古兰经》下降哩——
　　穆民的根。

可见东干族与伊斯兰文化的血缘关系。在世界华语文学中,东干文学最为独特,140 多年的东干口头文学与 80 多年的东干书面文学为我们研究东干文化提供了丰富的资料。以下拟从宗教信仰、伦理道德、东干风俗及中国文学在中亚的伊斯兰化等层面,探讨东干文学与伊斯兰文化的关系。

(一)宗教信仰层面

东干族是中国西北起义失败后迁往中亚的回民,他们信仰伊斯兰教。东干文学并不是宗教文学,但东干族信仰伊斯兰教,因而东干文学中人物的活动场景、日常行动、性格特征、思想观念等无不透露出伊斯兰文化的讯息,尤其是老一代东干人,对信仰伊斯兰教更为虔诚。

在伊斯兰教中,胡达(真主)是世界独一的主宰、万物的创造主,因而在东干人心目中,"胡达"就是绝对的精神支柱与命运的支配者。东干文学中,"胡达"出现频率很高。因为"胡达"掌控着世间所有人及生物的生死命运。比如东干诗人伊斯哈尔·十四儿在其诗作《胡达呀,我祈祷你……》《白生生的雪消罢……》中说,世上啥都不久长,有生有灭,这是"胡达-讨尔俩(意为伟大胡达)的下降,/谁能躲脱……"意思是人间的一切祸福,都是胡达降下的,没有谁能够逃脱。阿尔布都的中篇小说《头一个农艺师》中写米奈的妈妈受封建守旧思想的影响,不让女儿上学,她便假借胡达的名义对女儿说:"胡达造化你是喂鸭子,喂鸡儿的,你就耍望想提皮包,胡达给你把那一号子事情没造下……""胡达"既然是无所不能的主宰者,那么他也是世界善恶美丑的审判者。福寿灾祸、善恶报应均有因果。伊斯兰教认为,人都有原罪,人都会犯罪过,若是个善人、好人,"胡达"必定会免其罪孽。如阿尔布都的《一条心》中胡金阿伯向索玛儿介绍他从未见过的已去世的父亲时夸赞说,"你大(父亲),胡达恕饶古纳和(罪过)的"。阿尔布都《扁担上开花儿》中女强人开婕子做乡庄的妇女工作成绩卓著,人们称赞她是"胡达恕饶'古纳和',开婕子给女人很干了些好事情的呢"。相应的,恶人则要受到胡达的惩罚。可见,东干小说中充满浓郁的伊斯兰文化氛围。

宗教信仰并不是简单地只存留在人物的口头上,实际它已经渗透到人物的整个灵魂中了。如阿尔布都在他的《头一个农艺师》中写聪花儿的奶奶是一个虔诚的伊斯兰教徒,作家着意通过对她的一举一动、一言一行的描述,展示了伊斯兰教对东干人精神的塑造。聪花儿奶奶几乎大部分的时间都用在伊斯兰修行上，早上一醒来，紧赶慢赶洗个阿布代斯（小净），要去做晨礼，平日一天到晚坐着掐太斯比哈儿（念珠）。"二战"时期儿子奔赴战场，老太太虽然目不识丁，但在国难当头的关键时刻，深明大义，用伊斯兰教义鼓励战士："'安拉呼塔尔俩'造下的男人是保护（祖）国的，打仗是'孙乃体'，折掉的人是'舍黑体'（烈士）。"为了保佑上前线的儿子平安健康，老太太给儿子带上伊斯兰教所笃信的能够佑福辟邪的物件：土杜瓦。"土杜瓦"意为护身符。具体的做法是，把祛除灾祸、保佑平安等内容的古兰经写在布上或写在纸上再包入布内，用特殊的方法缝制成长方形或三角形，戴在身上辟邪。老太太还叮嘱儿子时时刻刻不要忘记念经："走站念'碧斯名俩'（阿拉伯语，各种日常活动前要奉真主之命，或以真主的名义），'念素布哈儿南拉'（伊斯兰赞颂真主的词，阿拉伯语音译，意为惊奇、诧异，遇到不适、恐惧时都要念素布哈奈，赞颂归真主）。"聪花儿奶奶担心儿子的安危，又无能为力，唯有借助伊斯兰教的力量为儿子祈福。她虽没有多少文化，却能依据伊斯兰教的思想建立自己的生死观：此世（"顿亚"）是短暂虚假的，彼世才是永恒的归宿；至于彼世，伊斯兰教认为有天园与火狱之别，天园即极乐之境，唯有虔信者，或经审判后的行善者才能进入天园。火狱中则到处充满烈火，生前作恶者被打入火狱，锁链加身、被火炙烤，痛苦无比。正是基于这样的信念，她坚决拒绝照相，认为照相是罪过的事情。一说起照相，她就想起"多灾"（意为"火狱"），就思量"多灾"里头的火了。她对孙女说："你们拓去，你们还年轻，有消磨'古那和'（罪过）的工夫呢，我老了，我还望想的那个顿亚上，见我的大大妈妈去呢。"聪花儿奶奶虽然不懂科学，却是一个十分可爱的信仰伊斯兰教的老一代农民。

东干人宗教信仰的实践还表现在五功（亦称五大天命）修行上。五功是穆斯林的五项宗教功课，是每个教徒都应遵守的最基本的宗教规程。在东干文学作品中的人物（尤其是在描述老年人的日常生活中），履行"五功"占据着十分重要的位置。如尤苏尔·老马的《乡庄》，便塑造了一个可敬的东干民族文化坚守者——苏来麻乃老汉的形象：老汉一天五次的乃麻子（礼拜）是少不了的；在亚库甫·马米耶佐夫的《思念》中，存姐儿即使双目失明，也一丝不苟、熟练麻利地通过一系列动作完成功课："在院棚下洗过了'阿布代斯'，进了屋，利索地上了炕，把挂在墙上的拜毡取下铺在炕上，开始做晨礼。""做完晨礼，又把'太斯比哈'拿在手中掐念了好一阵子。"东干文学中,无论男女老幼,修行"五功"相当普遍,已经像吃饭、睡觉一样融入他们的日常生活中了。

伊斯兰文化能够在东干群众中深入人心并代代相传,与经堂教育是分不开的。东干族迁入中亚后,继承了中国回族的经堂教育。20世纪30年代左右,大多数东干人依照回族习惯都把孩子送到清真寺里去学经文。"按七河省行政当局的资料,1909年在马林斯克及尼古拉耶夫斯克东干县有50多所宗教启蒙学校。"①东干孩子在校学习至少5年以上,从阿拉伯字母到句子再到背诵经文。不过随着现代科学文化的引入,以教授科学知识为主的回族学校建立,人们开始对两种教育方式比较和思考。阿尔布都的《毛素儿的无常》、亚库甫·哈瓦佐夫的《心愿》、尤苏儿·老马的《往事》等作品中,都反映了东干人在选择去寺里学经还是念回族学校时的两难处境。这些小说中,作者在与新型学校的比较中,对东干的经堂教育方式进行了反思:清真寺的教学方式一般都较古板,教师对待学生很严苛,甚至打骂学生,而回族学校教学内容以科学知识为主,老师也多是接受过科学知识的回族大学生,对学生态度温和。如《心愿》中的父亲松迪克,他是个受过新思想影响的人,但又是个虔诚的穆斯林,"上学还是学经?"成了一个问题,他"一方面对个别宗教人士和乡老的一些做法很看不顺眼,另一方面每天的五次礼拜从不耽误。虽然他并不指望自己的儿子将来能成为一名阿訇,但是不让儿子从小去清真寺里学经,似乎又像是没有尽到穆斯林应尽的责任"。这些思想真实地反映了东干人在面对新思想冲击时,对于到底应该接受何种教育方式的思考。当然,除却学校,家庭、"乡庄"共同担负起了给下一代灌输伊斯兰教文化的任务。在东干人心中,保持东干民族特色是其文化保护的第一要务,笃信伊斯兰教正是他们坚守文化之根的一个重要手段与途径。

(二) 伦理道德层面

东干文学中的伊斯兰文化色彩还体现在伦理道德上,伊斯兰文化规范着东

---

①　М.Я.苏三洛:《中亚东干人的历史与文化》,郝苏民、高永久译,宁夏人民出版社1996年版,第234页。

干人的行为举止,培养了他们良好的道德品质。东干人做事,常考虑到要既对得起别人,也要对得起自己的良心,因而他们认为向得罪过的人"讨口唤",求得他人的原谅,使彼此消除误会,心不存隙,才算得上是一个真正向善向美的穆斯林。如阿尔布都的小说《瓷瓶》,由瓷瓶联系起一家三代人的故事:"我爷"当年因为自私强占了本该属于姑奶奶的珍贵的瓷瓶,自此两兄妹结下了仇怨,几十年都互不往来。后来"我"父亲得病了,母亲也因这对瓶折磨了一生,认为是胡达降罪惩罚,特意去找姑奶奶讨口唤,以求得她的谅解。

A.曼苏洛娃小说集《你不是也提目》(东干文),比什凯克,2007年版。

在东干文学中,怜恤、抚养"也提目"(孤儿)是作品常见的主题,这也是东干人美德的一种体现。《古兰经》多次强调善待孤儿,对保护孤儿的财产作了一系列规定。东干文学也有不少抚养"也提目"的作品,这里以四篇代表作品为例。爱莎·曼苏洛娃的《你不是也提目》,感人至深。写的是"二战"期间,回族青年穆萨与战友哈珊都是孤儿,后来惺惺相惜,成为了好友。谁料战争即将结束,哈珊却阵亡了,其妻也因悲痛过度而去世,他们的儿子成了孤儿。穆萨带着这个孩子回到乡庄,为了孩子将来心灵不受伤害,他沉默不语,没有说明孩子的来由,而流言随之四起,也因此失去了未婚妻的信任。当未婚妻明白了事情的原委之后,快乐地与穆萨承担起了抚养孤儿的责任……"是的,我的儿子,看谁还再说我的儿子是'也提目'"。故事中还有善良的阿舍尔娘,在战争中失去了所有的亲人,她照顾着孤儿穆萨……如今穆萨又抚养着孤儿小穆萨,他们之间不沾亲带故,但却凭借着同情心与爱心组成了一个和睦的三代家庭。东干人正是依靠伊斯兰的这些传统美德,相互帮助,同舟共济,渡过了人生的难关。关注孤儿,不仅是伊斯兰的传统美德,也与作者自身的遭遇不无关系。曼苏洛娃的父亲在卫国战争中以身殉职,她成为烈士遗孤,《你不是也提目》的创作浸透着作者的独特感受。小说家阿尔布都童年父母离异,他既不愿与继母住在一起,也不愿跟继父生活,成了流浪孤儿,寄居在亲戚开的马店里。他笔下的儿童也十分珍爱"也提目"动物,《丫头儿》中的丫头儿名叫穆萨儿。因为父亲没有儿子,就给她起了个男孩的名字,把她打扮成男孩子的样子,天天与男孩一起玩耍,大家也都把她当成男孩。可当暴风雨来临的时候,孩子们目睹了伏龙雀为保护它的幼雀而牺牲的感人场景后,商量逮蚂蚱喂养也提目——幼雀。但十几天里却没有一个人履行诺言,而一声不吭的丫头儿穆萨儿却暗中喂养它们。男孩子们想,"穆萨儿是个丫头儿,她揣的妈妈的心,就因为那个,才这么价疼肠也提目雀雀儿呢"。作品通过孩子用爱心喂养失去母亲的幼雀的故事,说明即便在儿童与小动物之间也体现了抚养也提目的传统美德。

　　东干儿童文学中怜恤也提目的作品还有穆哈默德·伊玛佐夫的《妈妈》和尔沙·白掌柜的的《猫娃子》,都以童稚的眼光看待世界,描写孩子对动物"也提目"充满爱心,童趣盎然,是难得的喜剧作品。《妈妈》充满童趣童真,李娃儿看到家里的三只机器孵化出来的小鸡没有妈妈,是也提目,就替它们找了一只白鸽当妈妈。没想到鸽子真的担当起了母亲的责任,吃食的时候慌乱地叫小鸡先吃,冷的时候鸡娃儿都钻到鸽子的膀子底下取暖。人与动物的感情是相通的,连白鸽都抚养起也提目,又何况人呢?白掌柜的的儿童文学《猫娃子》中也写到一位儿童捉回一只灰色的也提目猫娃,承担喂养的责任,爸爸妈妈同意了。不久之后,他又相继捉回一只黄色猫娃、黑色猫娃,怕父母不同意,偷偷地养起来。父母被搞糊涂了,明明是一只灰猫,可一会儿变成黄猫跑出来,一会儿又变成黑猫跑出来。孩子们以纯洁的爱心精心抚养也提目。受伊斯兰道德观念熏陶的这种博大的爱将会在东干民族中一代一代继承下去。

　　伊斯兰文化塑造了东干人可贵的品质和高尚的道德,同时也使得整个东干社会稳定发展,并有较强的凝聚力。波亚尔科夫在《东干起义的最后一幕》中赞扬刚刚迁到中亚的第一代东干人是"十分吃苦耐劳而又诚实的人",他们做事"有规矩,不昧良心",是可以完全信赖的人。东干人离家时,门不上锁,因为"偶尔的小偷小摸行为,在东干人中间不会发生",东干人犯法被捕的"非常少,过去甚至根本没有"。①140年来,东干人保持了本民族的良好品德。阿尔布都小说《老马

---

① ［俄］波亚尔科夫:《东干起义的最后一幕》,林涛、丁一成译,中国文化艺术出版社2009年版,第78—80页。

富》写拉合曼在战争年代,为了村里饥饿的孩子,偷偷宰杀了别人的牛犊,虽然是为了救人,但仍属盗窃行为,伊斯兰教一贯反对盗窃,这桩无人知晓的事情搁在拉合曼的心里足足折磨了他 12 年,为了求得牛主人的放赦,最终他还是以一条大乳牛和一个牛犊来补偿赎了罪。可见,东干社会的稳定发展与伊斯兰文化对信徒们强大的约束力是分不开的。

(三) 东干风俗层面

当伊斯兰文化渗透到东干人的言行举止乃至灵魂中,天长日久,积成习惯,便形成了有伊斯兰文化特色的东干民俗。大量的东干文学都描写了伊斯兰文化民俗,从某种意义来讲,东干文学就是对伊斯兰文化民俗的全面展示。

伊斯兰教非常讲究礼仪规程,东干人也很重视人际交往中的规矩。比如人们见面都要互致"塞俩目",晚辈遇到长辈需先问候"塞俩目",否则会被人们瞧不起,认为这是缺乏教养的表现。见面问候说塞俩目,也是中亚其他穆斯林民族的共同用语,尤其是穆斯林内部相互问候的必须用语。如阿尔布都的小说《都但是麦姐……》中,写舍富尔从莫斯科上学回来,见到未来的岳父哈三子,在"说'塞俩目'的位分上,说了个'你好吗?'"在这种语境中,这样问候,哈三子觉得很别扭,因为这是违反穆斯林常规的问候。在阿尔布都的《一条心》中,母亲教育孩子要知道人礼待道:"她教的给大人说塞俩目,问当人;教儿子如何拿筷子、在桌子跟前咋么价的端茶盅子的贵重;大人们说开话哩,不叫接嘴的;坐着时顶排场的坐是跪下,或是盘盘儿腿儿坐;吃开饭哩,不叫唏溜,不叫狼吞虎咽,不叫筷头子在桌面上乱扰打,把嘴不叫往大里张。"这些都是东干族讲礼貌、讲文雅的习俗。

东干文学中所表现的东干人的生子、成人、嫁娶、丧葬等风俗,也具有浓郁的伊斯兰文化色彩。在人生的几个重要阶段的礼俗上,东干人几乎都会请阿訇来念经。提亲时先要念一段经,再说正事。人若生病了,也会请阿訇念经,他们把念过经的水叫"杜瓦水",据说病人喝后就会痊愈。《杜瓦儿》中的伊斯玛子病了,疑心自己每次经过白家庄子都会招来灾祸,于是去求阿訇的杜瓦尔,东干人以杜瓦尔驱邪,显然也有中国道教的影响。

　　东干人的丧葬风俗有很多程序。东干人把人去世叫"无常",把亡人叫"埋体"。穆斯林认为,草木鸟兽只有生、觉二性,而无灵性,人却三性具备,所以前者灭亡称为"死",而人死则称为"无常"。穆斯林不仅将"无常"作为代替"死"的日常用语,同时含有深刻的宗教哲理。人为安拉所造化,死后仍必归回安拉,死亡是肉体的朽灭,即"无常",而精神(灵魂)则升华永在,即"常"。阿尔布都的中篇小说《老马富》向我们集中展示了东干人的丧葬风俗。首先穆斯林在临终之际要讨口唤,平日有矛盾的通过要口唤来冰释前嫌。老马富小时玩伴青石儿,临终前希望老马富放赦他,老马富不仅自己放赦了青石儿,也祈求大众都放赦青石儿的古那和(罪过)。青石儿气绝后,"在土地下停的呢,身子底下还衬的一层黄土,身上苦的个绿豆色的单子。老马富把单子揭开,埋体头朝北停的呢,模样子朝着西半个拧过去的呢"。《古兰经》中认为人是安拉用泥土做的,出之于土,理应归之于土。"绿色"是伊斯兰的标志性颜色,绿色代表着和平,"伊斯兰"意译为"和平",所以穆斯林都喜欢绿色。埋体停放位置为头北足南、面朝西方,意即朝向伊斯兰圣地的方向。接下来由老马富洗埋体(也叫抓水),埋体洗好之后,送埋体的人"对着埋体三望了,有的哭了,有的忍耐了"。下葬时,东干人要求高抬深埋。十娃子的《我四季唱呢》,其中写道:

　　　　那塔儿我但(假如)防不住,

　　　　　　叫老阎王

　　　　把我的命但偷上,

　　　　　　连贼一样。

　　　　高抬深埋,但送到

　　　　　　梢葫芦乡,

　　　　赶早我可出来呢,

　　　　　　就像太阳。

　　　　高声,高声还唱呢,

　　　　　　百灵儿一般……

　　说的就是高抬深埋的习俗。下葬后"四十天"是丧葬礼俗中最后一个重要的仪式。从去世后那一天开始,每隔七天,家人都要请阿訇和亲朋好友到自己家里念经,追悼纪念搭救亡人,到第四十天最重要,要宰牲请客,非常隆重。

《我爷的脾气》里,我母亲去世后第四十天我爷就因为舍不得钱宰牲过四十儿,与父亲闹得很不愉快。老马富为了公共利益而得罪了好友,主动要求给朋友"走四十天坟","走坟"是生者守在坟前,寄托哀思、参悟自省、激励生者的一种纪念亡人的形式。

东干文学中也不乏节日庆典活动的作品,这类题材如阿尔布都的《绥拉特桥》写古尔邦节的习俗。古尔邦节,又叫宰牲节,来源于先知易卜拉欣的故事,易卜拉欣对安拉极其虔诚,甚至不惜牺牲自己的儿子。为了考验他,安拉托梦让他践行诺言,他准备宰杀爱子,天使奉安拉之命送羊以代替杀子。东干民间传说,人死后要通过绥拉特桥,该桥架在火狱上,细如发丝,利如剑刃,如能通过,便可到达天园,失足者便堕入火狱。在古尔邦节宰杀了牲口,死后才可以骑上牲口顺利通过。小说围绕宰牲,展示了各种人物的内心活动,是一篇伊斯兰文化氛围浓郁的作品。

(四)中国文学在中国的伊斯兰化

东干是中国回族的后裔,东干文学的主要文化资源之一就是中国传统文化,但东干文学并非原封不动地照搬中国传统文化。作为华裔文学,它完全符合华裔文学对母体文化传承与变异的特质,即一方面它在文学题材、故事框架、人物角色等方面保持着与中国传统文化的传承关系,另一方面,随着空间与时间的转换,它对母体文化又会进行某种程度的变异,因而许多中国古典文学、民间故事、口歌口溜等都被东干作家不同程度地进行了伊斯兰化处理。

中国古典文学名著《三国演义》《水浒传》《西游记》等,在东干民间广为流传,主要人物及情节都保持着原貌,但在一些细节上为了适应伊斯兰教的习惯,进行了改动。比如《西游记》中的唐僧是到西天(印度)取佛经的,但在东干文学中却被换成到阿拉伯取《古兰经》。阿尔布都的短篇小说《惊恐》与唐代白行简的小说《三梦记》中的第一梦如出一辙,其主要情节、结构设置等都极为相似,但在一些与伊斯兰文化相悖的细节上也有变动:《三梦记》的故事发生在佛教的寺院中,而《惊恐》却把地点置换为"金月寺"(新月是伊斯兰教的象征,常常设置在清真寺或其他伊斯兰的建筑物上,用"金月"来命名地点,显然是有意把人物的活动放在伊斯兰的文化氛围中展开);《三梦记》对活动在寺中的人物泛泛而谈、人物身份含糊不清,只以"儿女杂坐"一笔带过,这些人只有性别区分,却无身份之别,而《惊恐》中却有意点明这些人的身份,多为阿訇乡老。通过故事某些要素的变异,完成了由汉族文化背景向伊斯兰文化背景的成功转换,同时也使一个充满梦幻色彩的简单故事转换成具有鲜明指向的、魔幻现实主义色彩的批判文本。

东干人不仅将中国古典文学中有悖于伊斯兰教的情节加以改造,同时在东干民间故事中也将中国的人物和故事进行伊斯兰化的处理。东干与中国民间都有关于龙女的故事。本来伊斯兰教是一神教,除了安拉外,不相信别的神,因而自然就不会有龙王的位置,但因为受到汉文化的影响,东干人也向龙王求雨。但同汉族不一样的是,庄重的祈祷仪式要由阿訇带领,一边读《古兰经》,一边向河里抛掷马头骨,马头骨上写有摘自《古兰经》的索儿。①东干人对于中国人物做伊斯兰化处理最为典型的还是"韩信"这一历史人物。在中国文学情境中,韩信率性而为、桀骜而又侠义已是共识,但偏偏在东干文学中,韩信却成了"恶"的代名词。②如在东干诗人十娃子的诗集《挑拣下的作品》中,韩信就是"歹毒"的代名词:

> 他把鲜花儿撂掉哩
> 　　心里没疼,
> 踏到滓泥里头哩,
> 　　就像韩信。
> 　　　·　·　·　·
> ——《牡丹》

> 得信你遭难的呢,
> 　　喜爱母亲,
> 海寇把你围住哩,
> 　　就像韩信。
> 　·　·　·　·
> ……

---

① [俄]李福清等编:《东干民间故事与传说》,科学出版社1977年版,第23页。
② 常立霓:《中亚东干文学中的韩信何以成为共名》,《华文文学》2010年第3期。

　　　　韩信没羞，
　　想叫我的亲弟兄
　　　　养活海寇，
　　想拿你的富贵添
　　　　他的穷坑，
　　一手想遮太阳，
　　　　歹毒韩信。
　　　　——《好吗，阿妈》

把长到一达呢的
　　两个嫩心，
拿老刀刀儿割开哩，
　　　就像韩信。
　　　——《败掉的桂花》

　　为什么在不同的文化语境中同一个人却被理解成完全相反品行的人呢？这与广泛流传于东干的民间故事有关。韩信为什么会被吕后所杀，一直以来是个谜，而东干民间故事从伊斯兰文化角度做出了解释。关于吕后杀害韩信的情节，东干民间故事是这样安排的：吕后正在沐浴时，被杀樵夫转世所变的姑娘假拟吕后召令，宣韩信入宫。韩信冒冒失失闯进宫来，看见了吕后的玉体。吕后连忙用白单子裹起身子，不等韩信辩驳，便命人杀害了韩信。这一情节极富伊斯兰文化色彩，因为伊斯兰教教义规定，女子的身体不能被外人看见。《古兰经》中道："你对信女们说，叫她们降低视线，遮蔽下身，莫露出首饰，除非自然露出的，叫她们用面纱遮住胸膛，莫露出首饰，除非对她们丈夫，或她们的父亲，或她们的丈夫的父亲，或她们的儿子……"①小说《记想》中的阿訇说："女人们的一根子头发但是叫旁人看见，失'伊玛尼'（信仰）了，变成'卡费儿'（不信教者）了，女人但是上街，顿亚（现世）临尽呢。"所以在伊斯兰教看来，韩信看到了吕后的裸体，严重违反了伊斯兰教教规，其被杀无疑是合乎情理的。

---

　　① 参见马坚译《古兰经》24：31，中国社会科学出版社2003年版。

阿尔布都的名篇《三娃尔与莎燕》是典型的中国民间传说"梁山伯与祝英台"的故事模式。作品中写三娃尔与莎燕两人相爱了,但一个是财主家的长工,一个是财主的女儿,这是个悲剧故事无疑了……他俩死后,化为两只白鸽,黎明时分出来结伴玩耍,日落之际相随消失。为什么会变成"鸽子"而不是像梁祝一样化为"蝴蝶"? 因为在回族传说中,鸽子救过"圣人"穆罕默德,因此鸽子也便成为和平的象征。可以说在所有家禽中,回族人最喜爱的要数鸽子了。

四、东干文学与吉尔吉斯作家艾特玛托夫

在东干文学研究中,关于东干文学对中国文化的传承与变异,东干文学与伊斯兰文化、东干文学与俄罗斯文化的关系,都有论文发表。唯独东干文学与吉尔吉斯文学的关系无论在中亚东干学界,还是在其他国家东干研究者的视域中,始终是一个盲点。苏联时期,东干学者注重主流文化——俄罗斯文化对东干文学的影响,苏联解体后,中亚东干学者的认识逐渐发生变化,2005 年,吉尔吉斯共和国科学院东干与汉学中心伊玛佐夫通讯院士主编出版了《东干百科全书》,2009 年经过修订补充,再次出版。《东干百科全书》的一个亮点便是提出了吉尔吉斯作家钦吉斯·艾特玛托夫、阿里·托克姆巴耶夫、铁米尔库尔·乌莫塔利耶夫、阿里库尔·奥斯莫诺夫等对东干文学的积极影响。[1]《东干百科全书》提出了很好的问题,但没有具体内容,语焉不详。据我们所知,十娃子、马凯、阿尔布都等东干作家都将吉尔吉斯诗歌、小说译成东干文,供东干读者阅读鉴赏。但是关于吉尔吉斯作家对东干文学的具体影响至今几乎没有任何研究。

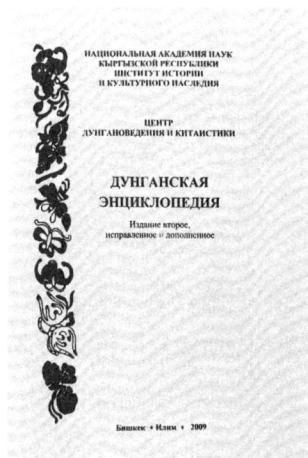

《东干百科全书》(俄文),伊玛佐夫主编,伊里木出版社 2009 年版。

---

① 伊玛佐夫主编:《东干百科全书》(俄文),伊里木出版社 2009 年版,第 169 页。

鉴于上述研究现状,笔者选取东干文学与艾特玛托夫为切入点,探讨东干文学与吉尔吉斯文学的关系。在吉尔吉斯作家中,艾特玛托夫不仅是苏联时期的一位大作家,"可以说,艾特玛托夫的创作代表了苏联文坛一个时代的辉煌",①同时也是具有世界影响的作家。"据联合国教科文组织 1997 年的统计数字,他的作品已被译成 127 种文字,在一百多家外国出版社出版发行……而在德国,据报道,几乎每个家庭里都有至少一本艾特玛托夫的作品。"②可见,他是当今世界上最受欢迎的作家之一。东干著名小说家阿尔布都于 1962 年将艾特玛托夫的成名作《查密莉雅》译成东干文。十娃子与艾特玛托夫交往更多,他的诗作《我的伊塞克湖》,副标题为"给钦吉斯·艾特玛托夫",艾特玛托夫为十娃子诗集《银笛》作序,肯定十娃子的诗歌能深入人心。下面通过对作品的实证分析,看看东干文学与艾特玛托夫创作的相近之处。

(一) 生态学层面

从生态批评的角度看,艾特玛托夫对人与动物关系的描写具有极其感人的艺术效果。东干作品也一方面反映了人对动物的戕害,同时大量的作品又展现了人与动物和谐相处的亲善关系。

人对生态平衡的破坏,对动物的毁灭性残杀,最典型的要数艾特玛托夫的长篇小说《断头台》(1986 年)。以狼的三次劫难为线索,讲述现代人类对动物的大规模猎杀。第一次,州管委会为了完成上级规定的肉食生产计划,在莫云库梅草原展开屠杀野生羚羊活动,空中直升机报告方位,地上狙击手用速射步枪射杀,后面跟随大卡车、拖斗车收捡堆积如山的冒着热气的死羚羊。直升机巨大的吼声使惊恐的羚羊群像黑色的河流奔跑。母狼、公狼与三只狼崽被卷入羚羊群中,狼崽或死于枪弹,或死于羚羊蹄下。两只狼失去了生存的环境,逃到阿尔达什湖畔的芦苇丛中,又生下五只幼崽。第二次,当湖边发现了稀有金属,人们又决定要修路开矿,必须烧掉芦苇丛。当熊熊的烈火燃烧起来,野生动物又一次面临灭

---

① 李毓榛主编:《20 世纪俄罗斯文学史》,北京大学出版社 2004 年版,第 419 页。
② 艾特玛托夫:《查密莉雅》,力冈、冯加译,外国文学出版社 1998 年版,第 1 页。

顶之灾,黑压压的鸟群腾空飞起,野猪蛇类四处奔逃。三只狼崽死于火海,两只被水淹死。母狼和公狼又一次失去幼崽,失去赖以生存的栖息地,逃往伊塞克湖畔,后来又生下四只幼崽。第三次劫难,恶棍巴扎尔拜端了狼窝,卖掉狼崽换钱喝酒。失去幼崽的母狼和公狼整夜凄厉长号,伺机报复,最后死于枪下。小说的这些描写,令人震惊。对人类残酷猎杀动物的批判,也贯穿于艾特玛托夫的其他作品中,如 1970 年发表的《白轮船》,引用吉尔吉斯的传说,在吉尔吉斯遭受全民族毁灭的时刻,长角鹿妈妈救出了最后的一对男女幼童,并用自己的乳汁喂养成人,挽救了整个民族。可是十恶不赦的护林巡查员却谋杀了长角鹿妈妈,用鹿肉摆宴席。

　　同艾特玛托夫此类题材相似,东干作家也批判了人类对动物的虐待与杀戮。阿尔布都小说《眼泪豆豆》写燕子在屋檐下筑巢,小燕子孵化出来,刚刚长出羽毛,一个坏小孩将一疙瘩火扔进窝里,小燕子翅膀烧伤了。秋天来了,别的燕子都飞到南方去了,被烧伤的小燕子在冻雨中孤寂度日。诗人十四儿更具有自觉的生态意识,他的诗作《野山羊群》写冰雪覆盖了野山羊生存的高地,被迫下山觅食的野山羊遭到人类的杀戮:"听说过去的一个夜里,/野山羊群从山上下来/鲜血留在雪上/野山羊群重又回到山上……"人类对动物的虐杀,还表现在另一首诗《疾驰的马群》中,从远古以来,人类没有终止过对马群的杀害,从设置陷阱到火枪、从套马索到石榴石、地雷,再到机关枪、火炮的射击,捕杀的手段越来越高。这些作品都表明东干作家具有同艾特玛托夫一样的生态意识。

　　在艾特玛托夫笔下,不仅人性化的长角鹿与兽性化的人有天壤之别,反差极大,同时人性化的狼与兽性化的人也形成了鲜明强烈的对比。《断头台》中不仅揭露了人类的残忍,同时还有两个细节烘托了人性化的狼:一个细节是当主人公阿夫季反对围猎羚羊,被围猎者打得奄奄一息之际,只有狼对他表示出怜悯之心;另一个细节是母狼阿克巴拉的家族被人类摧残殆尽,当它失去最后一代幼崽和公狼后,对人类的小孩却表现出爱抚之意,舔小孩的脸蛋,想让小孩吮吸它的奶头。与兽性化的人类相比,狼却充满了温情的人性。在传统的观念里,狼是残暴的,可是在现代社会,破坏大自然,毫无节制杀戮动物的人却比狼要残暴百倍。在艾特玛托夫的小说艺术创作中,构建了一个人性化的动物世界。有研究者将他的人性化动物分为两类:"一种是幻象中的动物,如鱼女、小蓝鼠等;一种是现实世界里的动物,如千里马古利萨雷、雄骆驼卡拉纳尔和母狼阿克巴拉等。"①

在东干文学中,人性化的动物十分可爱,这在伊玛佐夫的儿童文学中表现的尤为突出。《妈妈》写小孩李娃看见奶奶家有一群小鸡,可是没有母鸡照料。从奶奶那儿才知道这是机器孵化出来的,哪里会有妈妈?李娃抱来一只鸽子,给小鸡做妈妈,奶奶觉得好笑。可是出人意料的是,鸽子就像亲妈妈一样,吃食先叫小鸡吃,冷了,小鸡钻到鸽子翅膀底下。当鸡娃长成大公鸡的时候,反过来给鸽子妈妈报答恩情,一到天黑,鸽子就跳到公鸡背上合眼睡觉。在作者笔下,鸽子是人性化的鸽子,鸡是人性化的鸡。这使我们想起艾特玛托夫的中篇小说《永别了,古利萨雷》中那匹与主人公塔纳巴伊同甘苦共患难的极具人性的骏马古利萨雷。伊玛佐夫的《恋人的狗》同古利萨雷一样富于人性和人情味儿,小伙子领着他的大青狗来到机场,可是飞机上不让带狗。飞机起飞了,小伙子一直望着他的狗,狗一直望着天上的飞机。去索契的 24 天中,狗天天去机场望着降落的飞机迎接他的主人,最后终于等回了主人,人性化的狗给人以温暖的感觉。《鹌鹑》写受伤的鹌鹑,被人救活放飞后,不忘救命之恩,每天早晨飞到恩人的窗前,叫唤一阵子,道一阵谢才飞走。伊玛佐夫小说里这种人性化的动物,写得颇为感人,教人过目难忘。动物的人性化,人与动物的和谐相处,不仅突出表现在东干小说创作中,诗歌中也不难举出这样的例证。十娃子诗《你来,黑雀儿》呼唤黑雀儿飞来,"天天连我等太阳,/你给我唱。/我给你修房房呢,/柳树枝上。"伊玛佐夫诗《斑鸠儿》写春天来了,斑鸠操心农民的播种,可爱的鸟儿怕人们没有饭吃,一直在叫,叫的嘴都出血了,还在嘱咐,那叫声不用翻译,就听得出是"麦子—多多—种,麦子—多多—种。"在东干文学中,人与动物如此和谐相处。

与东干文学相比,艾特玛托夫小说中的动物世界更丰富多彩,特别是神话与传说中的动物世界,如挽救整个民族免于毁灭的长角鹿妈妈(《白轮船》),用羽毛筑窝创造陆地的野鸭鲁弗尔(《花狗崖》),以灼热的肚腹创造生命的人类始母鱼女(《花狗崖》)等,都具有神话原型的特征,与原始图腾不无关系。而东干文学中的动物世界却没有这样的内涵,相对说来则比较单纯。

在生态平衡遭受严重破坏,生态恶化已经严重威胁人类生存的今天,艾特玛

---

① 韩捷进:《艾特玛托夫》,四川人民出版社 2001 年版,第 158 页。

托夫和东干文学中所展示的人与动物的关系显得更有现实意义。为什么艾特玛托夫对动物的描绘能如此精彩？有研究者指出，"很大程度上得益于他早年所学的畜牧专业和后来从事过的畜牧工作，这使他对动物更有感情、更了解、也更熟悉。他完全以一个非常专业的行家眼光来认识和把握这些动物，而一般作者……不可能达到这样逼真自然的效果"。①除了这个原因外，我以为还有一个重要原因，那就是作者是游牧民族的后代，因此无论是神话传说中的动物还是现实生活中的动物，都是他艺术创作中的闪光点。正像哈萨克大诗人、被联合国教科文组织确定为世界文化名人的阿拜对马的各种动作的精彩描写一样，与其游牧民族不无关系。

（二）塑造母亲形象的文学创作层面

艾特玛托夫于1963年发表了中篇小说《母亲-大地》，以下分三个层次与东干文学做一比较。首先来看"母亲-大地"这一原型意象在艾特玛托夫与东干作家那里所蕴含的意义。荣格将"母亲-大地"这一意象作为一种重要的原型意象，其体现出的主要性格是：包容、慈善、关怀，她像大地一样胸怀宽广，像大地养育万物一样充满母性。艾特玛托夫这篇小说的构思非常独特，将整篇小说分为18部分，用9部分叙述母亲的遭遇，是作品最主要的内容，约占92%的篇幅；母亲与大地的对话为9部分，约占8%的篇幅。母亲遭遇的叙述和母亲与大地对话交叉进行。而小说以母亲与大地对话开始，也以两者的对话结束。大地就是母亲，母亲就是大地，这就是小说的深刻哲理。母亲每遭不幸，便向大地倾诉，从大地那里得到安慰。大地无穷无尽，无边无涯，深邃高大，取之不尽，用之不竭。母亲托尔戈娜伊赞扬"大地呀，母亲——养育者呀，你以你的胸膛哺育了我们大家，你养育着世界上各个角落里的人们"。大地说："不，托尔戈娜伊，你说吧。你是一个大写的人。你高于一切，你的智慧超于一切，你是一个大写的人！"李毓榛主编的《20世纪俄罗斯文学史》指出："小说结尾母亲与大地的对话尤为扣人心弦……对话本身蕴含着母亲与大地同源的深刻哲理。……《母亲-大地》中则首

① 周明燕：《论艾特玛托夫创作的伊斯兰文化渊源》，《国外文学》2003年第3期。

次调动了整体象征,主人公形象的由表及里,人与人、人与大地等象征群体更具复杂的哲理性。"①

母亲与大地同源的哲理在东干文学中也有迹可寻。十娃子的诗《你也出来,阿妈呀……》写春天来了,万物复苏,花落花开,年年如此。"光是我总不苏心。/为啥母亲,/连花儿一样,不出来。/叫我高兴?"每年春天来临,诗人就呼唤母亲,能像花儿一样,从大地上出来。可是母亲总是不出来,没有同植物一样,死而复生。《给太阳》也有类似的想象:"你太有劲,太阳呵,/连火一样。/把山花儿都照活呢/你的热光。/……可是我总不爱你,/我的太阳,/你没照活把老娘/也没照旺?"两首诗都接近原始的思维想象,以为母亲应当同大地上的万物一样,在春天,在太阳的照耀下复活。

其次,情节和人物的某些相似之处。东干作家白掌柜的小说《盼望》与艾特玛托夫的《母亲-大地》背景和情节颇为接近,都写卫国战争年代母亲做出的伟大牺牲。《母亲-大地》的主人公母亲托尔戈娜伊的三个儿子都上了战场,连她的丈夫也上了战场。先收到大儿子和丈夫的阵亡通知书,后来又收到二儿子永别的信。第三个儿子,直到胜利后,还没有回来,母亲寄托着他能活着回来的希望。《盼望》的主人公母亲阿依舍的三个儿子也都上了战场,先后收到大儿子和二儿子的阵亡通知书,小儿子到底活着还是牺牲了,直到战争结束后,一年两年过去了,还没有回来,母亲没有放弃盼望。两篇小说所不同的是,阿依舍最后孤身一人,托尔戈娜伊还有一个贤惠的儿媳妇,两人相依为命,不幸儿媳妇难产死了,母亲经受了又一次打击,最后和没有血缘关系的小孙子生活着。两篇小说塑造了颇为接近的两位伟大母亲的动人形象,托尔戈娜伊是高于一切的大写的人,阿依舍身上凝结着世界上一切母亲所具有的无私的爱、伟大的情。作家所描写的卫国战争时代的母亲,是苏联各民族母亲的缩影。中亚最大的城市塔什干广场上,至今耸立着母亲巍峨的塑像;在卫国战争烈士亭旁,是长明火和饱经沧桑的母亲塑像。

东干女作家曼苏洛娃小说《你不是也提目》与《母亲-大地》在母亲形象的塑造上也有相似之处,那就是母亲的包容、慈善、关怀,具体体现在抚养没有血缘关

---

① 李毓榛主编:《20世纪俄罗斯文学史》,北京大学出版社2004年版,第412页。

系的孤儿上。吉尔吉斯族、东干族都是穆斯林,《古兰经》一再强调穆斯林要善待孤儿、抚恤孤儿、保护孤儿。艾特玛托夫笔下的托尔戈娜伊,将没有血缘关系的孤儿让包洛特-加龙省当亲孙子一样抚养成人。曼苏洛娃小说中的阿舍尔娘不仅关怀照料已长大的孤儿穆萨,同时也精心抚养孤儿孩子小穆萨,类似我国《红灯记》中的三代人。穆萨的战友牺牲在战场上,战友的妻子经受不了丧夫的打击也死了,穆萨决定收养孤儿。他的未婚妻法图麦明白真相后,也将孤儿认作儿子。整篇小说都围绕抚恤孤儿的主题展开,展示了几代母亲的善良品质。

艾特玛托夫与东干作家都是吉尔吉斯斯坦的公民,生活在同样的社会历史背景中,有着同样的命运。因此他们的作品所关注的社会问题与人物命运有相通之处,是必然的。东干作家在创作的灵感、艺术选择及表现上或多或少受吉尔吉斯作家的影响也是顺理成章的。

(三) 民间文学的吸纳与融合

艾特玛托夫小说一个突出的特点是,对民间文学的大量运用。研究者指出其小说《别了,古利萨雷》"注重对民间文学的诗意挖掘,小说中民间文学的广泛运用体现在作品中到处可见的谚语、成语和民间哀歌中","由此构成了作家日后创作中将民间文学融入小说创作的独特风格"。①艾特玛托夫小说中的民间神话与传说如长角鹿妈妈、野鸭鲁弗尔、鱼女、小蓝鼠等故事的运用,大大增强了作品的神秘色彩和象征意蕴,民歌民谣的插入,使作品的抒情色彩愈显浓郁。

吉尔吉斯文字的创制很晚,但却有极为悠久丰富的民间文学资源。同艾特玛托夫相似,东干作家在书面文学创作中广泛运用了丰富的民间文学资源。

先看口歌口溜的运用。口歌即谚语,口溜即俗语,口歌口溜在东干社会文化生活中占有重要的地位。吉尔吉斯斯坦《东干报》报头就印有口歌"三人合一心,黄土变成金。"以民族谚语鞭策东干人同心同德。近年出版的《东干百科全书》每一部分开头或引十娃子语录,或引东干口歌,提携涵盖全章。十娃子是东干民族的灵魂,口歌是东干人的座右铭。而东干文学中融入的口歌口溜不少,以阿尔布

---

① 李毓榛主编:《20 世纪俄罗斯文学史》,北京大学出版社 2004 年版,第 413 页。

都小说为例,中篇小说《老马福》引用口歌口溜多达十几处,而不少口歌口溜往往在情节发展及人物性格刻画中起到画龙点睛的作用。老马福一心为大众,青石儿则极端自私,作品引用东干口歌"君子为众人上山背石头,小人为自己把渠溜壕沟。"对两人加以褒贬。老马福开导青石儿,也引口溜"人拿功苦值钱,树拿花果围园",功苦即劳动,以此点明其价值观。东干人祖祖辈辈留下的丧葬风俗,老少都要送埋体,哪怕无常了的人生前有什么不好,也不计前嫌;即使再忙,也要撂下手头的活儿,去死者家帮忙。小说引用东干口溜"前院呢的水往后院呢淌呢",意思是老一代的规程习俗传给了下一代。类似的口歌还有"独木难着,独人难活"等,增强了小说的哲理性。可见这些口歌不是可有可无的,不仅增强了作品的民族性,同时也提高了小说的思想性与艺术感染力。

艾特玛托夫小说常常插入民歌民谣,如《永别了,古利萨雷》中的吉尔吉斯猎人的古老的哀歌,骆驼妈妈的古老的旋律及反复出现的儿童歌谣,《早来的鹤》中的吉尔吉斯民歌,《花狗崖》中反复咏唱的鱼女歌,《白轮船》中的叶尼塞歌等,使作品充满抒情韵味和民间民族色彩。东干小说家阿尔布都的《头一个农艺师》中写乡庄连夜收割运送庄稼,月光下飘荡着东干"少年曲子":"白杨树树谁栽哩,/叶叶咋这么嫩哩? /你娘老子把你咋生哩,/模样咋这么俊哩?""少年"也叫"花儿",是中国西北地区甘肃、青海、宁夏流行的民歌,东干人把它带到了中亚。东干小说中插入"少年",别有一番韵味。阿尔布都的童话小说《眼泪豆豆》中燕子祈求人们的歌:"我不吃你的谷子,/不吃你的糜子,/我借你的廊檐,/菢一窝儿子……"突出了燕子的善良,反衬了人类的狠毒。民歌民谣融入诗歌创作,还可以在十娃子诗歌中找到不少例证。

艾特玛托夫小说中的民间传说与故事,前面已举过不少例子。东干文学中的民间故事也相当丰富,如阿尔布都的小说《绥拉特桥》《难为》等,前者引用穆斯林传说,后者引用民间关于兔子"宁受一顿打,不受一句歹话"的故事。十娃子在小说创作中所融入的中国民间故事有薛仁贵故事、梁山伯与祝英台以及民间有关员外的故事等。诗歌中,十娃子也化用民间故事,于是民间故事成为诗人创作的重要资源之一,如诗剧《长城》,由民间故事孟姜女哭长城生发,展开矛盾冲突。其他抒情诗与叙事诗也引用民间故事,除个别作品如《运气汗衫》引用俄罗斯民间传说外,一般都引用中国民间故事和东干民间故事。《给诗人屈原》,引用关于屈原投汨罗江、民间端午节包粽子的传说。《心狠一折本》全篇取材于到太阳山取金子的民间故事。《青梅里面的古今儿》则写奶奶讲述中国旧时员外家发生的爱情故事。

东干文学评论家法蒂玛认为,高尔基重视民间创作的巨大美学价值,东干作家的作品中常常可以找到东干族独有的民间文学语言、情节、形象。[1]苏联时期,少数民族文学创作,除了学习俄罗斯文学外,都将本民族民间文学作为创作的重要文学资源,在这一点上,艾特玛托夫与东干作家是一致的。

五、华语文学中最口语化的小说
——东干文本《月牙儿》与老舍原文比较

十娃子(左一)与老舍(中)合影

小说《月牙儿》,老舍著,尔里·阿尔布都译,吉尔吉斯国家出版社 1957 年版。

阿尔布都曾通过俄文版《月牙儿》,将其译成东干文。阿尔布都不仅以其卓越的小说创作大大提升了东干语言的艺术魅力,同时又以其精湛的译文,证明了东干语言的独特艺术价值。对东干语言的艺术表现力心存疑虑的中国研究者,

---

① 法蒂玛:《东干文学的形成与发展》(俄文),吉尔吉斯斯坦出版社 1984 年版,第 27 页。

不妨读读阿尔布都的作品。老舍与赵树理是公认的中国现代文学史上两峰并峙的以俗白著称的作家,一个善于运用北京市民口语,一个长于北方农民口语。有了阿尔布都的创作这个参照系以后,对于中国研究者所津津乐道的中国作家的口语化就要打一个折扣了。选择《月牙儿》东干文本与老舍原文的比较,正是我们对有关问题认识的一个突破口,不仅对东干语会有一个新的感性认识和理性认识,同时对中国现当代作家的口语化程度也会得出新的结论。

东干文《月牙儿》不是由汉语直接转写,而是由俄文转译的。《月牙儿》在苏联是由 A.吉什科夫从汉语译成俄文,我们手头的俄文版《老舍作品选集》所收的《月牙儿》是吉什科夫翻译、1957 年莫斯科文艺出版社出版的。阿尔布都一生翻译过 7 位作家的作品,其中两位是中国作家——鲁迅和老舍。为什么选择《月牙儿》? 大概有这样几个原因:一是老舍在俄罗斯的地位颇高,B.索罗金为俄文版《老舍作品选集》写的序言中认为,老舍是 20 世纪中国最著名的作家之一,"差不多和鲁迅一样"。[①]二是东干文《月牙儿》[②]翻译并出版于 1957 年,责任编辑为十娃子,正是这一年的春天,十娃子作为苏联作家代表团的成员访问了中国,同老舍会面并合影。再加上月牙儿对于穆斯林来说,具有特殊的意义。有趣的是,《月牙儿》由汉语经俄文译文再回到东干文,通过比较会给我们提供许多意想不到的启示。

(一) 语法语义比较

从统计数字看,老舍原文《月牙儿》共 15 734 个汉字,而东干译文共 18 824 字,东干文多了 3 000 多字。海峰曾将俄文契诃夫《一个小公务员之死》的汉语普通话译文和东干文译文作了统计,二者都是 1 800 余字,几乎完全一样。[③]为什么《月牙儿》的东干文比老舍原文多出 3 000 多字呢? 老舍虽以善于运用北京市民口语著称,但毕竟是受过汉语书面语训练的作家,书面语的成分更多;而东干作家,与汉语书面语几乎是绝缘的,东干语则完全摆脱了汉语书面语言的影响,更口语化。这在两种文本的字数上也体现了出来。同一作品的两种文本何以出

---

① 〔俄〕索罗金:《老舍作品选集·序言》(俄文),莫斯科文艺出版社 1991 年版,第 1 页。
② 老舍:《月牙儿》(东干文),尔里·阿尔布都译,吉尔吉斯国家出版社 1957 年版。
③ 海峰:《同类型文体东干书面语与普通话书面语差异分析》,《新疆大学学报》2011 年第 5 期。

现字数上的差异,是一个很复杂的问题,有待深入探讨。笔者仅从阅读的直观感受上列出几点证据。

首先,句式上的不同可能导致字数增加。如"把字句",虽然老舍原作也运用"把字句",但"把字句"在以西北方言为主体的东干文中出现频率远远高于汉语书面语言。老舍原作《月牙儿》"把字句"总共 37,而东干译文多达 334,后者是前者的 9 倍。一般来说,宾语提前的"把字句"比不带把字的句式字数稍多,如"狼把羊吃了"比"狼吃羊了"就多一个字。试举两种文本中的例子,老舍原文"我记得那个坟",①东干文本变成"把我阿大的坟我记的呢",②多出 4 个字来。原作结尾"妈妈干什么呢? 我想起来一切。"③东干文本结尾"我妈干啥营生的呢? 我把一切的都在心呢搁的呢。"④后者多出 8 个字来。由此可见句式上,陕甘方言口语比书面语字数可能要多些。

其次,老舍原作中用在动词后面的助词"着",到东干文本里被"的呢"所代替,如"走着""跑着"变成"走的呢""跑的呢"。老舍原作中动词形容词后共出现 149 个"着",东干译文共出现 120 个"的呢"。显然,后者字数增加了。

再次,老舍原文中的某些词汇,为东干人所不熟悉,阿尔布都译文将其加以稀释。试举两例,如原文中妈妈把衣服推到一边,"愣着",东干文译成"呆呆儿站的"。老舍原文"心里好像作着爱情的诗",⑤东干文本译成"嘴唇儿动弹的编挠痒痒儿的诗文的呢"⑥等,字数都大大增加了。以上所说,只是相对而言。有的句子,译文字数反倒少了的也有,如老舍原文"像有个小虫在心中咬我似的,我想去看妈妈,非看见她我心中不能安静。"⑦东干译文"我的心呢就像蛆芽子嗛的呢,不见我妈我的心不安稳。"⑧后者反倒少了 7 个字。但整篇译文字数增加了 3 000 字是一个无可争议的事实。

东干文《月牙儿》字数的增加,并不能说明东干文不精炼或啰嗦,只是西北方

---

① 老舍:《老舍文集》(第 8 卷),人民文学出版社 1985 年版,第 284 页。
② 老舍:《月牙儿》(东干文),尔里·阿尔布都译,吉尔吉斯国家出版社 1957 年版,第 5 页。
③ 老舍:《老舍文集》(第 8 卷),人民文学出版社 1985 年版,第 313 页。
④ 老舍:《月牙儿》(东干文),尔里·阿尔布都译,吉尔吉斯国家出版社 1957 年版,第 56 页。
⑤ 老舍:《老舍文集》(第 8 卷),人民文学出版社 1985 年版,第 304 页。
⑥ 老舍:《月牙儿》(东干文),尔里·阿尔布都译,吉尔吉斯国家出版社 1957 年版,第 40 页。
⑦ 老舍:《老舍文集》(第 8 卷),人民文学出版社 1985 年版,第 296 页。
⑧ 老舍:《月牙儿》(东干文),尔里·阿尔布都译,吉尔吉斯国家出版社 1957 年版,第 25 页。

言口语与书面语差异造成的。字数的多少，并不能判断艺术价值的高低，可以举出这样一个例证，如"余少时"与"要是在你这样青枝绿叶的年纪"，①同样一个意思，后者字数虽多，却更形象、更生动了。

（二）东干作家的创造性翻译

《月牙儿》原作经俄文再转译成东干文，总体上看是出人意料的成功。除了极个别地方俄文有翻译不出的，东干文也翻译不出；令人惊异的是，有的地方，东干作家阿尔布都的译文比老舍原作更形象、更生动，翻译过程又不乏译者的创造，体现了东干语言，即陕甘方言的艺术魅力。

先看极个别地方译不出原味的。首先，诗的难译是普遍现象，可以理解。老舍原作有一句"小鸟依人"的诗，俄文译不出原诗韵味，东干文依俄文也译作"把我和小鸟一样的比哩"，失去了原文的诗词韵味。其次，文言文也无法原封不动地转写，原作"焉知"，东干文译作"还不知道呢"。再次，新术语，东干人多用俄语借词，如不用借词，与汉语新名词距离就比较大了。老舍原作"我要浪漫地挣饭吃"中的浪漫，东干文译作"滴流"。原作"我缺乏资本"，东干文译作"到我上太难得很"。像以上所举的译不出汉语原味的只是极个别词语。

阿尔布都是东干语言艺术的高手，他的译文依据吉什科夫俄文译文。吉什科夫的翻译认真严肃，忠实于原作，东干文整体上忠实于原作，但也有译者的创造。某些地方比原作更形象，更蕴含曲折之意。在老舍一般性描述的地方，译文更形象之处颇多。如原文父亲死了，"大家都很忙"，②东干文译成"都乱黄子掉哩"。③鸡蛋的蛋清与蛋黄本是泾渭分明，但是受到强烈的震荡后，就混在一起，分不清蛋清与蛋黄了，西北人叫乱黄子。生活中当失去平衡，忙乱的没有头绪时叫"乱黄子"。显然后者将一般性叙述"很忙"加以形象化。又如原文一般性叙述"我对校长说了"，④东干译文为"我把这些事情一盘盘儿就给我们学长端给

① 周立波：《暴风骤雨》，人民文学出版社1992年版，第221页。
② 老舍：《老舍文集》（第8卷），人民文学出版社1985年版，第284页。
③ 老舍：《月牙儿》（东干文），尔里·阿尔布都译，吉尔吉斯国家出版社1957年版，第4页。
④ 老舍：《老舍文集》（第8卷），人民文学出版社1985年版，第292页。

哩"，①也是更为形象化的译文。显然，将一般性的叙述译得更为形象的过程，字数也增加了。可以体会到，东干译文总是力求形象化，如原文"等七老八十还有人要咱们吗？"②吉什科夫俄文将"七老八十"译为"老太婆"，而阿尔布都东干文则译为"老掉哩，豁牙半嘴的，谁要咱们呢？"③以"豁牙半嘴"代替"老太婆"、代替"七老八十"更注重形象。有的地方，译文在保留原意的基础上，更为准确，更为精彩。如原文我"恨妈妈"，④阿尔布都译为我"见不得我妈"。⑤虽然意思相近，但程度有差别，"见不得"比"恨"要轻一些，译出了对妈妈的复杂感情。又如"我有好些必要问妈妈的事"，东干文译成"把她心呢的事要透问的来呢"，这里西北方言的"透问"比一般的"问"更传神、更贴切。"透问"的含义，往往是对方不想说，而通过婉转的诱导，使其不知不觉地说了出来。还有原作中生活日渐困顿，不得不去当铺当东西，这时有一段描写"我这呢看见它，我的心就跳开哩。可是我躲不过它，我言定要去呢，我要爬上它的高台子呢。把吃奶的劲攒上我要把自家的东西拿到铺柜上，拿自家的细声声儿喊呢：'把东西当下！'"与原作比较："一看见那个门，我就心跳。可是我必须进去，几乎是爬进去，那个高门坎儿是那么高。我得用尽了力量，递上我的东西，还得喊：'当当！'"译作当中对人物动作的描述更加具体细腻了，"把吃奶的劲攒上""拿自家的细声声儿喊"，这些动作加大了铺柜的高大与孩子弱小之间的距离，同时也加重了孩子命运的凄惨。因此，我们认为这是阿尔布都翻译过程中的神来之笔，令人叹服。

老舍的《月牙儿》是"五四"以来非常接近口语的白话文，但是与东干文相比，仍然是规范的书面语，而阿尔布都的东干译文则完全摆脱了汉语书面语的影响，原因是汉字失传，东干作家根本没有受过汉语书面语言的教育。有研究者认为，由于缺少汉字及汉语书面语言的支撑，从而导致东干语太贫乏，缺乏表现力。⑥

---

① 老舍：《月牙儿》（东干文），尔里·阿尔布都译，吉尔吉斯国家出版社1957年版，第19页。

② 老舍：《老舍文集》（第8卷），人民文学出版社1985年版，第310页。

③ 老舍：《月牙儿》（东干文），尔里·阿尔布都译，吉尔吉斯国家出版社1957年版，第51—52页。

④ 老舍：《老舍文集》（第8卷），人民文学出版社1985年版，第291页。

⑤ 老舍：《月牙儿》（东干文），尔里·阿尔布都译，吉尔吉斯国家出版社1957年版，第16页。

⑥ 王小盾：《东干文学和越南古代文学的启示——关于新资料对文学研究的未来影响》，《文学遗产》2001年第6期。文中123页指出东干文字的局限性："因为无汉字，故东干无典雅语言，文学语言不成独立的系统；因为所用文字是拼音文字，缺少造新词的功能，故对新事物的称谓多用借词，文学创作所能利用的语汇遂相当狭窄，尤其是难以表达抽象的概念；因为无法利用文字来区分同音词，文学作品中的意象要依靠上下文才能成立，这样就造成了意象语汇的萎缩，同时也造就了若干种意象语汇的固定搭配"。

笔者以为这种观点仍需商榷。下面通过老舍原文与东干译文的比较,以具体的例证来论证我们的观点。

现代汉语中的许多较新的词汇,东干语中是没有的,可是东干作家能通过口语化的西北方言来翻译这些语汇,有时比原作更生动、更形象。试对照《月牙儿》原作与东干译文。原文"她很诚恳地说",①东干文译为"她说的心底呢的话"。②原文"她甚至于羡慕我,我没有人管着",③东干译文为"她还眼红我的天不收、地不管的光阴的呢"。④原文"他也很妒忌,总想包了我。"⑤东干译文为"这些人都是醋桶桶儿,想一个把我占下。"⑥汉语普通话"诚恳""羡慕""妒忌"等很规范,但陈陈相因,用多了,就不新鲜了。阿尔布都将其转换成更为形象的"亲娘语言"——东干口语,读来更令人耳目一新。尤其是西北人,倍觉亲切。又如,原作"我不明白多少事",⑦东干文译成"我那候儿还瓜的呢",⑧不知其他地方人读了有何感受,西北人会觉得如此翻译,太痛快了。这样比较,并不是要贬低老舍的原作,原作用力之处、精彩之处不在这里,这里多半是原作一般性叙述的地方。我们的用意在于,证明东干口语的艺术表现力毋庸置疑。

老舍重视口语是大家公认的,他说过:"把'适可而止'放在一位教授嘴里,把'该得就得'放在一位三轮车工人的口中,也许是各得其所。这一雅一俗的两句成语并无什么高低之分,全看用在哪里。"⑨可惜,老舍生前不知道东干作家1957年就翻译了《月牙儿》,而且译成独具特色的俗白到家的东干文。假若他的在天之灵能读到这篇译作,一定会饶有兴致。

以西北方言为主的东干语有没有艺术表现力,有的研究者对此产生质疑,认为失去了汉字的支撑,与汉语书面语言隔绝,东干语就显得贫乏,不足以表现丰富的生活。对此,我们可以展开讨论。东干语固然受口语的某些局限,但是在杰出作家的笔下,不但克服了这种局限,而且将东干口语之所长发挥

---

① 老舍:《老舍文集》(第8卷),人民文学出版社1985年版,第304页。

②④⑧ 老舍:《月牙儿》(东干文),尔里·阿尔布都译,吉尔吉斯国家出版社1957年版,第41页。

③ 老舍:《老舍文集》(第8卷),人民文学出版社1985年版,第305页。

⑤ 老舍:《老舍文集》(第8卷),人民文学出版社1985年版,第306页。

⑥ 老舍:《月牙儿》(东干文),尔里·阿尔布都译,吉尔吉斯国家出版社1957年版,第45页。

⑦ 老舍:《老舍文集》(第8卷),人民文学出版社1985年版,第288页。

⑨ 老舍:《出口成章——论文学语言及其他》,人民文学出版社1984年版,第24页。

得淋漓尽致。在这一点上,阿尔布都等东干作家与老舍的白话主张是不谋而合的。

先看老舍对于白话的意见,他说:"我们必须相信白话万能!否则我们不会全心全意地去学习白话,运用白话!我们不要以为只有古诗人才能用古雅的文字描写田园风景。白话也会。我们不要以为只有儒雅的文字才能谈哲理,要知道,宋儒因谈性理之学,才大胆地去用白话,形成了语录体的文字。白话会一切,只怕我们不真下功夫去运用它!我们不给白话打折扣,白话才会对我们负全责!"①在谈到《小坡的生日》时又说:"有了《小坡的生日》,我才真明白了白话的力量;我敢用简单的话,几乎是儿童的话,描写了一切。我没有算过,《小坡的生日》中一共到底用了多少字;可是他给我一点信心,就是用平民千字课的一千个字也能写出很好的文章。……有人批评我,说我的文字缺乏书生气,太俗、太贫,近于车夫走卒的俗鄙;我一点也不以此为耻!"②

"白话万能"和"白话会一切",是老舍对白话最充分的肯定,而且他相信"用平民千字课的一千个字也能写出很好的文章"。③把这些话用在东干作家身上,用来回答对东干语言质疑的人,是再合适不过的了。

从阿尔布都的小说创作中我们看到了东干语言的艺术魅力。老舍《月牙儿》中的某些景物描写颇为精彩,用东干话怎么转写,真没有把握,可是,读了阿尔布都的译文,不但我们的疑虑消除了,同时会产生一种意外的惊喜感。试举一段景物描写的译文例子:

> 笑眯嘻嘻的月牙儿,它的软闪闪的光亮在黄柳树林呢照的来,软嘟嘟的风儿把花儿的余味往四周八下呢刮哩,叫黄柳树树儿的枝枝摆哩浪哩。它的战抖抖儿的影影儿不止地跳哩:一下照到墙上哩,一下灭掉哩。麻平儿光亮带雾有力量的影影儿连没劲张的下山风儿把睡不实的月牙儿呢傍个呢两个星星,就连妖怪的眼睛一样,笑眯嘻嘻儿的,也给黄柳树林呢洒哩自家的光哩。……④

有研究者称东干话"土的掉渣",东干土语方言也能译出老舍笔下优美的景

---

① 老舍:《老舍论创作》,上海文艺出版社1982年版,第262页。
②③ 老舍:《老舍论创作》,上海文艺出版社1982年版,第20页。
④ 老舍:《月牙儿》(东干文),尔里·阿尔布都译,吉尔吉斯国家出版社1957年版,第28页。

物描写,由于从俄文转译,有的句子稍嫌长了点。而在阿尔布都自己创作的小说里,这类句式则很少出现。

雅言能表现的,东干语也能。如《月牙儿》原作开头"欲睡的花","欲睡"是文了点,东干文译成口语"丢盹";原作月牙儿在"碧云上斜挂着",也有点文绉绉,东干文则译成在一块"青云彩上吊的呢"。这些都证明东干语是彻头彻尾的方言俗语,它没有夹杂书面的雅言,但是它的艺术表现力是令人信服的。

为了证明这一观点,不妨引用阿尔布都创作中的一个例子,小说《头一个农艺师》中对东干人跳舞动作的一段描写:

> 拖拉机手穆穆子一个掌子跳起来,维囊(维语跳舞)脱哩,人都手乱拍脱哩,越跳症候越大,把一个脚参起来,拿第二个脚尖转了几个磨磨儿,可把两个腿换的往前扎的,往倒蹲的跳哩,之后把脚尖子指给西拉子哩。西拉子就连公鸡上架的一样,斜斜子出来哩。把两个胳膊操住,搁到腔子上,拿脚后跟稳稳地往前一走,往倒哩可一蹲,可转哩几个转子,收口儿把两个手卡到腰里,拿脚尖儿扎哩两个弯子,跑到阿舍尔跟前,头点了下。……(阿舍尔)先在场子上走哩几步,之后把两个嫩绵绵的胳膊伸开,就像设虑地飞呢,把身体拿得稳稳儿的,就连小脚女人走路的一样,把指头拈得叭叭的,连一股风一样,维囊脱了。①

这一段描写真令人惊叹,阿尔布都对跳舞动作如此熟悉,用东干语能够表现的活灵活现,三个人的舞蹈动作都不一样,都描写得十分精彩,三个人不同的交接动作也跃然纸上。

对于东干语言表现力的认识,主要的不是从理论到理论的推理,而是一个艺术感受的问题。不读阿尔布都的作品,就不知道东干语言的艺术魅力。

东干译文在整体上忠实于老舍的原作,由于叙述语言用以西北方言为基础的东干语,读起来颇有西北韵味,这种感觉会贯穿于阅读的全过程。除此而外,东干译文还有以下几点需要指出:

一是个别地方具有伊斯兰文化的特点。老舍原作,母亲找"我"找了"半个多月",东干译文为"她把我找哩两个主麻"。主麻日是伊斯兰教聚礼日,即穆斯林

---

① 阿尔布都:《独木桥》(东干文),吉尔吉斯国家出版社1985年版,第150页。

于每周星期五下午在清真寺举行的宗教仪式。主麻一词系阿拉伯语"聚礼"的音译,其仪式包括礼拜、听念"呼图白"(教义演说词)和听讲"窝尔兹"(劝善讲演)等宗教仪式。在穆斯林的日常生活语言中,主麻是星期五,一个主麻就是一个星期。如中国回族民间故事《金雀》①(李福清曾收入俄文版《东干民间故事与传说》)中,写老大沙以贤找金雀,走了七个主麻,没找到,又走了七个主麻。妈妈天天望,望了一个主麻,两个主麻……望了 20 个主麻,儿子还不见回来。老二、老三找金雀的时间都用主麻计算。阿尔布都的译文用主麻正符合回族的语言习俗。又如,老舍《月牙儿》原文"这个世界不是个梦,是真的地狱"。②东干文译为"这个世界不像睡梦,它是活多灾海"。③地狱用多灾海代替,"多灾海"是波斯语"火狱"。穆斯林借用波斯语把地狱叫多灾海是极为普遍的。老舍原文中的"短红棉袄",阿尔布都译成"红棉主腰儿",也是中亚回族的惯常叫法。老舍原作中的死亡,东干译文用"无常"取代。"无常"本来是佛教用语,回族借用这一用语极其普遍。统计显示,老舍《月牙儿》中"死"共出现 23 处,却没有一处"无常";东干译文中出现"无常"16 处,"死"6 处。可见东干语中多用"无常",有的情况下也只能说死,如东干译文《月牙儿》中"失笑死哩",就不能说"失笑无常了"。

二是晚清时期的术语较多。老舍原文中的"巡警",东干译文为"衙役";原文"校长",东干译文为"学长";原文"学校",东干译文为"学堂";原文"进项"(收入),东干文译为"进文";原文"女招待",东干译文为"跑堂的"。东干语言中有晚清语言的活化石,这些旧用语的出现,可以把故事时间前移若干年。

东干文《月牙儿》从俄文转译而来,加之中亚回族处于俄语作为交际语言的环境中,受俄语影响是顺理成章的。首先,东干译文中某些较长的复句,同东干口语距离较大。其次,个别语词明显受俄语影响,如老舍原文妈妈头上的银簪是出嫁时姥姥送的一件首饰,东干译文成了奶奶送的首饰。这不是阿尔布都的过失,俄文姥姥与奶奶是一个词,不加区分的。又如原文"十点来钟",俄文版按照俄语的习惯译成第十一点钟,东干文也译成十一点钟。

---

①　李树江、王正伟:《回族民间传说故事》,宁夏人民出版社 2009 年版,第 426—427 页。

②　老舍:《老舍文集》(第 8 卷),人民文学出版社 1985 年版,第 311 页。

③　老舍:《月牙儿》(东干文),尔里·阿尔布都译,吉尔吉斯国家出版社 1957 年版,第 54 页。

(三) 东干译文更加口语化

如果没有东干文作参照系,我们不知道中国作家创作的口语化到底达到了什么程度;而有了东干文这个参照系,在相互比较之下,才深切地感觉到了二者的差异。同一篇作品的两种文本比较,是看得见、摸得着的,因而也是最有说服力的。试以《月牙儿》开头为例,老舍原文如下:

> 是的,我又看见月牙儿了,带着点寒气的一钩儿浅金。多少次了,我看见跟现在这个月牙儿一样的月牙儿;多少次了。它带着种种不同的感情,种种不同的景物,当我坐定了看它,它一次一次的在我记忆中的碧云上斜挂着。它唤醒了我的记忆,像一阵晚风吹破一朵欲睡的花。①

阿尔布都东干译文:

> 把凉飕飕儿的金黄月牙儿我可看见哩。就连今儿的一样,我把它见哩多少回数哩。嗯,很多的回数哩。是多候儿把它看见,它把我的心底呢的杂样儿的熬煎带窝憋就带起来哩。它就像在一块儿青云彩上吊的呢。它凡常叫记想打下山风上丢盹的花儿的菁荚儿咋么价往开呢撒的呢。②

相比之下,老舍明显带有浓重的知识分子书面语言的色彩,东干文则将汉语书面语言荡涤得一干二净,尽管最后一句由俄文翻译而来,东干口语没有这样长的复杂句式,但是就语词而言,东干文是纯粹的口语。我们来具体地逐一比较:原作开头"是的,我又看见月牙儿了",东干文没有"是的"这样的西化语言,也不用"又"字,而换成"可"字,"又看见了"说"可看见了"。以下凡原文为"又"的地方,东干文都译为"可"。西北方言中"可"为"又"的意义,"可"在《现代汉语词典》中的义项没有"又"的意思。原作"带着点寒气的一钩儿浅金",很美,但更是文绉绉的书面语言。俄文译为金黄色的寒冷的月牙儿,东干文也译为金黄月牙儿这

---

① 老舍:《老舍文集》(第8卷),人民文学出版社1985年版,第283页。
② 老舍:《月牙儿》(东干文),尔里・阿尔布都译,吉尔吉斯国家出版社1957年版,第3页。

样的口语。原作"多少次"，东干文译为"多少回"。原作"跟现在一样"的月牙儿，东干文译为"就连今儿的一样"，"今儿"同"现在"比，是更原始的民间口语。两个"种种不同"也是书面语言，东干文用一个"杂样儿"（即各种各样）来取代。"种种不同的感情"俄文为"各种感情"，阿尔布都的东干文，则根据人物的命运译成"杂样儿的熬煎带窝憋"，不但更口语化，同时也更具体更形象，更悲剧化。原文"碧云""欲睡"，都是文雅的带点古香古色的书面语言，而东干文将"碧云"译为"青云彩"，将"欲睡"译为"丢盹"，完全是民间口语。可以看出，在东干文《月牙儿》里原有的书面语言全部被方言土语所代替。经过这样的具体比较，使我们获得了一个全新的认识，中国评论家所说的中国作家的口语化同东干作家的口语化在程度上有很大的差别。中国作家的口语化是有限度的，摆脱不了书面语言的束缚，书面语言的痕迹随处可见。即使力主口语化的作家，像主张"白话万能"和"白话会一切"，相信"用平民千字课的一千个字也能写出好文章"的老舍，其作品中的书面语言随处可见。而东干作家的作品才是彻头彻尾、从里到外的方言口语。东干文学的这种现象，在世界华语文学中是少见的。在世界各地的华人群中，尽管保留了各种不同的方言土语，但是他们中的作家用汉语书写的作品，基本上都是用较为规范的汉语书面语言，即使有方言土语也多为点缀，而完全的方言土语只存在于口语中。

　　两种文本的差异，根本的原因在于，东干作家彻底摆脱了汉语书面文学的影响，由于汉字失传，切断了东干作家与汉语书面文学的联系。他们无法直接阅读原汁原味的汉语典籍，只能通过俄文译本间接阅读。东干作家的文学修养，一是来源于民间文学，东干民间文学是原汁原味的东干语言；二是来源于俄罗斯文学的影响，俄罗斯文学具有世界一流文学的水准，加之苏联时期主流文学就是俄罗斯文学，中小学教科书都是用俄语书写的，语文也是俄罗斯语言文学。除此而外，东干作家的文学修养还受到世界各国文学及周围其他民族如哈萨克、吉尔吉斯、鞑靼等民族文学的影响。由于上述原因，东干作家在进行本民族的书面文学创作时，用纯粹的西北方言口语，是彻底的口语化作品。中国作家虽然也熟悉民间口语，但是从小学、中学到大学读书，接受的全是汉语书面语言的影响，写作也用规范的书面语言，这种潜移默化，使书面语言、雅语已经融化在作家的血液中，不可能摆脱掉。"五四"以后的白话文，多了口语的成分，是一大进步，但是基本上还是现代书面语言。瞿秋白将"五四"文学的语言称为非驴非马的骡子文学，虽然否定的成分多，说了过头话，但是如果从彻底的口语的角度去理解，会揣摩到其中的真正含义。因此，中国作家，即使自觉地倡导口语化的作家也无法摆脱汉语书面语的影响。

综上所述，东干文学为我们提供了重要的参照系，提供了对作家作品口语化的新认识。东干文学对我们研究文学如何由口语到书面语言提供了新的资料与思路。没有东干文学，我们就不懂什么是真正的口语文学，就不知道用方言口语也能写出高水平的文学作品。

六、东干文学中的韩信何以成为"共名"?

在读十娃子的诗歌作品时，常常遇到一个问题，令人费解，他往往将恶人比作韩信。试看他的一些诗句，"你看见哩：一个兵，/对头的兵，/他也拿的机关枪/就像韩信"（《仗就是它》）。这里"对头的兵"，即法西斯德寇的兵，手拿杀人武器，把他比作韩信。又如，"就像冷子，倒的呢/炮子，炸弹……/把你老太都没饶，/就像韩信"（《打越南来的信》）。这是写美国飞机轰炸越南，把侵略者比作韩信。再如，"麻雀我都没伤过，/要说宰羊。/谁但宰鸡我躲哩，/害怕血淌。/可是对头打来哩，/连狼一样。""我还宰呢，就像鸡儿。/我还是兵。/还吃肉呢，喝血呢，/我是韩信"（《我也是兵》）。这里又以韩信自比，比作屠夫。甚至还有这样的诗句，"眼泪不干，淌不完，/没有哭声。/饥饿人也躲不脱，就像韩信"（《汉字》），又将致人死亡的饥饿比作韩信。

在十娃子《挑拣下的作品》中，这种比喻不下 20 处。请教伊玛佐夫通讯院士，他回答，韩信是歹毒的同义语。何其芳在研究典型问题时，提出一个术语——"共名"。所谓"共名"是指文学作品中的典型可以用一句话或一个短语概括，并借以指生活中的同类人物。比如把一切有精神胜利法的人叫阿 Q，把一切懒汉叫奥勃洛摩夫，这样，阿 Q 和奥勃洛摩夫就成为共名。[1]

---

[1] 参见何其芳：《论阿 Q·何其芳文集》（第 5 卷），人民文学出版社 1983 年版。

（一）《史记》中的韩信形象

为什么韩信在东干文学中变成了恶人的共名？带着这个问题,我们查阅了俄罗斯著名汉学家李福清和东干作家哈桑诺夫、尤苏波夫合作编译的《东干民间故事与传说》,原来的疑团便涣然冰释了。东干民间故事中,韩信完全是一个否定性的、恶的形象,与中国历史上真实人物韩信具有很大的差异。

《史记·淮阴侯列传》中的韩信是怎样一个人物呢？司马迁是把他作为一个悲剧英雄来写的。他感叹道:"假令韩信学道谦让,不伐己功,不矜其能,则庶几哉！于汉家勋可以比周、召、太公之徒,后世血食矣！不务出此,而天下已集,乃谋畔逆;夷灭宗族,不亦宜乎！"太史公认为韩信的弱点在于未能"学道谦让",否则,可以与周公等比肩了。韩信不谦让的主要依据是要求刘邦封他为齐王。其实,韩信被封为大将军后,为刘邦献计中就有"以天下城邑封功臣,何所不服"的话,刘邦听了,"大喜,自以为得信晚"。前后对照起来,韩信要官虽然不是时候,正当刘邦受困之际,但是论功封赏,似乎也不过分。司马迁惋惜韩信,而以春秋之笔法批评了刘邦、吕雉的毒辣。

从建功立业来看,韩信不愧为盖世英雄。萧何对刘邦说:"诸将易得耳,至如韩信,国士无双。王必欲长王汉中,无所事信;必欲争天下,非信无所与计事者。"待到韩信分析了天下大势及刘邦应采取的对策后,刘邦才"自以为得信晚"。韩信果然身手不凡,辩士蒯通总结韩信的功勋是:"足下涉西河,虏魏王,禽夏说,引兵下井陉,诛成安君,徇赵,胁燕,定齐,南摧楚人之兵二十万,东杀龙且,西乡以报。此所谓功无二于天下,而略不世出者也。"如此英雄,必然会令刘邦不安。蒯通预料到,这正是"勇略震主者身危"。韩信与刘邦合围垓下,"项羽已破,高祖袭夺齐王军"。接着"徙齐王信为楚王"。后来,刘邦又借口"游云梦,实欲袭信"。待韩信拜见,即"令武士缚信载于车后"。后又获释,"以为淮阴侯"。由此,韩信才知道"汉王畏恶其能,常称病不朝从",从而导致了被迫反叛,被夷灭三族的悲惨结局。

反过来,再看韩信如何对待刘邦。当韩信势力足以与刘邦、项羽抗衡之际,蒯通劝韩信道:"臣闻勇略震主者身危,而功盖天下者不赏。"从历史经验看,狡兔死而猎狗烹,高鸟尽而良弓藏。"当今两主之命悬于足下,足下为汉则汉胜,与楚则楚胜。……诚能听臣之计,莫若两利而俱存之,参分天下,鼎足而居。"这种分析是有道理的,但是韩信不肯背叛,他说:"汉王遇我甚厚,载我以其车,衣我以其衣,食我以其食。吾闻之,乘人之车者载人之患,衣人之衣者怀人之忧,食人之食者死人之事,吾岂可以向利背义乎!"直到后来,刘邦"实欲袭信,信弗知"。出现了非常矛盾的心理,"高祖且至楚,信欲发兵反,自度无罪,欲谒上,恐见擒"。甚至为了保全自己,做出伤天害理的事,为讨好刘邦,将"素与信善"的朋友钟离昧的首级献给刘邦,但是也未能获取信任。

《史记·淮阴侯列传》中的韩信有时也很大度。当他为布衣时,非常贫穷,先寄食于下乡南昌亭长家,因亭长妻厌恶他,不给饭吃而离去。漂母见其饥,给他供饭。而淮阴屠中少年当众侮辱他,令从胯下钻出。韩信迁到楚国新都,不仅知恩必报,"召所从食漂母,赐千金。及下乡南昌亭长,赐百钱",甚至不计前嫌,"召辱己之少年令出胯下者,为楚中尉。告诸将相曰,'此壮士也,方辱我时,我宁不能杀之邪! 杀之无名,故忍而就于此"。由此可见,从道德上看,韩信还不是一个没有良心的人。

(二) 东干文学中的韩信形象

应该说《史记》中的韩信是真实可靠的历史人物,民间故事是群众的艺术创作,不能与历史等同,到东干民间故事中,韩信发生了质的变异。

在东干民间故事大的框架下,讲述汉朝有一个人叫韩信,他先投奔霸王,而算卦人算出来他不是好人,并要霸王追杀他。韩信又投奔刘邦,做了管理粮仓的官,最后被女王杀害。人物所处的背景与大框架仍然与历史吻合,可是人物的品性与故事情节却发生了很大的变化。同史书记载的历史人物相比,东干民间故事具有以下几个特点:

淡化了人物活动的政治、军事背景,凸显了伦理意义。中国文化实际上是一种伦理文化,特别注重对人物作道德上的评价。东干民间故事正是继承了这样一个传统,同时简化了各种复杂关系。开篇从伦理角度为韩信定位:这个人受过教育,但他的内心是恶的,对人们没有做过一件好事。韩信的父亲死后,他与哥哥分了家,院子分成两半,哥哥在靠墙的地方挖了口井,而韩信在靠井的地方修了一个厕所,这是很缺德的举动。尤其令人不能容忍的是,活埋了自己的母亲。一天,韩信在田野牧马,他睡在那里,听见三个神仙的对话,说在高处睡觉的这个人,那里正好可以挖一个坟墓,把他的母亲活埋到这里,这个人就能成为"三旗王"(应为"三齐王")。韩信听到这话,就挖了一个坟墓,回到家里骗母亲,把她背到这里活埋。母亲哭着求儿子留下自己的性命,而韩信不听。活埋后,离开了家乡。即此一端,就可以知道这个人的恶,能活埋自己的母亲,还有什么比这更恶的呢?至此我们才明白,为什么十娃子要把法西斯和美国侵略者比作韩信呢。历史上的韩信不但无此罪孽,而且对待他的母亲则是另一种举动。司马迁亲自去淮阴实地考察说:"吾如淮阴,淮阴人为余言,韩信虽为布衣时,其志与众异。其母死,贫无以葬,然乃行营高敞地,令其旁可置万家。余视其母冢,良然。"韩信虽贫,却以如此排场来安葬母亲,不能说不孝。

　　东干民间故事不仅将韩信说成恶人,同时将主题定在因果报应上。韩信作了一辈子恶,临死才恍然大悟说:"我现在才明白,善有善报,恶有恶报。"以此点题。韩信让算卦人给他算命,算卦人说,你本来能活72岁,可是折了32年阳寿。韩信问为什么,算卦人告诉他:活埋自己的母亲,折寿8年;把厕所修在哥哥的井旁,折寿8年;在岔路上杀了樵夫,折寿8年;将霸王投入乌江,折寿8年,合起来32年。因果报应不仅体现在折寿上,而韩信最后被杀,也是因果报应所致。韩信被霸王所追,怕樵夫走漏消息,在岔路口杀了他。樵夫死后,变成一位姑娘,伺机报仇。姑娘为女王烹调膳食,假托女王命令,宣韩信进宫,亲手杀死韩信,报了仇。东干民间故事突出因果报应,劝善惩恶,体现了民间旧有的观念。

　　东干民间故事《韩信》也渗入了伊斯兰教民众的心理与风俗等因素。史书记载,韩信曾与陈豨约定,反叛刘邦。当陈豨举兵反叛,刘邦亲往平定之际,韩信部署欲袭吕后、太子,计划泄露后,为吕后所杀。再看东干民间故事是如何演绎这一片段的,当女王正在洗澡时,被杀樵夫所变的姑娘,写了女王的假令,宣韩信入宫。门卫不让进去,韩信跟姑娘闯入,正在洗浴的女王看见韩信,急忙将身子用白单裹起。韩信知道事情不妙,急忙辩解。女王遂令刽子手将韩信捆绑,并带走杀掉。这时,韩信明白,他的末日到了。但是又一想,所有的刀剑上都铸有"三旗王"(三齐王)的封号,而这些武器是不能用来处死"三旗王"(三齐王)的,于是樵夫所变的姑娘从厨房拿出菜刀,用菜刀执行死刑。这里的关键情节是,裸露玉体的女王被韩信看见了。《古兰经》有这样的规定:"你对信仰的女子说:她们低下自己的眼睛,保护自己的羞体,不要显露自己的装饰,除非自然显露的。她们要把'头巾'垂在衣领上;不要显露自己的美色和装饰,除非对自己的丈夫,或自己的父亲,或自己的儿子,或自己丈夫的儿子,或自己的外甥,或他们的女同伴,或自己手下的女仆,或无性欲的男仆,或不知男女之间关系的儿童。"(24:31)因此,在东干民众看来,韩信看见女王洗浴裸露的玉体,必死无疑,在情节上是最为合理的。

比起《史记·淮阴侯列传》来,东干民间故事虚构了不少细节,加强了故事性。如韩信投奔霸王,霸王的算卦先生看见韩信眼睛可怕阴冷,一算知道不是好人,对霸王说,赶走他。霸王看见韩信黄脸,小嘴,窄颅骨,这样糟糕的长相能成什么气候? 这跟《史记》的记载也不一样。《史记》中蒯通对韩信说:"相君之面,不过封侯,又危不安,相君之背,贵乃不可言。"民间故事中霸王给韩信三齿矛枪,但韩信佯装力气不够,使不动。韩信知道了算卦先生的用意,赶紧逃跑。算卦先生让霸王三追韩信:第一次快要追上,韩信迎风小便。霸王一想,这人不顺风小便,尿到裤上,连香臭都不辨,追他何用? 回来了。算卦先生又劝霸王追杀,第二次,韩信看霸王快追上了,跑到山边上,头朝下、脚朝上躺着睡觉。霸王一想,这人连睡觉都不会,不想追了,又回去了。算卦先生知道未杀韩信,又劝他第三次追捕,一定要杀了他,不留祸患。霸王又去追,只是这次韩信已经跑远了。到桥上,问打柴人,方知韩信很有心计,倒穿鞋跑了,鞋印的方向来了,人却向相反方向走了。可见,东干民间故事写得曲折有致,颇能吸引人。

李福清在《东干民间故事与传说》中将韩信故事列为历史传说故事,但其中也有一些怪异的色彩。如三个神仙的对话,以此诱导韩信活埋母亲,实现做"三旗王"(三齐王)的梦想。樵夫被杀后,变成一个姑娘,叫陈仓牛(陈仓为地名),当她手拿菜刀执行韩信死刑时,韩信问姑娘今年多少岁,回答12岁,韩信心里打了个冷颤,立刻明白了一切,岔路口杀死樵夫正好12年,以及算卦先生算出韩信阳寿为72年,折去32岁等。这些都是非现实的怪异情节,而非现实的怪异色彩,正是民间故事普遍存在的构成因子。以回族族源故事为例,在历史故事中也加入了非现实的怪诞因子。据苏尚洛提供的东干人中普遍流传的故事说,唐太宗请求穆罕默德派阿拉伯人来中国,这些人后来留下来,与中国姑娘成亲,生儿育女,同时也开始讲起汉语来,形成一个新的民族——回族。在这个历史故事中也加进了徐茂公斩东海龙王(《西游记》及泾河地区则传为斩泾河龙王)的神奇故事,加进唐朝遭到北方游牧民族的进攻,皇上向穆罕默德派来的弟子宛葛斯求援,宛葛斯和他带来的 3 000 阿拉伯人奔赴战场,游牧民族的喇嘛施用法术向宛葛斯的人群投下大块冰雹,而宛葛斯却施法突起风暴,冰雹刮到游牧人的头上,从而获胜。①

中亚东干民间故事中的韩信被称为"三旗王",李福清在注释中注意到同音异义词包含的不同意义,由东干文翻译的俄文文本,则译成"三旗侯"。故事中讲到韩信管理粮仓有功,高祖封他的尊号为"三旗王"——三面旗帜的王:人王、地王、天王。按照《史记》记载,汉四年,韩信平齐,使人言汉王曰"齐伪诈多变,反复之国也。南边楚,不为假王以镇之,其势不定,愿为假王便"。刘邦"乃遣张良往,立信为齐王"。中国古代有三秦、三晋、三楚的称谓。"三齐"为齐国的三个区域,《史记》也有"项羽分齐为三国"之说。故韩信为齐王称为"三齐王"较为合理。东干民间故事韩信中包括标题在内共出现 12 次"三旗王",均应为"三齐王"。

从艺术性看,这是一篇优秀的东干民间故事,其线索之清晰明了,故事之跌宕有致,细节之复杂有趣,似乎在流传中融入了许多民间艺人的劳动。但是也有张冠李戴的错误,如霸王三次追杀未成功,算卦的说,这是灾祸,说要知道他的力气能移山,能倒海,即"力拔山兮气盖世"。众所周知,这是用以形容项羽的,项羽有《垓下歌》云"力拔山兮气盖世,时不利兮骓不逝"的诗句,这正是他勇猛的真实写照,东干民间故事却移到韩信身上。樵夫究竟被杀,还是未被杀,也有矛盾之处。但是,瑕不掩瑜,它不失为一篇动人的民间故事。

以上我们比较了东干民间故事韩信与《史记》中韩信的不同,考察了韩信何以成为"共名"的缘由。《史记》是历史,注重历史真实;民间故事是文学,是虚构的。即使韩信这样有据可查、影响较大的历史人物,在民间故事中则是另一副模样,发生了较大的变异。中国民间故事关于韩信也有许多说法,如韩信为日后能

_____

① 参见苏尚洛:《中亚东干人的历史与文化》,郝苏民、高永久译,宁夏人民出版社 1996 年版。

做大官,抢先把双眼失明的母亲埋在一块风水好的地里;韩信大便不同于常人,要找一土坡,头朝下,屁股朝上;刘邦承诺不杀韩信,谓之"三不杀",即天不杀、君不杀、铁不杀。吕后趁刘邦不在,将韩信骗进宫,用黑布蒙住囚笼,令宫女用削尖的竹签刺死。这样做,既尊重了刘邦"三不杀"的承诺,又变花样处死了他。……这些情节,同东干民间故事有相似之处。

综上所述,通过对中亚文学中韩信成为恶的"共名"现象的深入探讨,溯源到东干民间故事中,比较东干民间故事与《史记》及中国民间故事的异同,分析了东干民间故事中的伊斯兰文化因子。不难看出,东干民间文学的母体仍然是中国文化,由此可以体会到中国文化在中亚的传承与变异。

七、多元语境中的东干小说语言

在世界华语文学中,中亚东干文学在语言上别具一格,以中国西北方言(包括晚清白话与当代口语)为主体,兼容俄语及阿拉伯语借词,言与文的高度一致,叙述语言的民间化与口语化,独特的语意系统与农民叙述视角,构成了东干小说语言的独特景观。

从晚清到"五四",中国提倡白话文,以白话取代文言,在理论上强调实现真正的"言文合一"。"五四"以后,出现了众多的白话诗歌、白话小说、白话散文。瞿秋白认为,这种白话处于极端混乱中,既未荡尽"鬼话",又不是完全的真正的"人话"。[1]古代文言还存在,现代文言占统治地位,新式白话只是一种高尚的玩具。[2]瞿秋白的用意是要用百分之百的活的口语,如不用"沉默",而用"不作声"。具有数千年传统的书面语言,在中国现代作家笔下,不可能不汲取其精华。在此后的现代文学发展进程中,出现了老舍这样的大量运用北京市民口语和赵树理这样的大量运用北方农民口语的作家,文学史家誉之为中国现代文学史上"两峰对峙"的俗白语言大师。

---

① 瞿秋白:《论文学革命及语言文字问题》,选自《秋白文集》(二),人民文学出版社 1953 年版。
② 瞿秋白:《鬼门关以外的战争》,选自《秋白文集》(二),人民文学出版社 1953 年版。

同中国现当代文学相比,中亚东干文学才是真正的言文一致的俗白语言,单从语言角度看,东干文学比老舍和赵树理更大众化、更口语化。由于第一代东干人都是农民,没有中国书面语言的重负;由于汉字失传,东干人的书面语言同口语是一回事。试比较东干书面语言与中国现代书面语言,东干报纸和电台有这样的题目:"心劲大的科学人。"中国报刊决不这么写,而会说成"顽强拼搏的科学家"。在中国这样一个人口众多、地域辽阔、方言各异的大国,推行现代汉语普通话,是必要的,随之而来的是方言的渐趋衰退甚至消亡,但是方言也是汉语保持活力的源泉。用惯了"顽强拼搏",并不觉得这是生动的文学语言,而"心劲大"却给我们以惊喜。

(一) 土洋结合

东干小说的语言,其主体是西北农民的口语,由于生活在中亚这样一个多元文化语境中,因此,它的语言既保留了部分晚清的语言,又有俄语借词,还有阿拉伯语、波斯语、中亚哈萨克、吉尔吉斯乃至维吾尔语中的某些词语。

如果站在中国普通话的立场上看,东干文学语言一方面极"土",但是另一方面,东干文学语言又运用了较多的俄语借词,又很"洋","洋"得让不懂俄语的人看不明白。换一个立场,语言是约定俗成的。东干人运用西北方言口语,他们自己并不觉得土。

东干人生活在以俄语为交际语言、俄语占主流的文化语境中,许多俄语借词已经成为东干人熟知的语言了,因此,运用俄语借词也是顺理成章的事情。在熟悉俄语的东干人中,夹杂俄语是自然的。重量单位叫"克拉",而不说公斤;路程叫"克拉蓗特尔",而不叫公里。这种现象完全是语言环境决定的。

先看东干小说的叙述语言。在中国现代白话小说中,许多作家运用知识分子的书面语言作为叙述语言,也有接近农民口语的叙述语言。而东干小说,找不到类似中国现代小说中的知识分子叙述语言,完全用农民方言口语来叙述。如伊斯玛尔·舍穆子的《玛乃尔的脾气》中这样介绍马旦子老汉:"奔70的这个老汉马旦子,手呢凡常拿的蝇刷子在床上(榆树下的大床上,笔者注)斜斜躔的呢。"不用"近70岁",而说"奔70";不说平常,而说"凡常";不说"斜斜躺",而说"斜斜蹛",这些都是西北方言。

东干小说的叙述视角。东干小说大多是写农村题材的,乡庄是东干人的聚居地,是东干文化的堡垒,东干语言的传播地域。乡庄对抗着异族文化的同化。因此,即使是生活、居住在城市的东干文化人,也必须抒写乡庄。从作家的文化身份看,他们都是东干族的代言人。东干族以农民为主体,许多东干知识分子大学毕业后,仍回乡庄教书,或种田、做生意。东干作家同乡庄有着密不可分的联系。因此,东干小说的叙述视角,是农民的视角。试以时间概念为例,阿尔布都《真实的朋友》开头写道:"五黄六月,莫斯科喀山火车站上的人丸圪垯的呢。"作者没有明确告诉某月某日,也没有用炎热的夏季等字眼。"五黄六月"是农民的术语,与农时有关,是收割小麦的季节。这正是农民的叙述视角。类似的例子还有曼苏洛娃的《红大炮》开头也是"五黄六月呢,我到哩乡庄呢哩"。她的《斑鸽儿带老鸹》开头说:"十冬腊月,天气太冷得很。马乃爬到窗子上……"这里也不是精确的时间,而是一种直观感受,冷的感受。东干人也知道公制度量单位,如长度单位米,用俄语借词,叫米特尔。但阿尔布都《真实的朋友》中写道:"亚古尔头呢站的个大个子刺毛头小伙子,左脸蛋子上有一个半拃长的伤。"这里不用米、厘米,而用"拃"来度量,正是常见的农民度量的办法。农民叙述视角在东干小说中很普遍。阿尔布都《惊恐》写东方发亮,李娃起来"把笤帚连辣面子背上,出哩门哩,热头一竿子高,他可价到哩街上哩"。不说八九点钟(以钟表计时),而直观感受到太阳有一竿子高,也正是农民的叙述视角。

农民的叙述视角还表现在近取譬上,许多比喻都是"近取诸身",借用农民身边的事物作喻体。如白掌柜的小说《男人的活》中"他的头上指头蛋子大的汗点子往下滴的呢"。以指头蛋比喻汗滴。阿尔布都的这类农民近取譬的例证也很多,如《老马夫》中聪花奶奶讲"好少(许多)年代之前,我们还在中国住的时候,付田贡在甘肃省呢的地方上当的个大官来。那是乱黄子光阴来"。"打仗罢的年限上,光阴谁的说啥话,紧的拧绳绳儿的时候……"以"紧的拧绳绳儿"比喻日子的苦焦,是以农民身边的事物作比。"十千帖子"即一万元,"十千"用俄语计数法,"帖子"用晚清货币名称。"光阴"是旧话,即生活状况。"乱黄子",鸡蛋清与鸡蛋黄泾渭分明,有时蛋黄破了,同蛋清搅混在一起,称"乱黄子",这里指混乱的战争年代,以农民日常生活中的事物作比,也是近取譬。《后悔去,迟哩》开头景物描写:"天上的黑云彩,就连河里的水浪一样,翻哩圪垯哩。指甲盖子大的雨点子把篷上的石板打得就连鼓一样震腾腾的响哩。"以指甲盖比雨点,特别生活化、具象化,生动活泼。

(二) 旧词新用

东干小说中有一套东干人独有的语意系统,其词语的表述与内涵和今天的普通话判然有别,试以学校学生生活语言为例。如哈桑诺夫《干净的心》中写道:

> 十年里头,
>
> 每一个学生,
>
> 除过念书,
>
> 还喜爱哩学堂哩,
>
> 因此是(因为)它连亲娘一样,
>
> 调养我们哩,
>
> 给哩知识哩。
>
> 把中学也念完哩也罢,
>
> 每一个桌子、讲堂、朋友、师父带师娘,
>
> 到学生上,都贵重。

这里的几组词:一组是对教师的称谓。把男教师称师父,这称谓其实是中国旧时的用法。《西游记》中孙悟空、猪八戒、沙和尚,称唐僧为师父。旧时求学,叫拜师父。既然男教师叫师父,那么女教师叫师娘,便是顺理成章的了。不能说东干人称女教师为师娘可笑。而且,不同于普通话中"老师"的称呼,没有性别之分,东干人大约受俄罗斯文化影响,"老师"与"女老师"两个词,一个是阳性名词,一个是阴性名词,不能混同。第二组:学堂、讲堂,这也是中国旧时的叫法,现在叫学校。中国有一首流传很广的歌,歌词便是:"小呀么小二郎,背着书包上学堂。"既然学校叫学堂,东干没有教室这样的新名词,便从学堂引申出一个术语:讲堂。东干作家有时也用俄语借词克拉斯(教室),如白掌柜的小说《礼行》中:"这倒咋闹呢,到节气(节日)丢下三天哩,克拉斯的一切娃们要收到一搭呢,商量给喜爱的教员玛丽娅·彼得洛夫娜节气上端啥礼行的事情呢。"这里"教室"用了

俄语借词。细细推敲,堂与讲堂,师父与师娘两组词的创造,也不无道理。第三组:调养、调养家。哈桑诺夫说,学校连亲娘一样,调养我们。调养就是培养、教育之意。东干著名作家阿尔布都在《老英雄的一点记想》中说,"马格子·马三成就拿咱们的这个规程礼仪话调养"了一个骑兵团的 1 200 人。这里"调养"就是教育。以写中小学生生活小说著称的白掌柜的在许多作品中都写到,中小学教师中有"调养家",曼苏洛娃的《奇怪睡梦》里也有小学生梦见调养家卓娅·伊万诺夫娜的情节。

从东干小说中可以看出,东干语还有一个特点是旧词新用。对于新事物的命名,或借用俄语,或创造对应的东干词,或在旧词中赋予新的意义,而这类旧词还保留了晚清时的用语。对后者试举例加以说明。白掌柜的《阿米乃连载乃拜》(阿米乃和载乃拜)写两个姑娘捡到钱夹,拾金不昧,妈妈说:"才不是正大老实的'阿克贾布尔亚塔'嘛,我这候儿把钱夹子就拿到衙门呢去呢,丢了钱的人单怕在那塔儿等的呢。"俄语借词"阿克贾布尔亚塔"是苏联时期准备加入少年先锋队的低年级儿童。东干人把政府部门称"衙门",仍沿用迁居中亚前(晚清时期)的旧词。阿尔布都的《哈姐儿》中"集体农庄还短卡西尔(出纳)的呢,想当呢,状子写的来"。这里写"状子",用现代汉语就是"打报告"。他的中篇小说《头一个农艺师》中瘸腿铁匠听到法西斯德国入侵苏联说:"马旦子,你行一个好,给我写一个状子,我给大人递去。"是求人写报告,给上级递去,请求报名打仗。把报告叫状子,领导称大人,都是旧词新用。

(三) 词义的扩大和缩小

词义的扩大和缩小同现代汉语相比,东干语中的词有的语义扩大,有的语义缩小。

如东干小说中的"窝儿"是一个词义扩大、包容较多的词。曼苏洛娃的小说《奇怪睡梦》中写道:"哈丽玛在娃娃园子呢整整地耍哩一天,后晌,这呢把饭吃哩,就睡下哩。也没睡到自己的窝儿上。"这里,"窝儿"是睡觉的地方。白掌柜的《两个》中"把自己的本本儿打穆哈尔买的手呢这呢拿上,铃铛儿的声出来哩。教员打自己的窝儿上起来,说的:'叫快收哩尾儿哩……'"这里的"窝儿"是教员的座位。《时候儿》中"彼德洛夫娜带说的,打坐的窝儿上起来","窝儿"又是房间椅子或沙发等座位。曼苏洛娃的《文明姑娘》中的公共汽车上的座位也叫窝儿,"一个窝儿闲下哩",两个小伙赶快让凤凰(文明姑娘)坐下。一会儿,上来个抱娃娃的女人,车上人叫凤凰"腾窝儿呢",凤凰不腾。哈桑诺夫《干净的心》中教员讲座的教室叫"这是大众文明的窝儿","窝儿"即教室。阿尔布都《老马夫》中庆世儿进房间,坐了一炕人,没有人"给他让上份的窝儿",即让上座。可见,东干语中"窝儿"可以用在许多地方。

词义缩小的。如白掌柜的《识字课》中"把自己的高兴给兄弟不说也不得成"。这里的"兄弟"指弟弟。中国西北农村至今把弟弟称兄弟,同东干人一样。《我啥都知道》中"就这个时候儿师娘进哩讲堂哩,把我喊起来,问哩我的姓名、名字哩。"这里"姓名"词义缩小,只指姓。

(四) 熟语使用

东干小说中运用了不少熟语,包括谚语、格言等,用东干人的话即口歌、口溜等。口歌、口溜绝大多数来自中国文化母体。阿尔布都的中篇小说《老马夫》中就用了11条口歌、口溜,对其所表达的意思,往往起到画龙点睛的作用。如"人拿功苦值钱,树拿花果围园"。东干语"功苦"即劳动,人的价值在劳动,树的价值在开花结果。这是劳动人民积极进取的谚语。"吃饭不怕掏钱,活上不怕为难",意思是做活不怕付出艰辛劳动,并运用"铁棍磨成绣花针"的故事为这条谚语作注释。"独木难着,独人难活"则强调群体的作用和集体主义精神。"这些话说的虽然丑也罢,理可端的呢"也来自中国人常说的"话丑理端"。"君子为众人上山背石头,小人为自己把渠溜壕沟",则是批判自私自利,弘扬大公无私的精神。"人心没底蛇吞象,贪心不足吸太阳"批判贪得无厌的人。还有"为人为到底""山水好易、本性难移""前院呢的水往后院淌呢"等口歌、口溜、格言亦是东干语言中最为纯正的中国西北话,不夹杂任何借词,同时又比较精辟,其中大部分还存活在今天的西北地区农民口头上,因此大量引用口歌、口溜、格言,不仅使小说的用意更显豁、更生动,读来倍感亲切,同时也突出了东干文学的民族特点。

(五) 形象化表现

形象化,是东干小说语言上的又一重要特点。政论式的书面语言是很规范的,但陈陈相因,就失去了形象性与生动性。而文艺作品的语言是最生动的,它需要从民间活的口语中汲取营养。在中国人看来,东干语言比较土,但正因为它是原生态的,"土"中不乏其生动与精彩。哈桑诺夫《干净的心》中讲到某学生听演讲的时候,爱和人聊天,教员批评道,不想听的人出去。这时"我把喜麦给剜了一眼"。"剜"字非常传神,如果换成"看"了一眼,就缺乏表现力,换成"瞪""翻",虽比"看"好,也不及"剜"——狠狠地使眼色之生动、形象、准确,而"剜"这种生动的口语,能给人以新颖感。又如阿尔布都小说《哈姐儿》中"哈姐儿的话就连锥子一样,攘到尤苏尔的心上呢"。以农村妇女常用的锥子作比喻,将无形的感受写得可触可摸。《后悔去,迟哩》中婆婆骂媳妇:"我把你个没良心的,你往几时呢嚼牙茬呢!"西北人有与此相近的说法,把编造事实叫嚼舌,都是具体的形象化的语言。阿尔布都写爷爷与孙子争吵,由父亲来平息。叙述人孙子说:"我大的这些话把起起来的一切扬风搅雪都压下去哩。"用"扬风搅雪"来状写家庭矛盾,十分生动、形象。东干小说往往将抽象的具象化,将无形的有形化。如白掌柜的《我爷爷》中,我要继承爷爷的传统,写成"我也踏我爷爷的脚踪呢"。《两个》中"拉比尔只害怕娃们问:'书念哩咋么个?'只害怕娃们看她的书连本本子。那会儿她就丢哩底,丧了德哩。""丢底丧德"现在还活在西北人的嘴上。"丢底"和"露馅"意思一样,也是有趣的说法。哈桑诺夫的《马奈儿的脾气》中,写人瘦了,"人都蔫下哩",以植物作比,更形象。《干净的心》中"但不尊护大众的调养哩,那候儿你就剩那一傍个,成下单奔子人哩"。不合群,没人理,成了孤独的人,叫"单奔子人"。西北人把没有帮手的人叫"单奔子人"。类似的例子不胜枚举。

东干小说中还有一种现象,即同一个意思的几个词并用。如俄语借词"阿夫多布斯"与"汽车"并用。阿尔布都短篇小说《没认得》中俄语"阿夫多布斯"("汽车")出现 7 次,汉语"汽车"出现 4 次,共 11 次。为什么同一篇小说中,一会儿用"阿夫多布斯",一会儿用"汽车",二者交叉,似乎并无规律,只是以意为之。大约作家和一般东干人对俄语"阿夫多布斯"和汉语"汽车"都习惯了,所以出现并用的情况。又如"朋友"与"联手"并用。东干语文教科书及文学作品中"联手"出现频率颇高,但有时二者又并用。试看阿尔布都小说《真实的朋友》,题目用"朋友",开头写火车站买票,一个不相识的小伙子对亚古尔说:"你有钱哩给我借 3 个帖子,联手,我的钱不够。"同题目不一样,又用"联手"。题目是叙述语言,对话是人物语言。类似的还有"书子"与"信"并用。马旦子老汉问孙子,复员前"你这临尾儿的六个月日子咋没写书子?"孙子回答:"阿爷,我半年没写信的因此(原因)是没在一个窝儿上站。"对话中,爷爷用"书子",孙子用"信"。由于东干人生活在多元文化并存的语境中,又容易造成不同民族语言并用的现象,如《头一个农艺师》中聪花加入了共青团,可喜可贺,姑娘们打开留声机,"连唱带维囊,闹伙到半夜呢"。聪花领导少先队"唱曲子连跳舞"。"维囊"与"跳舞"是一个意思,前者系维吾尔语,后者为汉语,在同一篇小说中同时出现。这正是多元文化语境中的语言现象。

下 编

十娃子诗歌选译

在伊犁

还在天上飞的呢，一过天山
我闻见哩：韭菜味，我奶的蒜。
稻的田子，就像海。我爷的汗
我闻惯哩。营盘呢我肯闻见。

我觉谋的将飞起，我的风船
稳稳儿可价落脱哩，连鹰一般。
姑娘笑哩，到跟前：——这是伊犁，
谁接你呢：母亲吗，兄弟，姊妹？

谁都把我没接迎，下哩风船，
光白骆驼望我哩，眼睛像泉。

两个旋风儿转得来，不高，可快，

哈巴，我爷看来哩，领的我奶。

ЗЭ ЙИЛИ

Хан зэ тяншон фидини. Йи гуэ Тянсан
Вэ вынҗянли: җюцэви, вэнэди суан.
До ди тянзы, зущён хэ. Вэ еди хан
Вэ вын гуанли. Йинпанни вэ кын вынҗян.

Вэ җүэмуди җён фиче. Вэди фынчуан
Вынвыр кэҗя луэтуэли, лян йин йибан.
Гүнён щёли, до гынчян: —Җысы Йили.
Сый же нини: мучинма, щүнди, зымый?

Сыйду ба вэ мэ җейин, хали фынчуан,
Гуон бый луэтуэ вон вэли нянҗин щён
чүан.
Лёнгэ щүанфыр җуандилэ, бу го, кэ
куэ,
Хаба, вэ Е канлэли линди вэ нэ.

营盘

我在营盘生养哩，
　　营盘呢长，
在营盘呢我跑哩，
　　连风一样。
营盘呢的一切滩，
　　一切草上
都有我的脚踪呢。
　　我咋不想？

在柏林的场子呢
　　我也浪过，
可是它没营盘的
　　草场软作。
我在罗马的花园呢
　　听过响琴，
可是癫呱儿的声气
　　没离耳缝。

说是巴黎香油氽，
　　我也洒过，
可是四季我闻的
　　淬泥味道。
大世界上地方多：
　　上海、伦敦……
可是哪塔儿都没有
　　营盘乡庄。

ЙИНПАН

Вә зә Йинпан сын-ёнли,
　　Йинпанни җон,
Зә Йинпанни вә поли,
　　Лян фын йиён.
Йинпанниди йиче тан,
　　Йиче цошон
Ду ю вәди җүә зунни.
　　Вә за бу щён?

Зә Берлинди чонзыни
　　Вә е лонгуә,
Кәсы та мә Йинпанди
　　Цочон ванзуә.
Вә зә Римди хуайүанни
　　Тингуә щёнчин,
Кәсы лэгуарди шынчи
　　Мә ли эрфын.

Фәсы Париж щён-ю цуан,
　　Вә е сагуә,
Кәсы сыҗи вә вынди
　　Зыни видо.
Да шыҗешон дифон дуә:
　　Шонхэ, Лондон ...
Кәсы натар ду мәю
　　Йинпан щёнҗуон.

我在营盘生养哩，
营盘呢长，
在营盘呢我跑哩，
连风一样，
营盘呢的一切滩，
一切草上
都有我的脚踪呢。
我咋不想？

Вә зэ Йинпан сын-ёнли，
Йинпанни җон，
Зэ Йинпанни во поли，
Лян фын йиён，
Йинпанниди йиче тан，
Йиче цошон
Ду ю вәди җүә зунни.
Вә за бу щён？

天山的天

这是我的一块儿天，
天山的天。
赶一切净我的天，
赶一切蓝。
这一块儿天我上贵，
连命一样。
我的星宿在这儿呢，
太阳，月亮……

肯给我指后晌价
喜爱母亲：
——你的星宿那是嘛，
那个明星！
我的星宿，我看的，
赶一切亮。
就像给我笑的呢
眼睛挤上。

ТЯНСАНДИ ТЯН

Җысы вәди йикуәр тян，
Тянсанди тян.
Ган йиче җин вәди тян，
Ган йиче лан.
Җы йикуәр тян вәшон гуй，
Лян мин йиён.
Вәди щнищю зэ җәрни，
Тэён, йүәлён …

Кын ги вә зы хушонҗя
Щинэ мучин：
—Ниди щнищю нэсыма，
Нэгә мин щин！
Вәди щнищю, вә канди，
Ган йиче лён.
Зущён ги вә щёдини
Нянҗин җишои.

月亮也在天上呢，
　　就像金圈。
给我也洒光的呢
　　不叫我蔫。
金光里头我肯凫，
　　连鱼一样。
高声，高声也肯唱：
　　——我活得旺！

太阳也在天上呢，
　　我的太阳.
也倒的呢把热光，
　　连水一样。
也焐过我红太阳，
　　就像亲娘。
叫我还俊，还旺呢，
　　还有力量。

这是我的一块儿天，
　　天山的天。
赶一切净我的天，
　　赶一切蓝。
这一块儿天我上贵，
　　连命一样。
我的星宿在这儿呢，
　　太阳，月亮……

Йүэлён е зэ тяншонни,
　　Зущён җин чүан.
Ги вэ е са гуондини,
　　Бу җё вэ нян.
Җин гуон литу вэ кын фу,
　　Лян йү йиён.
Го шын, го шын е кын чон:
　　—Вэ хуэди вон!

Тэён е зэ тяншонни,
　　Вэди тэён.
Е додини ба жэ гуон,
　　Лян фи йиён,
Е вугуэ вэ хун тэён,
　　Зущён чин нён.
Жё вэ хан җүн, хан вонни,
　　Хан ю лилён.

Җысы вэди йикуэр тян,
　　Тянсанди тян.
Ган йиче җин вэди тян.
　　Ган йиче лан.
Җы йикуэр тян вэшон гуй,
　　Лян мин йиён.
Вэди щнищю зэ җэрни,
　　Тэён, йүэлён …

北河沿上

我爷,太爷都住哩
　　北河沿上,
我也在这儿住的呢,
　　孝顺老娘。
就是,北河我的家,
　　我的母亲。
她赶克尔白都贵重,
　　比黄河亲。

我爷,太爷都说过:
　　——连客一样,
咱们在这儿浪的呢——
　　北河沿上,
咱们家在东方呢,
　　天山背后
牛毛汉人住的呢,
　　长的金手。

时候到哩回老家,
　　当亲外甥,
大舅高兴接迎呢,
　　搂在怀中。
那候儿咱们团圆呢,
　　心都上天,
黄河沿上散心呢,
　　蝴蝶儿一般……

БЫЙХƏ ЯНШОН

Вə Е, Тəе ду җў̆ли
　　Быйхə яншон,
Вə е зə җəр җў̆дини,
　　Щёчун ло нён.
Зусы, Быйхə води җя,
　　Вəдимучин.
Та ган Қарбə ду гуйҗун,
　　Би Хуонхə чин.

Вə Е, Тəе ду фəгуə:
　　—Лян ки йиён,
Заму зə җəр лондини,
　　Быйхə яншон,
Заму җя зə дунфонни,
　　Тянсан быйху
Нюмо ханжын җў̆дини,
　　Җонди җин шу.

Сыхур доли хуэй ло җя.
　　Дон чин вəсын,
Да җю гощин җейинни,
　　Лузə хуэҗун.
Нəхур заму туанйуанни,
　　Щин ду шон тян,
Хуонхə яншон сан щинни,
　　Хў̆тер йибан …

我爷、太爷还说过：
　　——麦加地方
就是老家，太贵重，
　　连命一样。
圣人生在那塔儿哩，
　　他的心灵：
把《古兰经》下降哩——
　　穆民的根。

克尔白也在那塔儿呢，
　　吸铁一样，
把人它还拉的呢，
　　叫拜西方。
时候到哩回去呢。
　　到哩老家，
当儿子的接迎呢，
　　阿拉伯老爸。

那候儿咱们心定呢，
　　黑明干好，
端端儿就进天堂呢，
　　口唤但到……
可是我爷，我太爷，
　　连我一样，
没回老家，没见过
　　银川地方。
颐和园呢没去过，
　　西湖没浪，
黄河呢没洗过澡儿

Вə Е, Тэе хан фəгуə:
　　—Манкэ дифон
Зусы ло җя, тэ гуйҗун,
　　Лян мин йиён.
Шынжын сынзэ нэтарли,
　　Тади щин лин:
Ба гўрани Щяҗёнли-
　　Мəминди гын.

Карбэ е зə нэтарни.
　　Щите йиён,
Ба жын та хан ладини,
　　Җё бə щифон.
Сыхур доли хуэйчини.
　　Доли ло җя,
Дон эрзыди җейинни
　　Араб ло ба.

Нэхур заму щин динни,
　　Химин ган хо,
Дуандуар зу җин тянтонни,
　　Кухуан дан до ...
Кəсы вə Е, вə Тэе,
　　Лян вə йиён,
Мə хуэй ло җя, мə җянгуə
　　Йинчуан дифон,
Йихəйуанни мə чигуə,
　　Щихў мə лон,
Хуонхə ни мə щигуə зор

骑上水浪。
　　亲娘舅也没招过，
　　　没请，没让。
可是它们，我记的，
　　　就像老娘，
四季想哩，念过哩，
　　　有多孽障！

就是，他们也没见
　　　克尔白贵重，
也没料想回老家，
　　　朝住三星。
麦加城呢也没浪，
　　　连我一样，
也没听过念邦克，
　　　老爸的讲。
枣树底下也没缓，
　　　没歇过晌，
也没喝过尼罗河的水，
　　　没压过渴。

总是老爸忘掉哩
　　　把亲弟兄，
不哩为啥没召识？
　　　为啥没请？
可是他们，我记的，
　　　就像老娘，
四季想哩，念过哩，
　　　有多孽障！

Чишон филон.
Чин нён җю е мә җогуә,
Мә чин, мә жон.
Қосы таму, вә җиди,
Зущён ло нён,
Сыҗи щёнли, нянгэли,
Ю дуә неҗон!

Зусы, таму е мә җян
Қарбэ гуйҗун,
Е мә лёщён хуэй ло җя,
Җочў санщин.
Манкэ чынни е мә лон,
Лян вә йиён,
Е мә тингуэ нян бонки,
Ло бади җён.
Зорфу диха е мә хуан,
Мә щегуэ шон,
Е мә хэгуэ Нилди фи,
Мә ягуэ кон.

Зунсы ло ба вондёли
Ба чин дищун,
Були виса мә җошы?
Виса мә чин?
Қосы таму, вә җиди,
Зущён ло нён,
Сыҗи щёнли, нянгэли,
Ю дуә неҗон!

我爷、太爷都完哩。
　　他们的坟
都在北河沿上呢，
　　这儿的土亲。
我给太爷肯念索儿
　　在坟头上，
外奶肯哭，我记的，
　　爱煎油香。

我肯揪花儿河沿上，
　　连风一样，
天山顶儿上我跑哩，
　　把"少年"唱
秋里河呢清水广
　　我压了渴，
这个大河没头尾儿，
　　连蛇一样。

我的海子伊塞克，
　　就像蓝天，
水浪里头我肯耍，
　　天鹅一般。
太阳四季笑的呢
　　给我洒光，
就像老娘爱的呢，
　　还叫血旺。
百灵儿也唱曲儿的呢，
　　姑娘一般，
就像它告我的呢：

Вə Е, Тэе ду ванли.
　　Тамуди фын
Ду зэ Быйхə яншонни,
　　Җəрди тў чни.
Вə ги Тэе кын нян сур
　　Зэ фын тушон,
Винэ кын кў, вə җиди,
　　Нə җян ющён.

Вə кын җю хуар хə яншон.
　　Лян фын йиён,
Тянсан диршон вə поли,
　　Ба《Шонян》чон.
Чюлихəни чин фи гуон,
　　Вə ялё кон,
Җыгə да хə мə ту, йир,
　　Лян шə йиён.

Вəди хэзы Иссык-Коль,
　　Зущён лан тян,
Филон литу вə кын фа,
　　Тянңə йибан.
Тэён сыҗи щёдини,
　　Ги вə са гуон,
Зущён ло нён нэдини,
　　Хан җё ще вон.
Быйлир е чон чўрдини,
　　Гўнён йибан,
Зущён та го вəдини:

——请你上天!

我爷、太爷都住哩
　　北河沿上,
我也在这儿住的呢,
　　孝顺老娘。
就是,北河——我的家,
　　我的母亲,
她赶克尔白贵重,
　　比黄河亲。

我爷的城

雪也落到头上哩,
　　我爷孽障。
眼眨毛上也落哩
　　一层毒霜。
心总不定,肯念过:
　　——我的银川。
哈巴,还等我的呢,
　　老娘一般。
百年之前离别哩
　　我连银川。
我也没说:——你好在,
　　没说再见……
把我哈巴忘掉哩
　　那个大城。
单怕,那塔儿也没剩

—Чин ни шон тян!

Вә Е, Тэе ду җўли
　　Быйхә яншон,
Вә е зэ җәр җўдини,
　　Щёчун ло нён.
Зусы, Быйхә вәдиҗя,
　　Вәди мучин,
Та ган Карбэ ду гуйҗун,
　　Би Хуонхә чин.

ВӘ ЕДИ ЧЫН

Щўә е луәдо тушонли,
　　Вә Е неҗон.
Нянзамошон е луәли
　　Йицын дў фон.
Щин зун бу дин. Кын нянгә:
　　—Вәди Йинчуан.
Хаба, хан дын вәдини,
　　Ло нён йнбан.
Быйнян зычян либели
　　Вә лян Йинчуан.
Вә е мә фә:—Ни хо зэ,
　　Мә фә зэ җян …
Ба вә, ха ба, вондёли
　　Нэгә да чын.
Данпа, нэтар е мә шын

认得的人。

Жындыйди жын.

雪也落到头上哩，
　　我爷孽障。
眼眨毛上也落哩
　　一层毒霜。

Щүэ е луэдо тушонли.
　　Вэ Е нежон,
Нянзамошон е луэли
　　Йицын дў фон.

雪花儿

ЩҮЭХУАР

雪花儿,雪花儿飘的呢,
　　空中呢旋。
这个清水没分量,
　　鸡毛一般。

Щүэхуар, щүэхуар пёдини,
　　Кунжунни щан.
Жыгэ чин фи мэ фынлён,
　　Жимо йибан.

远看就像没样子,
　　它净的白。
谁都把它抓不住,
　　只有它碎。

Йуан кан зущён мэ ёнзы,
　　Та жинди бый.
Сый ду ба та жуабучў,
　　Зыю та суй.

可是它俊,就像花儿。
　　哪个姑娘
把它扎成牡丹哩,
　　叫吸太阳。

Кэсы та жүн, зущён хуар.
　　Нага гўнён
Ба та зачын моданли,
　　Жё щи тэён.

就像星宿放光呢,
　　太阳照上。
可是不热,没火气
　　它的金光。

Зущён щинщю фонгуонни,
　　Тэён жошон.
Кэсы бу жэ. Мэ хуэчи
　　Тади жин гуон.

雪花儿,雪花儿落的呢,
　　就像珍珠。
在空中呢飞的呢,
　　没有菁葵。

落到手上就没哩,
　　剩一点儿水。
里头太阳藏的呢,
　　只有它白。
把西瓜可染红哩,
　　果子蜂蜜……

雪花儿,雪花儿飞的呢,
　　空中呢旋。
这个清水没分量,
　　鸡毛一般。

Щүэхуар, щүэхуар луэдини
　　Зущён җынҗў.
Зэ кунҗунни фидини,
　　Мэю гўдў.

Луэдо шушон зу мэли,
　　Шын йидяр фи.
Литу тэён цондини,
　　Зыю та бый.
Ба щигуа кэ жан хунли,
　　Гуэзы фынми …

Щүэхуар, щүэхуар фидини,
　　Кунҗунни щүан.
Җыгэ чин фи мэ фынлён,
　　Җимо йибан.

我四季唱呢

我也没有汨罗江,
　　不是屈原。
往大河呢也不跳,
　　屈原一般。
给我也不撂粽子
　　往海,往江……
我也不叫谁搭救,
　　不叫记想。
因此是我不想完,

ВƏ СЫҖИ ЧОННИ

Вэ е мэю Милуэ җён.
　　Бусы Чү Йүан.
Вон да хэни е бу тё,
　　Чү Йүан йибан.
Ги вэ е бу лё зунзы
　　Вон хэ, вон җён …
Вэ е бу җё сый даҗю.
　　Бу җё җищён.
Йинцысы вэ бу щён ван,

我永不完。

成百年价我活呢，
    就像天山。

我也不争莫斯科——
    普希金的城。

我也不看大场子
    就像普希金。

也不叫谁念过我，
    把我记想。

我也不想当遗念儿
    变成铜像。

因此是我不想完，
    我永不完。

成千年价我活呢，
    伏尔加一般。

我也不夺伏龙芝，
    洒落大城。

叫托克托古尔就弹起
    把"克尔别兹"音。

手浪姑娘也没有，
    送老白杨。

我也不叫人搭救
    不要记想。

因此是我不想完，
    我永不完。

成万年价我活呢，
    就像蓝天。

Вә йүн бу ван.

Чын бый нянҗя вә хуәни,
    Зущён Тянсан.

Вә е бу зын Москва-
    Пушкинди чын.

Вә е бу кан да чонзы,
    Зущён Пушкин.

Е бу җё сый нянгә вә,
    Ба вә җищён.

Вә е бу щён дон йиняр,
    Бянчын тун щён.

Йинцысы вә бу щён ван.
    Вә йүн бу ван.

Чын чян нянҗя вә хуәни,
    Волга йибан.

Вә е бу дуә фрунзе
    Салуә да чын.

Җё Токтогул зу танчи
    Ба 《Кербез》 йин.

Шу лон гүнён е мәю,
    Сун ло быйён.

Вә е бу җё жын даҗю
    Бу ё җищён.

Йинцысы вә бу щён ван.
    Вә йүн бу ван.

Чын ван нянҗя вә хуәни,
    Зущён лан тян.

哪塔儿我但防不住，
　　叫老阎王
把我的命但偷上，
　　连贼一样。
高抬，深埋但送到

　　梢葫芦乡，
赶早我可出来呢，
　　就像太阳。
高声，高声还唱呢
　　百灵儿一般：
——好吗，春天，小姑娘，
　　银白牡丹！

Натар вə дан фонбучў,
　　Жё ло йүанвон
Ба вəди мин дан тушон,
　　Лян зый йиён.
Го тэ, шын мэ дан сундо

　　Сохулў щён,
Ганзо вə кə чўлэни,
　　Зущён тэён.
Го шын, го шын хан чонни,
　　Быйлир йибан:
—Хома, чунтян, щё гўнён,
　　Йинбый модан!

喜麦的曲子

喜麦吹的那个笛
　　有指头粜，
就像拿油渗下的，
　　比金子黄。
桃树叶叶儿都听得
　　不敢动弹，
五更翅儿都不唱哩，
　　都发泼烦。

年轻喜麦吹的音
　　有多受听，
这是姑娘唱下的，
　　不叫心定。

ЩИМЭДИ ЧҮЗЫ

Щимэ чуйди нэгə ди
　　Ю зыту җуон.
Зущён на юсынхади,
　　Би җинзы хуон.
Тофу еер ду тинди
　　Бу ган дунтан,
Вугынцыр ду бу чонлу,
　　Ду фа пəфан.

Нянчин Щимэ чуйди йин
　　Ю дуə шутин,
Җысы гўнён чонхади,
　　Бу жё щин дин.

桃红姑娘长得俊，
　　就像月亮，
黑里她但出哩门
　　世界都亮。

住的不远小姑娘，
　　在大河沿，
父亲吮的苇湖子
　　大浪中间，
就像核桃跳的呢，
　　可不敢站。

渡人的呢往上海
　　王家老汉
总不知道王老汉
　　姑娘的心，
她没害过相思儿病
　　眼泪淹心。
高兴姑娘哭开哩，
　　不吃，不耍，
就像影影儿跟的呢，
　　喜麦爱她。

——你大看见咋闹呢，
　　我的姑娘。
不骂你吗，不打吗，
　　连雷一样。
年轻寿数过去呢，
　　连水一样，

Тохун гүнён җонди җүн，
　　Зущён йүәлён，
Хили та дан чўли мын
　　Шыҗе ду лён。

Җўди бу йуан щё гүнён，
　　Зэ да хә ян，
Фучин ёди вихўзы。
　　Да лон җунҗян，
Зущён хәту тёдини，
　　Кә бу ган зан。

Дў жындини вон Шонхэ
　　Вонҗя лохан。
Зун бу җыдо Вон лохан
　　Гўнёнди щин，
Та мә хэгуә щёнсыр бин。
　　Нянлуй ян щин。
Гощин гүнён кўкэли，
　　Бу чы，бу фа，
Зущён йинйнр гындини，
　　Щимэ нэ та。

—Ни да канҗян залони，
　　Вәди гүнён。
Бу ма нима，бу дама，
　　Лян лўи йиён。
Нянчин шуфу гуәчини，
　　Лян фи йиён，

欢乐,运气都走呢,
　　谁能撺上!

可是把你总不给。
　　不叫老汉
当姑娘儿的摆下耍,
　　把蔫心散。
气但上来我把你
　　撂到大江,
我还给你吹笛呢
　　在江沿上。

我耍的呢,唱的呢,
　　一点儿不乏。
时候儿到哩都完呢,
　　我不害怕。
今儿我连你团圆呢,
　　高兴,舒坦,
往明儿赶早我唱呢,
　　百灵儿一般。

喜麦吹的那个笛
　　有指头粜,
就像拿油渗下的,
　　比金子黄。
桃树叶叶儿都听的
　　不敢动弹,
五更翅儿都不唱哩,
　　都发泼烦。

Хуанлуэ, йүнчи ду зуни,
　　Сый нын няншон!

Қосы ба ни зун бу ги.
　　Бу җё лохан
Дон гўнёрди бэха фа,
　　Ба нян щин сан.
Чи дан шонлэ вэ ба ни
　　Лёдо да җён,
Вэ хан ги ни чуй дини
　　Зэ җён яншон.

Вэ фадини, чондини,
　　Йидяр бу фа.
Сыхур доли ду ванни,
　　Вэ бу хэпа.
Җер вэ лян ни туанйүанни,
　　Гощин, футан,
Вон мер ганзо вэ чонни,
　　Быйлир йибан.

Щимэ чуйди нэгэ ди
　　Ю зыту җуон,
Зущён на ю сынхади,
　　Би җинзы хуон.
Тофу еер ду тинди,
　　Бу ган дунтан,
Вугынцыр ду бу чонли,
　　Ду фа пэфан.

宁夏姑娘

连毯一样,绿滩道。桃红姑娘
骑的毛驴儿走的呢,连花儿一样。

就像百灵儿,声太巧,她把曲儿唱:
——今儿我把你才见了,我的太阳。

在海面上跳的呢大红太阳,
就像它也高兴哩。朝住姑娘
它笑的呢,就像说:——宁夏姑娘,
连雀儿一样,你快飞,把我撵上。

可是毛驴儿没膀子,上不了天,
哎——啊,姑娘,咋飞到太阳跟前?
我请姑娘上风船,你快上天,

太阳就是你连我临尾儿的站。

运气汗衫儿
——俄罗斯民人的古话儿

穿的汗衫儿养下的,——
    我听得多。
这个巧话俄罗斯的
    "谁没听过"。
光是汗衫儿运气大,
    也不简单。

НИНЩЯ ГУНЁН

Лян тан йнён, лю тандо. Тохун гўнён
Чиди молүр зудини, лян хуар йиён.

Зущён быйлир, шын тэ чё, та ба чүр чон:
—Жер вә ба ни цэ җянлё, вәди тэён.

Зэ хэмяншон тёдини да хун тэён,
Зущён та е гощинли. Җочў гўнён
Та щёдини, зущён фо: —Нинщя гўнён,
Лян чёр йиён, ни куэ фи, ба вә няншюн.

Кәсы молүр мә бонзы, шонбулё тян,
Ай-а, гўнён, за фидо тэён гынчян?
Вә чин гўнён шон фынчуан, ни куэ
шон тян,
Тэён зусы ни лян, вә линйирди зан.

ЙҮНЧИ ХАНСАР
(Вурус минжынди гў хуар)

Чуанди хансар ёнхади, —
    Вә тинди дуэ.
Җыгә чё хуа вурусди
    《Сый мә тингуэ》.
Гуонсы хансар йүнчи да,
    Е бу җяндан.

谁但养下穿汗衫儿，
　　运气像山。
运气汗衫儿我穿过，
　　穿得也多。
伟大革命穿上的，
　　我再没脱。
没叫雪、雨拍过我，
　　连伞一样，
热、冷它也遮的呢，
　　就像亲娘。
这个汗衫儿没叫我
　　见过寒霜。
也没叫毒冷子打，
　　连子儿一样。
我光见的清早晨，
　　洒落春天。
我的家是大花园，
　　花儿开得繁。
运气汗衫儿——好衣裳，
　　我上贵重，
苏联给我端下的，
　　伟大革命。
就为那个我不脱，
　　运气衣裳。
黑、明就穿的它，
　　连命一样。
运气汗衫儿，好汗衫儿，
　　运气衣裳。
谁的命大，有运气，
　　就能穿上。

Сый дан ёнха чуан хансар,
　　Йүнчи щён сан.
Йүнчи хансар вә чуангуә
　　Чуанди е дуә.
Вида гәмин чуаншонди
　　Вә зэ мә туә.
Мә жё щүә, йү пыйгуәво,
　　Лян сан йиён,
Жә-лын та е җәдини,
　　Зущён чин нён.
Җыгә хансар мә жё вә
　　Җянгуә хан фон.
Е мә жё дў лынзы да,
　　Лян зыр йиён.
Вә гуон җянди чин зошын,
　　Салуә чунтян.
Вәди җясы дахуайүан,
　　Хуар кэди фан.
Йүнчи хансар—хо йишон,
　　Вәшон гуйҗун,
Сўлян ги вә дуанхади,
　　Вида гәмин.
Зу ви нэгә вә бу туә,
　　Йүнчи йишон.
Хи-мин зу чуанди та,
　　Лян мин йиён.
Йүнчи хансар, хо хансар
　　Йүнчи йишон.
Сыйди мин да, ю йүнчи,
　　Зу нын чуаншон.

十四儿诗歌选译

胡达呀,我祈祷你······

胡达呀,我祈祷你,
给我快存劲,
叫我把你端下的
寿数活干净。

叵叫一回猛猛的
头里头水吼,
上筛它尼的当当,
给自己下手。

胡达呀,我祈祷你
给我多存劲,
叫我把人的闲话
瞒背过耳缝。

叵叫一回吃哩热,

Хўда-я, вә чито ни ...

Хўда-я, вә чито ни,
Ги вә куэ цун җин,
Җё вә ба ни дуанхади
Шуфу хуэ ганҗин.

Бә җё йихуэймынмынди
Ту литу фи ху,
Шон шэтаниди дондон,
Ги зыҗи щя шу.

Хўда-я, вә чито ни,
Ги вә дуэ цун җин,
Җё вә ба жынди щянхуа
Ман бигуэ эрфын.

Бә җё йихуэй чыли жә,

拿它儿防不住，
为不相干的臊话
给谁报毒仇。

胡达呀，我祈祷你，
给我紧存劲，
叫我把剩下的力
都送给亲民……

叵叫到半浪子呢
光胡打盘算，
把自己的二年半
许给好营干。

Натар фонбучў,
Ви бу щёнганди со хуа
Ги сый бо дў чу.

Хўда-я, вә чито ни,
Ги вә җин цун җин,
Җё вә ба шынхади ли
Ду сунги чин мин …

Бә җё до банлонзыни
Гуон хў да пансуан,
Ба зыжиди эрнян бан
Щүги хо йинган.

白生生的雪消罢……

Быйсынсынди щүә щёба … .

白生生的雪消罢
粉桃花开开，
青生生的草绿罢，
渗雨可耍乖……

世上啥都不久长，
不能长远活，
胡达——讨尔俩的下降，
谁都躲不脱……

Быйсынсынди щүә щёба
Фын тохуа кэкэ,
Чинсынсынди цо люба,
Сын йү кә фа гуэ …

Шышон саду бу җючон,
Бу нын чонйүан хуэ.
Хўда Торляди щяжён
Сыйду дуәбутуэ …

时候儿带人

时候儿,时候儿……不住过的呢
打面前呢。往远呢飞的呢。

人,人……地面上游转的呢:
没前,没后。也没上,没下。

时候儿……蠡的随人转一转
就是一天、一期带一月……

人……净在一坨儿站的呢。
到活上,打活上,再没路!

时候儿飞过就进永总哩,
不剩——也不变卦,也不灭。

人没处儿去——就在地面上
渐渐老掉哩……叫时候儿收掉哩!

时候儿没无常——有永总呢,
人没永总——有无常呢……

Сыхур дэ жын

Сыхур, сыхур … бу жў гуэдини
Да мянчянни. Вон йүанни фидини.

Жын, жын … димяншон ю жуан-дини:
Мэчян, мэху. Е мэ шон, мэ ха.

Сыхур … бёди суй жын жуан йи жуан
Зусы йнтян, йичи дэ йийүэ …

Жын … жин зэ йитуэр зандини.
До хуэшон, да хуэшон, зэмэ лў!

Сыхур фигуэ зу жин йүнзун-ли.
Бу шын-е бу бян гуа, е бу ме.

Жын мэчўр чи-зу зэ димяншон
Жеже лодёли … жё сыхур шудёли!

Сыхур мэ вучон-ю йүн зунни,
Жын мэ йүнзун-ю вучонни …

阿尔布都小说选译

惊恐（东干文转写中文）

　　昨儿后晌热头落空哩，西半个烧得红朗朗的。李娃扎哩几个笤帚，踏哩些儿辣面子，都设虑停当，睡下哩，睡哩一觉，眼睛一睁吵东方动哩，把婆姨捣给哩两胳肘子，自己翻起来，走哩外头哩。紧头给棚底下的牛娃子添哩些草，把脸洗哩，麦婕儿的氽喷喷的滚茶连馇下的稀米饭上哩桌子哩。李娃给米饭里头调哩些油辣子连咸菜，吃哩，把笤帚连辣面子背上出哩门哩。热头一竿子高他可价到哩街上哩。买卖也红，李娃也高兴。晌午过哩些儿西风刮的，天气变哩，一阵阵儿白雨点子跌脱哩。后头大白雨整整地下哩两个时辰。李娃坐的那个碎公共汽车，这呢一过儿阿克-布拉克，攒到萨尔苏乌水沟呢哩。李娃把买下的半口袋吃喝背上，往回走脱哩。

　　虽然雨不下哩也罢，天上的黑云总翻哩疙瘩哩，一阵子，一阵子电闪的，雷吼的，李娃子的头皮子都木掉哩。过哩一时儿，大风刮脱哩。几十年的老树只格谋地都爬下呢。李娃站到一个树底下，避哩风哩。黑影影子打早下来哩，慢慢儿钻骨头的风也停下哩。一撮子星宿也闪出来哩。李娃把口袋呢的馍馍掰哩一块子，旋（一边）吃，旋往前走脱哩。把卡拉穆举克走过，到哩阿克别特塔拉滩道呢哩。他知道呢，往前再一走，有个不高的梁梁子呢，这个梁梁子背后就是金月儿寺。打这儿往前再走4俄里路，就是他们的古龙乡。李娃估当哩下，赶东方动到家呢呢。

　　这是嘛,李娃一路儿盼望下的梁梁子也到哩面前哩,腿上有劲的,他上哩梁,对住四周八下呢望哩下,心也宽哩。打这儿,把个家的古龙乡呢的灯亮也看见哩。猛猛地对住金月寺望哩下,这个没人烟的古寺呢,今儿个明灯蜡烛的。李娃知道呢,金月寺呢这就帮间儿六十年里一个人的脚都没往进踏过。1924 年上本地的一把子巴斯马奇(反革命强盗)把七八个姑娘拉到这个寺呢,固(强迫)哩之后,把一个姑娘都没往出放,点哩些子火烧掉哩。打那一天打上,把这个寺关掉哩,光它的名字剩下哩。三四十年之前把这儿算的是森煞窝,黑里,谁都不敢打这儿过,内重(尤其)打过仗往这么人都不惧唬金月寺哩。

　　今儿,李娃把寺呢的亮看见,打哩个冷颤就像是谁给他的身上浇哩一缸子凉水。李娃是伟大祖国仗上参下加的人,他见下的死人数儿都没有的,把仗上的森煞思量起来,李娃当窝儿不害怕哩。就是那个也罢,他咕哝地念哩几句,攒哩个劲,到哩寺跟前哩。窗子上的亮越行显哩,李娃爬到窗子上一看吵,他的婆姨麦婕儿在一把子阿訇连乡老中间坐的呢,细细儿看哩下,都是古龙乡呢的阿訇连乡老,每一个面前搁的酒盅子,麦婕儿打扮得就连摆屏的孔雀儿一样,叽儿咕儿地坐地呢,听地呢,阿訇乡老给她得道说啥地呢。过哩一时儿,都把酒盅子端起来哩,可不喝,脖子抻的,手拃的,给麦婕儿得道说啥的呢。说的,说的一个阿訇手伸的去,捏麦婕儿的腔子(胸脯)来呢,叫麦婕儿架手上狠狠地斫给一捶。马胜阿訇一个仗子跳起来,把麦婕儿搂住哩。李娃先前总没信服,他思量的:"我的婆姨咋么价到哩这儿呢吵,这哈巴是我的眼睛花掉哩"。他跑到寺的第二下可看去哩。将爬到窗子上一看吵,麦婕儿身子拧过来,朝住马胜阿訇站下哩,李娃看哩个显,当当儿就是麦婕儿。他试勘地想进去呢,这么那么把门找不着,窗子高得很,扒不上去,急得他的头上汗都往下淌开哩,他气哼哼地摸地,找哩个石头照住麦婕儿打窗子上砸进去哩。石头呵楞捣腾地打到桌子上哩,灯的亮闪哩下,灭掉哩。寺里当窝儿黑掉哩,哑谜儿动静下哩。李娃暗地看哩很大的工夫,啥响动都没哩,就像是一折儿电影打他的面前过哩。他的心呢七十把刀子铰呢。走地呢,思量的呢:"麦婕儿但回来,我把她或者是打一个半死拉活,另干掉呢,或者是一顿刀子戳死,送掉呢。"壳廊里的气把李娃憋胀的,大步大步往回走哩。没觉去,他入哩自己的古龙乡哩。鸡叫三遍的时候,李娃到哩个家的房门上哩。气哼哼地把门叩哩几下,过哩不大的功夫里头的门扣子一响,门开哩。看见麦婕儿李娃

的心呢一下凉哩。李娃把手呢的口袋给婆姨,带给地问的:

"你几时回来?"

"我在哪里去哩么? 你问的我几时回来?"

李娃再啥话没言传,上哩炕哩。麦婕儿给男人炒哩些儿后响做下的抒面,烧哩些儿茶,尽由地叫吃哩,两个儿睡下哩。这呢睡下,麦婕儿把男人的脖子搂住,说的:

"你回来哩个好,把我短一点儿吓死,我把娃们惊动醒来,那股(他们)可都睡着哩。"

"咋哩吵? 来哩贼哩吗?"李娃装地个啥都不知道,问的。

"我做哩一个奇怪睡梦",麦婕儿声都颤开哩,他越行往男人跟前挤哩下:"说是咱们的马胜阿訇把我驮到马上拿到金月寺里,那塔儿还坐的几个我认不得的阿訇连乡老,他们都想把我灌醉呢。我给他们说哩:

"你们是阿訇么,咋喝酒呢? 咋糟蹋女人呢?"马胜哈哈哈地笑哩,他给我回答的:

"你光听阿訇的念,叵看阿訇的干。我们是宰玛尼阿赫尔(阿拉伯语,世界最后的)的阿訇,把经上的一句话也不懂,一天光等地叫人乔我们呢,吃哩,喝哩,还不够,我们还要些儿养家肥己的钱呢。我们还是见穷爱富的阿訇,把乔哩我们的穷人的门弯过去,走富汉家去呢,富汉家的吃的旺实,钱也给得多。"

我一失笑,第二个阿訇把我的手捏住,把一沓沓子红帖子往手呢硬塞。看的我不拿,他接上:

"你咋哩,麦婕儿,还比我们干净下哩吗?""为钱我们在寺呢打捶,闹棒的呢,只格谋地耍刀子呢,你还拿作的不接钱。我的旁个儿呢站的个矬疙瘩子人给我摆哩个眼子,说的:

"拿上,麦婕儿,拿上钱是顿亚上顶要紧的,我为钱想给寺呢当乡老呢,当不上,把那孜列特都跑哩一道槽。为当寺呢的掌钱的,一层人短一点儿都苔(疯)掉,到今儿的日子有的人还刻心掌钱的位份的呢,寺里把多少掌钱换的,换掉哩,追的,追掉哩。都是为钱。有哩钱哩,好毯,好电视,汽车都能买上。把这些事情阿訇都知道得好得很,那是嘛,那个羯羝胡儿阿訇给上头写哩能有五百状子哩,他想登阿訇的位呢,想多哄些儿钱呢,想占上炕子呢"。

"这个空空儿呢一个铁青胡子,矬墩墩儿阿訇",麦婕儿给男人说的,"到哩我跟前来,把个家的肚子搓哩几下,说的:"这是我的新近上哩膘的肚子,这都是众人的吃的长起来的,马胜就连耍笑的一样,给铁青胡子说的:

"哼。把瘦狗叫麸子胀肥哩。那几年,没当阿訇的时候儿,你咋没有肚子吵?"

手里捏钱的阿訇连三赶四给我擩脱哩。这个节空儿呢我的脸往过一转,把外头窗子跟呢站的你看见哩。我将谋儿喊一声呢,得道哪呢的一个石头飞进来,把桌子上的灯打哩个底翻上。寺呢当窝儿黑掉哩,我跳哩个丈子惊醒来哩。心跳得到这会儿还不过。李娃慢慢儿把手搁到麦婕儿的心上揣哩下儿,悄悄儿问的:

"你把钱咋没接下吵?"

"我又没芶的么,接他们的钱呢吗? 把金子摆下,我也不拿!"李娃这一阵儿把婆姨咋么价稀罕呢都不知道哩。他的壳廊也不胀哩,乏气也过哩。李娃声拿的低低儿地给麦婕儿说的:

"这是咱们头上遇过的一宗惊恐,你嫑害怕哩。"

ЖИНКУН(《惊恐》东干文)

Зуәр хушон жәту луәкунли, щибонгә шоди хунлонлорди. Лива зали жигә тёчў, талищер ламянзы, ду шәлу тиндон, фихали, фили йижё, нянҗин йизынса дунфон дунли. Ба пәе догили лён гәҗузы, зыҗи фанчелә, зули вәтули. Җинту ги пын дихади нювазы тянлищер цо, ба лян щили, Мәҗерди цуанпынпынрди гун ца лян цахади щи мифан шонли жуәзыли. Лива ги мифан литу тёлищер юлазы лян хан цэ, чыли, ба тёчў лян ламянзы быйшон чўли мынли. Җәту йиганзы го та кәҗя доли гәшонли. Мәмә е хун, Лива е гощин. Шонву гуалищер щи фын гуади, тянчи бянли. Йижынҗыр бый йудянзы детуәли. Хуту да бый йу жынҗынди щяли лёнгә сышын. Лива зуәди нэгә суй автобус җыни йигуә Ак-Булак, нондо Сары-Суу фи гунили. Лива ба мәхади бан кудә чы-хә быйшон, вонхуэй зутуәли.

Суйжан йӱ бу щяли еба, тяншонди хи йӱн зун фанли гэдали. Йижынзы, йижынзы дян шанди, луй худи, Ливади тупизы ду мудёли. Гуэли йисыр да фын гуатуэли. Жишы нянди ло фу зыгэмуди ду пахани. Лива зандо йигэ фу диха, пили фынли. Хийинзы дазо халэли. Манмар зуан гӱдӱди фын е тынхали. Йизуэзы щинщю е шанчӱлэли. Лива ба кудэниди мэмэ быйли йикуэзи щуан чы, щуан вончян зутуэли. Ба Қара-Мужӱк зугуэ, доли Ак-Бет-талаа тандонили. Та жыдони, вончян зэ йизу, юго бу годи лёнлёнзыни, жыгэ лёнлёнзы быйху зусы Жинйуэсы. Да жӧр вончян зэ зу сыгэ чяхар лӯ, зусы тамуди Гӱлунщён. Лива гудонлихар, ган дунфондун до жянини.

Жысыма, Лива йилур панвонхади лёнлёнзы е доли мянчянли. Туйшон ю жинди, та шонли лён, дуйчӱ сыжубахани вонлиха, щин е куанли. Да жӧр ба гэжяди Гӱлуищённиди дыйлён е канжянли. Мынмынди дуйчӱ Жинйуэсы вонлиха, жыгэ мо жын-янди гӱ сыни жергэ миндынлажӱди. Лив а жыдони, Жинйуэр сыни жызу бонжер люшы нянли йигэ жынди жӱэ ду мэ вонжин тагуэ. 1924 няншон бындиди йибазы басмачи ба чи-багэ гӱнён ладо жыгэ сыни, гӱлиди зыху, ба йигэ гӱнён ду мэ вончӱ фон, дянлищезы хуэ шодёли. Да нэйитян дашон ба жыгэ сы гуандёли. Гуон тади минзы шынхали. Сан-сышы нян зычян ба жӧр суандисы сынза вэр, хили сый ду бу ган да жӧр гуэ. Луйжун дагуэ жон вон жыму жын ду бу жӱхӱ Жинйуэр сыли.

Жер Лива ба сыниди лён канжян, далигэ лынжян зущёнсы сый ги тади шыншон жёли йигонзы лёнфи. Ливасы Вида Зӱгуй жоншон цанха жяди жын, та жянхади сыжын фур ду мэюди. Ба жоншонди сынза сылёнчелэ, Лива донвэр бу хэпали. Зусы нэгэ еба, та гӱнунди нянли жи жӱ, занлигэ жин, доли сы гынчянли. Чуонзышонди лён йӱэщин щянли. Лива падо чуонзышон йиканса, тади пэе Мэжер зэ йибазы ахун лян щёнлоди жунжянни зуэдини. Щищир канлиха, дусы Гӱлунщённиди ахун лян щёнло. Мый йигэр мянчян гэди жюжунзы. Мэжер дабанди зулян бэпинди кунчуэ йиён, жир-гӱрди зуэдини, тнидини, ахун, щёнло ги та дыйдо фэ садини. Гуэли йисыр ду ба жю жунзы дуанчелэли, кэ бу хэ, бэзы чынди, шу зади, ги Мэжер дыйдо фә садини. Фәди, Фәди йигә ахун шу чындичи, не Мэҗерди конзылэли, җё Мэҗер җя шушон хынхынди зуэгили йичуй. Машын ахун йигә җонзы тёчелэ, ба Мэҗер лучӯли. Лива щянчян зун мә щинфу, та сылёнди：《Вәди пәе замужя доли җәрлиса, җы хабасы вәди нянҗин хуадёли》. Та подо сыди ди эрхани кә канчили. Җён падо чуонзышон йиканса, Мэҗер шынзы нингуәлэ, җочӯ Машын ахун занхали. Лива канлигә щян, дондор зусы Мэҗер. Та шыканди щён җинчини, җыму-нэму ба мын зобужуэ, чуонзы годихын бабушончи, җиди тади тушон хан ду вон ха тонкэли. Та чихыннынди мәди, эолигә шыту җочӯ Мэҗер да чуонзышон занҗинчили. Шыту хәлын-дотынди дадо җуэзышонли, дынди лён шанлиха, медёли. Сыни донвәр хидёли, ямир-дунҗинхали. Лива нанди, канли хыи дади гунфу, са щиндун ду мэли, зущёнсы йиҗер дянйин да тади мянчян гуэли. Тади щинни чишыба дозы җёни. Зудини, сылёндини：《Мэҗер дан хуэйлэ, вә ба та хуэйҗәсы дайигә бансы-лахуэ, лингандёни, хуэйҗәсы йидун дозы чуэсы, сундёни.》 Кәлонниди чи ба Лива беҗонди, да бу, да бу вонхуэй зули. Мә җуэчи, та вули зыҗиди Гӯлунщёнли. Җи җё сан бянди сыхур, Лива доли гэҗяди фонмыншонли. Чихынхынди ба мын коли җиха. Гуэли бу дади гунфу литуди мынкузы йищён, мын кэли. Канҗян Мэҗер Ливади щинни йиха лёнли. Лива ба шуниди кудэ ги пәе дэ гиди вынди：

—Ни җисы хуэйлэ?

—Вә зэ нани чилиму, ни вынди вә җисы хуэйлэ? Лива зэ са хуа мә янчуан, шонли конли. Мэҗер ги нанжын цолищер хушон зӯхади лӱмян, шолищер ца, җин-юди җё чыли, лёнгәр фихали. Җыни фиха, Мэҗер ба нанҗынди бәзы лучӯ, фәди：

—Ни хуэйлэлигә хо. Ба вә дуанйидяр хасы. Вә ба ваму җиндунщинлэ, нэгӯ кә ду фижуэли.

—Залиса, лэли зыйлима? —Лива җуондигә са ду бу җыдо, вынди：

—Вә зӯлигә чигуэ фимын. — Мэҗерди шын ду җанкэли, та йӱэщни вон нанжын гынчян җилихар, —фәсы замуди Машын ахун ба вә туэдо машон

надо Җинйүэр сынили. Нэтар хан зуэди җигэ вэ жынбудыйди ахун лян
щёнло. Таму ду щён ба вэ гуанзуйни. Вэ ги таму фэли:

—Нимусы ахунму, за хоҗюни, за зота нүжынни? Машын ха-ха-хади
щёли, та ги вэ хуэйдади:

—Ни гуон тин ахунди нян, бэ кан ахунди ган. Вэму сы зэмани ахырди
ахун, ба җиншонди йижү хуа е бу дун, йитян гуон дынди җё жын чё вэмуни.
Чыли, хэли, хан бугу, вэму хан ёщер ёнҗя-фиҗиди чянни. Вэму хансы
җянчүн нэфуди ахун, ба чёли вэмуди чүнжынди мын вангуэчи, зу
фуханҗячини, фуханҗяди чыди воншы, чян е гиди дуэ.

Вэ йишыщё, ди эргэ ахун ба вэди шу нечү, ба йитатазы хун тезы вон
шуни нин сый. Қанди вэ бу на, та җешон:

—Ни зали, Мэҗер, хан би вэму ганҗинхалима? —Ви чян вэму зэ сыни
дачуй, нобондини, зыгэмуди фадозыни, ни хан назуэди бу җе чян. Вэди
бонгэрни зандигэ цуэ гэдазы жын ги вэ бэлигэ нянзы, фэди:

—Нашон, Мэҗер, нашон чянсы дун-яшон дин ёҗинди. Вэ ви чян щён ги
сыни дон щёнлони, донбушон, ба дин назрет поли йидо цо. Ви дон сыниди
кассир йицын жын дуанйидяр ду шодё, до җерди жызы юди жын хан кищин
кассир вифындини, сыни ба дуэшо кассир хуанди, хуандёли, җуйди,
җуйдёли. Дусы ви чян. Юли чянли, хо тан, хо телевизор, машнэ ду нын
мэшон. Ба җыще сычин ахун ду җыдоди ходихын. Носыма, нэгэ җүлүхур
ахун ги шонту щели нын ю вубый җуонзыли, та щён дын ахунди вини, щён
дуэ хунщер чянни, щён җан шонконзыни.

Җыгэ кункурни йигэ течин хүзы, цуэ дундур ахун, —Мэҗер ги нанжын
фэди, —доли вэ гынчянлэ, ба гэҗяди дүзы цуэли җиха, фэди: —җысы вэди
щинҗин шонли бёди дүзы, җы дусы җунжынди чыди җончелэди. Машын
зулян фащёди йиён, ги течин хүзы фэди:

—Хын. Ба сугу җё фузы җонфили. Нэ җи нян, мэ дон ахунди сыхур, ни
за мэю дүзыса?

Шуни не чянди ахун лянсан-гансы ги вэ вутуэли. Җыгэ җекурни вэди лян вонгуə йижуан，ба вэту чуонзы гынни занди ни канщянли. Вə жёнмур хан йишынни，дыйдо нанидигə шыту фижинлэ，ба жуəзышонди дын далигə дифаншон. Сыни донвəр хидёли，вə тёлигə жонзы жинщинлэли. Щин тёди до жыхур хан бу гуə. Лива манмар ба шу гəдо Мэжерди щиншон чуэлихар，чёчёр вынди：

——Ни ба чян за мə жехаса？

——Вə ю мə шодиму，же тамуди чяннима！Ба жинзы бэха，вə е бу на. Лива жыйижыр ба пəе замужя щиханни ду бу жыдоли. Тади кəлон е бу жонли，фачи е гуəли. Лива шын нади дидирди ги Мэжер фəди：

Жысы заму тушон йүгуəди йизун жинкун，ни бə хэпали.

白掌柜的小说选译

谁的妈妈好？（东干文转写中文）

我连万尕尔在巷子呢的板凳上坐的拉磨的呢。我们两个是邻居。万尕尔丢得凉凉地说是：

"你知道吗，尔里，我妈妈是顶瞎（坏）的妈妈，她凡常看我的呢，只害怕我走哩远处儿哩。"

"这还是个啥吵，你还没见我妈呢，"我给他说的，"我连娃们但耍的工夫大哩，她都骂呢。就因为这个，我妈是顶瞎的。"

"我妈叫我在房子呢不胡跑，叫定定儿坐呢，"万尕尔说的。"你自己思谋一下，你定定儿在房子呢坐呢吗？"

"我妈凡常挡挂的，不叫我在沙发高头蹩的耍"我给他说的。

就因为这个，我连万尕尔嚷起来哩。

"我妈是顶不好的妈妈。"

"你没说对的，我妈是顶不好的妈妈。"我给他说的，"我但有就像你的妈妈，我那就高兴不来哩。你妈赶我妈好些儿。"

我们两个嚷得工夫大。临末尾儿万尕尔说的："但是那个，咱们两个把妈妈换掉。后晌你走我们家呢，我走你们家呢去呢。"

"对，好得很，咱们就照住这么做。"

这是嘛，热头也压哩西山哩。这塔儿我思谋下哩，咋们家把自己的妈妈撂下,给万尕尔妈妈当儿子去呢? 万尕尔这一阵儿得道思谋啥的呢,我可不知道,可是我往万尕尔家去的一点儿心劲儿都没有。就是这个也罢,我把主意拿定了,我是男子汉,一句话说出去哩,把它我不能改变哩。打万尕尔的眼睛上我也看来哩,他也没心走我们家呢,给我妈妈当儿子去。

我们的房子在巷子的两下呢。我慢慢儿往万尕尔家移步儿,移步儿地走的呢,万尕尔往我们家呢走的呢。头往后一看吵,万尕尔照往我望的呢。这一阵儿我就望想一个二拧个儿(突然转弯)折过去往回跑呢,可是一句话说出去哩,我不能改变。到哩他们的门前头,我扑塌的下坐下哩。望想的把门上的铃铛子拧一下呢,可是往起拃手的力量没有的。就朝这么我坐哩好少功夫。临末尾儿万尕尔的妈妈出来哩,她照住我望够,说的:

"尔里,为啥你坐到我们门上哩,为啥你连万尕尔一搭呢没来?"

"万尕尔永世在你们家呢不来哩"我说的。

"为啥? 他走哩谁家哩?"他妈问的。

"这候儿他在我们家呢住呢。他的位份上我在你们家呢住呢。"我给她说的。

"为啥?"

"我们两个儿把妈妈换哩。他给我妈妈当哩儿子哩,我给你当哩儿子哩。因为这个,这候儿你是我的妈妈。"

万尕尔他妈一句话没说,张张地照住我望的呢。我可接上:

"不信服哩,你问万尕尔去"。

万尕尔妈妈说的:

"我信服你呢。你到房子呢。"

我跟上万尕尔妈妈到哩他们房子呢哩。这塔儿我把万尕尔他大看见头低下哩。他妈把我们两个儿的事情打头到尾儿说哩。万尕尔他大照住我光笑哩。他可问我呢:

"为啥这么个? 你连万尕尔换哩妈妈哩,你问你妈妈要哩口唤哩没有?"

"为啥?"我说的,"为啥我可问她要口唤呢,我但要口唤,他言定不答应,因此是她不能叫旁人的妈妈给我当妈妈。因为这个,我问妈妈没要口唤。"

"你大那呢知道呢?"万尕尔妈妈可接上。"谁知道呢,你妈妈在可答应下哩那?"

"谁说呢?"我可接上,"我妈妈说的我是她的顶好的,顶心爱的儿子。"

"你些微在我们房子呢等一下儿,我快就来呢,叫我把你妈问一下儿,她但说是答应,你给我当儿子。"

这塔儿我思谋下哩:就得叫我的妈妈要答应,叫我快快地回去吵。

万尕尔妈妈走哩的之后,我就想在沙发上跳的要一下儿。我将上哩沙发,他们的房门开哩。万尕尔他妈笑咪嘻嘻儿地站到我面前哩。

"咋做呢? 叫我回去呢吗?"我问的。

"为啥?"万尕尔妈妈说的。"你妈答应哩,叫你在我们家呢站呢。叫你给我当哩儿子哩她说是不要连你一样,不听话的儿子。"

把这个话听见我往房门跟前走脱哩。他们两个儿连笑带问的:

"你走哪呢去呢?"

可是我给他们没给声气,就连一股风一样,照住自己的房子呢跑脱哩。把头抬起来一看吵。万尕尔也照住自己家的房子呢跑的呢。我们两个儿曾一迷(差点儿)儿对哩头哩。我们两个儿分两下呢跑哩。万尕尔说的:

"尕里,我原回把我妈妈拿上呢。"

"我也原回要自己的妈妈呢。"

我妈给我把门开开的之后,我扑到妈妈的怀窝呢,说的"妈呀,我原回来哩。"

可是我妈就像头一回见哩我的一样,啥话没言传,也没管闲。我大到跟前说的:

"这是谁家的儿娃子到哩咱们家哩? 在咱们家呢也站呢?"

"这个儿娃子哈巴(可能)没有娘老子?"我妈说的。

"哈巴没有的。"

"妈呀,你把我的衫子看一下,"我说的,"你自己说过光我一个儿有这么的衫子呢。"

"噢,我才知道哩么,这就是早头呢咱们的那个儿子。"我妈说的。

"连万尕尔两个换哩妈妈的那个娃娃么。"我大可说的。

还说是,他的妈妈是顶不好的妈妈。

"妈呀,我的喜爱的妈妈。"我曾一迷哭哩。

可是时候儿上把自己拿住哩。

我大把我看哩下，给妈妈说的：

"咋样子呢，咱们把这个娃娃原回拿上呢吗？"

我妈笑哩下，我才明白哩，他们不能追我。我端端地跑到妈妈跟前，一抱子把她搂住，把她脸心疼的，不停地说哩：

"妈呀，你是我的顶好的，顶喜爱的妈妈。"

赶早我连万尕尔可到一搭呢一个给一个夸开自己的妈妈哩。

"万尕尔，我妈是顶好的妈妈。"

"你说的没对的，我妈是顶好的妈妈。"

我们俩个儿可嚷脱哩。

娃们，你们说：谁的妈妈好？

СЫЙДИ МАМА ХО? (《谁的妈妈好?》东干文)

Вә лян Вангар зэ хонзыниди бандыншон зуәди ламәдини. Вәму лёнгәрсы линҗу. Вангар дюди лёнлёрди фәсы:

—Ни җыдома, Эрли, вә мамасы дин хади мама, та фанчон кан вәдини, зы хэпа вә зули йуанчурли.

—Җы хансыгә саса, ни хан мә җян вә мани, —вә ги та фәди, —вә лян ваму дан фади гунфу дали, та ду мани. Зу йинви җыгә, вә масы дин хади.

—Вә ма җё вә зэ фонзыни бу ху по, җё диндир зуәни, —Вангар фәди, —ни зыҗи сымуйиха, ни диндир зэ фонзыни зуәнима?

—Вә ма фанчон донгуади, бу җё вә зэ диван готу беди фа. —Вә ги та фәди.

Зу йинви җыгә, вә лян Вангар жончелэли.

—Вә масы дин бу ходи мама.

—Ни мә фә дуйди, вә масы дин бу ходи мама, —Вә ги та фәди. —Вә дан ю зущён ниди мама, вә нэзу гощинбулэли. Ни ма ган вә ма хощер.

Вәму лёнгәр жонди гунфу да. Линмәйир Вангар фәди:

—Дансы нэгэ, заму лёнгэр ба мама хуандё. Хушон ни зу вэму җяни, вэ зу ниму җяни чини.

—Дуй, ходихын, заму зу җочў җыму зў.

Җысыма, җэту е яли щи санли. Җытар вэ сымухали, замужя ба зыҗиди мама лёха, ги Вангарди мама дон эрзычини? Вангар җы йиҗыр дыйдо сыму садини, вэ кэ бу җыдо, кэсы вэ вон Вангаржя чиди йидяр щинҗин ду мэю. Зусы җыгэ еба, вэ ба җўйи надинли, вэсы нанзыхан, йиҗў хуа фэчўчили, ба та вэ бу нын гэбянли. Да Вангарди нянҗиншон вэ е канлэли, та е мэщин зу вэму җяни, ги вэ мама дон эрзычи.

Вэмуди фонзы зэ хонзыди лёнханини. Вэ манмар вон Вангаржя йибур, йибурди зудини, Вангар вон вэму җяни зудини. Ту вонху йиканса, Вангар җочў вэ вондини. Җы йиҗыр вэ зу вонщён йигэ эрнингэр җэгуэчи, вонхуэй пони, кэсы йиҗў хуа фэчўчили. Вэ бу нын гэбян. Доли тамуди мын чянту, вэ путадиха зуэхали. Вонщёнди ба мыншонди линдонзы нинйихани, кэсы вонче за шуди лилён мэюди. Зу чо җыму вэ зуэли хошо гунфу. Линмэйир Вангарди мама чўлэли. Та җочў вэ вонгу, фэди:

—Эрли, виса ни зуэдо вэму мыншонли. Виса ни лян Вангар йидани мэлэ?

—Вангар йўншы зэ ниму җяни бу лэли. —Вэ фэди.

—Виса? Та зули сыйҗяли? —Та ма вынди.

—Җыхур та зэ вэму җяни җўни. Тади вифыншон вэ зэ ниму җяни җўни.
—Вэ ги та фэди

—Виса?

—Вэму лёнгэр ба мама хуанли. Та ги вэ мама донли эрзыли, вэ ги ни донли эрзыли. Йинви җыгэ, җыхур нисы вэди мама.

Вангар та ма йиҗў хуа мэ фэ, җонҗорди җочў вэ вондини. Вэ кэ җешон:

—Бу щинфули, ни вын Вангарчи.

Вангарди мама фэди:

—Вэ щинфу нини. Ни до фонзыни.

Вэ гыншон Вангар мама доли таму фонзынили. Җытар вэ ба Вангар та да канҗян ту дихали. Та ма ба вәму лёнгәрди сычин датур дойир фәли. Вангар та да җочў вә гуон щёли. Та кә вын вәни:

—Виса җымугә? Ни лян Вангар хуанли мамали, ни вын ни мама ёли кухуанли мәю?

—Виса? —Вә фәди, —виса вә кә вын та ё кухуанни, вә дан ё кухуан, та яндин бу дайин, йинцысы та бу нын җё понҗынди мама ги вә дон мама. Йинви җыгә, вә вын мама мә ё кухуан.

—Ни да нани җыдони? —Вангар мама кә җешон, —сый җыдони, ни мама зә кә дайинхалина?

—Сый фәни? —Вә кә җешон. —Вә мама фәди вәсы тади дин ходи, дин щинэди эрзы.

—Ни щүэви зэ вәму фонзыни дынйихар, вә куэ зу лэни, җё вә ба ни ма вынйихар. Та дан фәсы дайин, ни ги вә дон эрзы.

Җытар вә сымухали: зудый җё вәди мама бә дайин, җё вә куэкуэди хуэйчиса.

Вангарди мама зулиди зыху, вә зущён зэ диваншон тёди файихар. Вә җён шонли диван, тамуди фонмын кэли. Вангар та ма щёмущищирди зандо вә мянчянли.

—За зўли? Җё вә хуэйчинима? —Вә вынди.

—Виса? —Вангар мама фәди. —Ни ма дайинли, җё ни зэ вәму җяни занни.

Җё ни ги вә донли эрзыли. Та фәсы бу ё лян ни йиён, бу тин хуади эрзы.

Ба җыгә хуа тинҗян вә вон фонмын гынчян зутуәлн. Таму лёнгәр лян щё дэ вынди:

—Ни зу нани чини?

Кәсы вә ги таму мә ги шынчи, зулян йигур фынйиён, җочў зыҗиди фонзыни потуәли. Ба ту тэчелэ йиканса. Вангар е җочў зыҗиди фонзыни подини. Вәму лёнгәр цынйимир дуйли тули. Вәму лёнгәр фын лёнхани поли. Вангар фәди:

——эрли，вə йɣанхуэй ба вə мама нашонни.

——Вə е йɣанхуэй ё зыҗиди мамани.

——Вə ма ги вə ба мын кэкэди зыху，вə пудо мамади хуэвəни，фəди：

——Мая，вə йɣан хуэйлэли.

Кəсы вə ма зущён ту йихуэй җянли вəди йиён，са хуа мə янчуан，е мə гуанщян. Вə да до гынчян фəди：

——Җысы сыйҗяди эрвазы доли заму җянили? Зə заму җяни е занни?

——Җыгə эрвазы хаба мəю нён-лозы? —— Вə ма фəди.

——Хаба мəюди.

——Мая，ни ба вəди санзы канйиха，——вə фəди，——ни зыҗи фəгуə гуон вə йигəр ю җымуди санзыни.

——Он，вə цэ җыдолиму，җы зусы зотуни замуди нэгəəрзы，——вə ма фəди.

——Лян Вангар лёнгəр хуапли мамади нэгə ваваму. ——Вə да кə фəди.

Хан фəсы，тади мамасы дин бу ходи мама.

——Мая，вəди щинэди мама. —— Вə цынйимир кӯли. Кəсы сыхуршон ба зыҗи начӯли.

Вə да ба вə канлиха，ги мама фəди：

——заёнзыни，заму ба җыгə вава йɣанхуэй нашоннима?

Вə ма щёлиха，вə цэ минбыйли，таму бу нын җуй вə. Вə дуандуанди подо мама гынчян，йибозы ба та лучӯ，ба та лян щинтынди，бу тынди фəли.

——Мая，нисы вəди дин ходи，дин щинэди мама.

Ганзо вə лян Вангар кə до йидани йигə ги йигə куакə зыҗиди мамали.

——Вангар，вə масы дин ходи мама.

——Ни фəди мə дуйди，вə масы дин ходи мама.

Вəму лёнгəр кə жонтуəли.

Ваму，ниму фə：сыйди мама хо?

老舍《月牙儿》选译

月牙儿(东干文转写中文)

1

把凉飕飕儿的金黄月牙儿我可看见哩。就连今儿的一样,我把它见哩多少回数哩。嗯,很多的回数哩。是多候儿把它看见,它把我的心底呢的杂样儿的熬煎带窝憋就带起来哩。它就像在一块儿青云彩上吊的呢。它凡常叫记想打下山风上丢盹的花儿的菁葵儿咋么价往开呢撒的呢。

2

头逢头事我把月牙儿看见,它把外的个凉快。就那个时候儿我的心呢太泼烦的很来,叫月牙儿的稀金黄光亮把我的淹心的眼泪照的来。那候儿我才交上七岁。身上穿的红棉主腰儿,头上戴的我妈给我做下的帽帽儿,高头还有穗穗儿带碎花花儿呢,把这个我都记的呢。脊背靠住房门我对住月牙儿望的呢。还病的我大,淌眼泪的我妈在碎房房呢窝囊的呢,烟棒棒子带药的味道把房子都罩严哩。我一个在房门上站的对住月牙儿眼不睐的望的呢。是谁也没打动我,是谁也没给我设虑吃的。我明白的呢:泼烦到哩我们家呢哩。都说的我大的病……我把自家的磨难、挨饿、受冷的,单膀独立的越行觉来哩。一直站到月牙儿落。光剩下我一个儿哩,不由自家的我哭脱哩,可是把我的声气叫我妈的哭声压掉哩。我阿大的气落哩,把他的脸拿一块儿白布布儿苫住哩。我有心把那个脸罩子揭起来把他再看一下,可是没敢。太窝囊得很,把一个房房儿叫我阿大的身体都占掉哩。我妈把白丧衣穿上哩。给我的红棉主腰儿上把一个没掩下边边子的、毛即索拉的白半衫儿套上哩,把这个我记得好,因此是凡常我打它的袖头子的边边沿沿上抽哩白线哩。都乱黄子掉哩,吼得大声哭脱哩,这都是富余的,也不要多的功苦,拿四个薄板板儿钉哩窟窿眼睛的个棺材,把我阿大搁到里头哩。临后五六个男人们扛上走脱哩。我连我妈在棺材后头走得哭哩一路儿。棺材把我阿大拿上走掉哩,我再不得见他哩。记想起来他,我就后悔:为啥我那候儿把棺材没揭起来,把他没看一下。三尺黄土把棺材埋得深。虽然我知道他在城墙那下呢埋的呢也罢,可是他的坟堆堆儿就连天上掉下来的个雨点一样,太碎得很。

3

我连我妈还穿丧衣的时候儿,我可把月牙儿看见哩。天气冷,我妈把我领上,我们探望我大的坟去哩。我妈的手呢拿的一卷卷儿纸。我妈今儿到我上把外的个亲热,我这呢一耍,她把我就抱上哩,在城门跟前她给我买哩几个炒下的热巴旦,除过巴旦的热气,周围冰锅冷灶的。舍不得吃,我拿它焐哩手哩。我不知道走哩几里路,可是我光记的走哩很大的功夫。送我阿大的时候儿,路就像是也不远来,得道是人多的事情吗,这一回我连我妈两个儿觉谋的太远得很。周围白刮刮的,我妈没出一声,我也没说一句话,没远近的黄大路哑谜儿动静的。

把我阿大的坟我记得呢:碎碎儿的个土堆堆儿,往前看,老远呢一堵黄土梁,它的背后太阳落的呢。我妈叫我坐到坟边呢,再没照住我望,就像是这儿没有我,自家放手把坟抱住哭脱哩。我坐下,耍哩巴旦哩。我妈可哭哩一阵子,把纸点着哩。这个灰钱子飞上去,空呢转哩几转子,可落下来哩,刮的些儿冷风风儿。我也哭脱哩。我把我阿大也记想起来哩,可是我没心哭,看见我妈的孳障,我哭脱哩。我把她打手上扽个哩一下:"不哭哩,妈呀,不哭哩!"她把我搂到怀里,越行哭的症候大哩。太阳落掉哩,周围一个人都没有的,光我们两个。我妈就像惮突哩,把眼泪擦掉,把我打手领上,我们走脱哩。走哩半截儿,我妈对住后头望哩一下,我也望哩一下:我大的坟没影子哩,看不见哩。打一下呢看去,一岸窝儿到黄土梁边呢,坟都是碎土堆堆儿。我妈长出哩一口气。我们快一走,慢一走,还没到城墙跟前,我可把月牙儿看见哩。黑影子也下来哩,哑谜儿动静的,光月牙儿的光亮凉飕飕儿的照的呢。咋么价到哩城里头的,我没觉着,光隐隐忽忽的记得天上的月牙儿。

4

八岁上我可价能给当铺呢当东西哩。我知道呢,但是没有钱,我们揭不起锅哩,我们一时但过不去哩,我妈就把我打发的叫当东西去呢。不论啥时候儿我妈但是给我给一个啥叫当去,我就知下:我们今儿揭不起锅哩。一回把穿衣镜给给我叫当去哩。没有它也能过去,可是我妈凡常使用的呢。这是开春儿,我们把棉衣打早都当掉哩。我知道呢:要小心,要放快些儿走呢,因此是当铺门关的早得很。我光害怕当铺的大红门带它的一溜长铺柜。我这呢看见它,我的心就跳开哩。可是我躲不过它,我言定要去呢,我要爬上它的高台子呢。把吃奶的劲攒上,我要把自家的东西拿到铺柜上,拿自家的细声声儿喊呢:"把东西当下!"把钱连交哩东西的纸单单子拿上,紧赶要转回家呢,不叫我妈心慌哩。这一回把穿衣镜没收,叫拿来单另的一个东西呢。为啥这是这么一个,我明白的呢。把穿衣镜抱到怀呢,我紧赶转回家哩。我妈一听见这个事情,哭脱哩。她再没找上一样单另的东西。我惯玩哩的一面儿上,凡常看的就像我们房子呢的东西多得很来,今儿我给我妈帮得找一样儿当的东西呢,我才知道,我们房呢的东西太少得很。我妈把我再没打发。"阿妈,咱们今儿吃啥呢?"我妈眼泪淹心的,把头上的个银别针儿抹下来给给我哩——这是我们家呢临稍末尾儿的一个银货。之前她打头上很摸哩几回的呢,可是没舍得当。这个银别针是我奶奶给她过事的那一天端给的。我妈叫把穿衣镜搁下,把别针儿当下去呢。把一切劲攒上我照住当铺跑哩,可是森匝门可价关掉哩。我把别针儿捏到手呢,坐到梯台子上哩。我没敢大声哭,对住天上望哩,月牙儿的光亮把我的眼泪照显哩。我哭哩老大的功夫,黑掉哩,我妈找的来哩。她把我打手领上哩。她的手咋那么热哟!觉着她的热气,我把今儿的汪凉带挨饿的都忘掉哩。我哭得打呆呆(抽抽噎噎)的呢:

"妈呀,走,睡觉走,明儿我原回来。"我妈没言传。我们走哩半截儿,我可说的:"妈呀,你看月牙儿,它就连我阿大无常哩的那一天的月牙儿一样。为啥它凡常斜斜子吊的呢?"我妈没言传,她的手光颤哩下。

5

我妈给人揽的成一天价洗衣裳的呢。我凡常想给她帮忙,可是不知道咋么价做呢,做啥呢。我不睡觉,凡常等她的呢。有一下天上的月牙儿那么高哩,她还洗连牛皮子一样的臭脚布子的呢,这都是开铺子带记账的拿来的。把衣裳洗罢,我妈就没心吃哩。我坐到她跟前,对住天上的月牙儿就望去哩。在它的光亮里头,夜别胡儿就连拉的一根子银线的一样,绕打的飞的呢,到黑处儿猛猛的它就不见哩。把月牙儿连我妈我喜爱哩,因此是她们是给我改泼烦的。一到夏天,月牙儿越行就俊美下哩,它把连冰一样的冷风风儿凡常叫刮的呢。我太喜爱麻胡子月亮的雾澄澄的影影子。但是它照到地面上,猛猛的改变哩,地面一黑,天上的星宿越行就照的显哩,杂样花儿的余味就余的症候大哩。我们邻居家的花园呢杂样的花儿带树太多得很来,打皂桷树上落到我们院子呢的白叶叶儿就连雪一样,把地面都盖掉哩。

月牙儿(中文原文)

一

是的,我又看见月牙儿了,带着点寒气的一钩儿浅金。多少次了,我看见跟现在这个月牙儿一样的月牙儿;多少次了。它带着种种不同的感情,种种不同的景物,当我坐定了看它,它一次一次的在我记忆中的碧云上斜挂着。它唤醒了我的记忆,像一阵晚风吹破一朵欲睡的花。

二

那第一次,带着寒气的月牙儿确是带着寒气。它第一次在我的云中是酸苦,它那一点点微弱的浅金光儿照着我的泪。那时候我也不过是七岁吧,一个穿着短红棉袄的小姑娘。戴着妈妈给我缝的一顶小帽儿,蓝布的,上面印着小小的花,我记得。我倚着那间小屋的门垛,看着月牙儿。屋里是药味,烟味,妈妈的眼泪,爸爸的病;我独自在台阶上看着月牙,没人招呼我,没人顾得给我作晚饭。我晓得屋里的惨凄,因为大家说爸爸的病……可是我更感觉自己的悲惨,我冷,饿,没人理我。一直的我立到月牙儿落下去。什么也没有了,我不能不哭。可是我的哭声被妈妈的压下去;爸,不出声了,面上蒙了块白布。我要掀开白布,再看看爸,可是我不敢。屋里只有那么点点地方,都被爸占了去。妈妈穿上白衣,我的红袄上也罩了个没缝襟边的白袍,我记得,因为不断地撕扯襟边上的白丝儿。大家都很忙,嚷嚷的声儿很高,哭得很恸,可是事情并不多,也似乎值不得嚷:爸爸就装入那么一个四块薄板的棺材里,到处都是缝子。然后,五六个人把他抬了走。妈和我在后边哭。我记得爸,记得爸的木匣。那个木匣结束了爸的一切:每逢我想起爸来,我就想到非打开那个木匣不能见着他。但是,那木匣是深深地埋在地里,我明知在城外哪个地方埋着它,可又像落在地上的一个雨点,似乎永难找到。

三

妈和我还穿着白袍,我又看见了月牙儿。那是个冷天,妈妈带我出城去看爸的坟。妈拿着很薄很薄的一摞儿纸。妈那天对我特别的好,我走不动便背我一程,到城门上还给我买了一些炒栗子。什么都是凉的,只有这些栗子是热的;我舍不得吃,用它们热我的手。走了多远,我记不清了,总该是很远很远吧。在爸出殡的那天,我似乎没觉得这么远,或者是因为那天人多;这次只是我们娘儿俩,妈不说话,我也懒得出声,什么都是静寂的;那些黄土路静寂得没有头儿。天是短的,我记得那个坟:小小的一堆儿土,远处有一些高土岗儿,太阳在黄土岗儿上头斜着。妈妈似乎顾不得我了,把我放在一旁,抱着坟头儿去哭。我坐在坟头的旁边,弄着手里那几个栗子。妈哭了一阵,把那点纸焚化了,一些纸灰在我眼前卷成一两个旋儿,而后懒懒地落在地上;风很小,可是很够冷的。妈妈又哭起来。我也想爸,可是我不想哭;我倒是为妈妈哭得可怜而也落了泪。过去拉住妈妈的手:"妈不哭! 不哭!"妈妈哭得更恸了。她把我搂在怀里。眼看太阳就落下去,四外没有一个人,只有我们娘儿俩。妈似乎也有点怕了,含着泪,扯起我就走,走出老远,她回头看了看,我也转过身去:爸的坟已经辨不清了;土岗的这边都是坟头，一小堆一小堆，一直摆到土岗底下。妈妈叹了口气。我们紧走慢走，还没有走到城门，我看见了月牙儿。四外漆黑，没有声音，只有月牙儿放出一道儿冷光。我乏了，妈妈抱起我来。怎样进的城，我就不知道了，只记得迷迷糊糊的天上有个月牙儿。

四

刚八岁，我已经学会了去当东西。我知道，若是当不来钱，我们娘儿俩就不要吃晚饭；因为妈妈但分有点主意，也不肯叫我去。我准知道她每逢交给我个小包，锅里必是连一点粥底儿也看不见了。我们的锅有时干净得像个体面的寡妇。这一天，我拿的是一面镜子。只有这件东西似乎是不必要的，虽然妈妈天天得用它。这是个春天，我们的棉衣都刚脱下来就入了当铺。我拿着这面镜子，我知道怎样小心，小心而且要走得快，当铺是老早就上门的。我怕当铺的那个大红门，那个大高长柜台。一看见那个门，我就心跳。可是我必须进去，似乎是爬进去，那个高门坎儿是那么高。我得用尽了力量，递上我的东西，还得喊："当当！"得了钱和当票，我知道怎样小心的拿着，快快回家，晓得妈妈不放心。可是这一次，当铺不要这面镜子，告诉我再添一号来。我懂得什么叫"一号"。把镜子搂在胸前，我拚命的往家跑。妈妈哭了；她找不到第二件东西。我在那间小屋住惯了，总以为东西不少；及至帮着妈妈一找可当的衣物，我的小心里才明白过来，我们的东西很少，很少。妈妈不叫我去了。可是，"妈妈咱们吃什么呢？"妈妈哭着递给我她头上的银簪——只有这一件东西是银的。我知道，她拔下过来几回，都没肯交给我去当。这是妈妈出门子时，姥姥家给的一件首饰。现在，她把这末一件银器给了我，叫我把镜子放下。我尽了我的力量赶回当铺，那可怕的大门已经严严地关好了。我坐在那门墩上，握着那根银簪。不敢高声地哭，我看着天，啊，又是月牙儿照着我的眼泪！哭了好久，妈妈在黑影中来了，她拉住了我的手，呕，多么热的手，我忘了一切的苦处，连饿也忘了，只要有妈妈这只热手拉着我就好。我抽抽搭搭地说："妈！咱们回家睡觉吧。明儿早上再来！"妈一声没出。又走了一会儿："妈！你看这个月牙；爸死的那天，它就是这么斜斜着。为什么它老这么斜斜着呢？"妈还是一声没出，她的手有点颤。

五

　　妈妈整天地给人家洗衣裳。我老想帮助妈妈，可是插不上手。我只好等着妈妈，非到她完了事，我不去睡。有时月牙儿已经上来，她还哼哧哼哧地洗。那些臭袜子，硬牛皮似的，都是买卖地的伙计们送来的。妈妈洗完这些"牛皮"就吃不下饭去。我坐在她旁边，看着月牙，蝙蝠专会在那条光儿底下穿过来穿过去，像银线上穿着个大菱角，极快的又掉到暗处去。我越可怜妈妈，便越爱这个月牙，因为看着它，使我心中痛快一点。它在夏天更可爱，它老有那么点凉气，像一条冰似的。我爱它给地上的那点小影子，一会儿就没了；迷迷糊糊的不甚清楚，及至影子没了，地上就特别的黑，星也特别的亮，花也特别的香——我们的邻居有许多花木，那棵高高的洋槐总把花儿落到我们这边来，像一层雪似的。

ЙҮƏЯР(东干文《月牙儿》)

1

　　Ба лёнсусурди җинхуон йүəяр вə кə канҗянли. Зулян җерди йиён, вə ба та җянли дуəшо хуйфули. Ын, хындуəдихуйфули. Сыдуəхур ба та канҗян, та ба вəди шиндини заёрди ноҗян дə вəбезу дəчелəли. Та зущён зэ йикуəр чин йун цэшон дёдини. Та фанчон җё җищён да щясанфыншон дю дунди хуарди г уддур замуҗя вон кəни садини.

2

　　Туфын-тусы вə ба йүəяр канҗян, та бавəдигы лёнкуэ. Зу нэгы сыхур вəди щинни тэ пəфандихынлэ, җё йүəярди щи җинхуон гуонлён ба вəди янщинди нянлуй җодилэ. Нэхур вəцəҗёшон чи суй. Шыншон чуанди хун мян җуёр, тушон дəди вə ма ги вə зухади момор, готу ханюсуйсур дə суй хуахуарни, ба җыгы вə ду җидини. Җибый кочу фонмын вə дуйчу йүəяр вондини. Хə бинди вэ да，тон нянлуйди вэма зэ суй фонфорни вэнондини，янбонбонзы дэ йўэди видо ба фонзы ду зонянли. Вэйигэр зэ фонмыншон занди дуйчў йўэяр нян бу шанди вондини. Сысый е мэ дадун вэ，сысый е мэ ги вэ шэлў чыди. Вэ минбыйдини：пэфан доли вэму җянили. Ду фэди вэ дади бин··· Вэ ба зыҗяди мэнан，нэ вэ，шу лынди，данбы-дўлиди йўэщин җўэлэли. Йичыр зандо йўэяр луэ. Гуон шынха вэ йигэрли，бу ю зыҗяди вэ кўтуэли，кэсы ба вэди шынчи җё вэ мади кўшын нядёли：вэ адади чи луэли，ба тади лян на йикуэр бый бубур шанчўли. Вэ ю щин ба нэгы лянзозы җечелэ ба та зэ канйиха，кэсы мэ ган. Тэ вэнондихын，ба йигы фонфор җё вэ адади шынти ду җандёли. Вэ ма ба бый сонйи чуаншонли. Ги вэди хун мян җўёршон ба йигы мэ янха бянбянзыди，можи-суэлади бый бансар тошонли，ба җыгы вэ җиди хо，йинцысы фанчон вэ да тади щютузыди бянбян-яняншон чули бый щянли. Ду ланхуонзыдёли，худи дашын кўтуэли，җы дусы фўйўди，е бу ё дуэди гункў，на сыгы бэ банбар динли кўлўн-нянҗиндигы гуанцэ，ба вэ ада гэдо литули. Линху ву-люгы нанҗынму гоншон зутуэли. Вэ лян вэ ма зэ гуанцэ хуту зуди кўли йилўр. Гуанцэ ба вэ ада нашон зўдёли，вэ зэ будый җян тали. Җищён челэ та，вэ зу хухўй：виса вэ нэхур ба гуанцэ мэ җечелэ，ба та мэ кан йиха. Санчыхуонтў багуанцэ мэди шын. Суйжан вэ җыдо та зэ чынчён нэхани мэдини еба，кэсы тади фындуйдур зулян тяншон дехалэдигы йў дяр йиён，тэ сўйдихын.

3

Вэ лян вэ ма хан чуан сонйиди сыхур，вэ кэ ба йўэяр канҗянли. Тянчи лын，вэ ма ба вэ линшон，вэму танвон вэ дади фынчили. Вэ мади шуни нади йи җўанҗўар зы. Вэ ма җер до вэшон бавэдигы чинҗэ. Вэҗынийифа，та ба вэ зу бошонли，зэ чынмын гынчян та ги вэ мэли җигы цохади җэ бадан. Чўгуэ баданди җэчи，җуви бингуэр-лынзоди. Шэбудый чы，вэ на та вули шули. Вэ бу җыдо зули җи ли лў，кэсы вэ гуон җиди зули хын дади гунфў. Сун вэ адади сыхур，лў зущёнсы е бу йўанлэ，дыйдосы җын дуэди сычинма，җы йих ўй вэ лян вэ ма лёнгэр җўэмуди тэ йўандихын. Җуви быйгуагуади，вэ ма мэ чў йи шын, вә е мә фә йи җў хуа, мә йўанҗинди хуон да лў ямир-дунҗинди.

Ба вә адади фын вә җидини: Суйсурдигы тў дуйдур, вон чян кан, лойѓанни йидў хуон тў лён, тади быйху тэён луәдини. Вә ма җё вә зуәдо фын бянни, зэ мә җочў вә вон, зущёнсы җәр мәю вә, зыҗя фоншу ба фын бочў кўтуәли. Вә зуәха, фали баданли. Вә ма кә кўли йи җынзы, ба зы дянҗуәли. Җнгы хўй-чянзыфишончи, кунниҗуанлиҗиҗуанзы, кә луәхалэли: гуадищер лын фынфыр. Вә е кўтуәли. Вә ба вә ада е җищён челэли, кәсы вә мәщин кў, канҗян вә мади неҗон, вә кўтуәли. вә ба та да шушон дынгили йиха: "Бә кўли, ма-я, Бә кўли", Та ба вә лудо хуэни, йўәщин кўди җынху дали. Тэён луәдёли, җуви йигы җын ду мәюди, гуон вәму лёнгәр. Вә ма зущён дантўли, ба нянлуй цадё, ба вә да шу линшон, вәму зутуәли. Зули банҗер, вә ма дуйчў хуту вонли йиха, вә е вонли йиха: вә дади фын мэйинзыли, канбуҗянли. Да йихани канчи, йинавәр до хуон тў лён бянни, фын дусы суй тў дуйдур. Вә ма чон чўли йи ку чи. Вәму куэ йизу, ман йизу: хан мә до чынчён гынчян, вә кә ба йўәяр канҗяли. Хи йинзы е халэли, ямир-дунҗинди, гуон йўәярди гуонлён лёнсўсўрди җодини. Замужя доли чын литуди, вә мә җүәҗуә, гуон йинйин-хунхунди җиди тяншонди йўәяр.

4

Ба суйшон вә кәҗя нын ги донпуни дон дунщили. Вә җыдони, дансы мәю чян, вәму җебучё гуәли, вәму йишы дан гуәбучили, вә ма зу ба вә дафади җё дон дунщичини. Булўн са сыхур вә ма дансы ги вә ги йигы са җё дончи, вә зу җыха: вәму җер җебуче гуәли. Иихўй ба чуанйи җин гиги вә җё дончили. Мәю та е нын гуәчи, кәсы вә ма фанчон сыйўндини. Җысы кэчўр, вәму ба мянйи дазо ду дондёли. Вә җыдони: ё щёщин, ё фон куэщер зуни, йинцысы донпу мын гуанди зодихын. Вә гуон хэпа донпудидахун мын дә тади йилю чон пугуй. Вә җыни канҗян та, вәди щин зу тёкэли. Кәсы вә дуәбутуә та, вә яндин ё чини, вә ё пашон тади готэзыни. Ба чы нэди җин заншон вә ё ба зыҗяди дунщи надо пугуйшон, на зыҗяди щи шыншыр ханни: "Ба дунщи донха!" Ба чян лян җёли дунщиди зы данданзы нашон, жинган ё җуанхӱйҗяни, бо җё вэ ма щинхуонли. Җы йихӱй ба чуанйи җин мо шу, җё налэ данлинди йигы дунщини. Виса җысы жыму йигы, вэ минбыйдини. Ба чуанйи бодо хуэни, вэ жинган җуанхӱй җяли. Вэ ма йи тинҗян җыгы сычин, кӱтуэли. Та эз мэ зошон йи ён данлинди дунщи. Вэ гуанванлиди йимяршон, фанчон канди зущён вэму фонзыниди дунщи дуэдихынлэ, җер вэ ги вэ ма бонди зо йи йийэр донди дунщини, вэ цэ җыдо, вэму фонниди дунщи тэ шодихын. Вэ ма ба вэ зэ мэ дафа. "Ама, заму җер чы сани?" Вэ ма нянлуй янщиди, ба тушондигы йин беҗыр махалэ, гиги воли—җысы вэму җяни линсомэйирди йигы йин хуэ. Зычян та да тушон хын мали җихӱйдини, кэсы мэ шодый дон. Җыгы йин беҗырсы вэ нэнэ ги та гуэ сыди нэ йитян дуангиди. Вэ ма җё ба чуанйиҗин гэха, ба беҗыр донхачини. Ба йиче җин заншон вэ җочӱ донпу поли, кэсы сынза мын кэҗя гуандёли. Воба бежыр недо шуни, зуэдо титэзышонли. Вэ мэ ган дашын кӱ: дуйчӱ тяншон вонли, йӱэярди гуонлён ба вэди нянлуй җо щянли. Вэ кӱли лодади гунфу, хидёли, вэ ма зоди лэли. То ба вэ да шу линшонли. Тади шу за нэму җэса! Җуэҗуэ тади җэчи, вэ ба җерди вонлён дэ нэ вэди ду вондёли. Вэ кӱди да дэдэрдини.

"Ма-я, зу, фи җё зу, Мер вэ йӱанхӱй лэ". Вэ ма мэ янчуан. Вэму зули банҗер, вэ кэ фэди: "Ма-я, ни кан йӱэяр, та зулян вэ ада вучонлиди нэйитянди йӱэяр йиён. Виса та фанчон щещезы дёдини?" Вэ ма мэ янчуан, тади шу гуон җанлихар.

5

Вэма ги жын ланди чын йитянҗя щи йишондини. Вэ фанчон щён ги та бон мон, кэсы бу җыдо замужя зӱни, зӱ сани. Вэ бу фи җё, фанчон дын та дини. Ю йиха тяншонди йӱэяр нэму голи, та хан щи лян нюпизы йиёнди чу җуэбузыдини, җы дусы кэ пузы дэ җижҗонди на лэди. Ба йишон щи ба, вэ ма зу мэщинчыли. Вэзуэдо та гынчян, дуйчӱ тяншонди йӱэяр зу вончили. Зэ тади гуонлён литу ебехур зулян лади йи гынзы йин щянди йиён, жодади фидини, до хичӳр мынмынди та зу бу җянли. Ба йүәяр лян вә ма вә щинэли, ийнцысы тамусы ги вә гэ пәфанди. Йидо щятян, йүәяр йүәщин зу җүнмыйхали, та ба лян бин йиёнди лын фынфыр фанчон җё гуадини. Вә тэ щинэ махӱзы йүәлёнди вудындырди йинйинзы. Дансы та җодо димяншон, мынмынди гэбянли, димян йихи, тяншонди щинщю йүәщин зу җоди щянли, заёр хуарди цуанви зу цуанди җынху дали. Вәму линҗүщяди хуайүанни заёрди хуар дэ фу тэ дуәдихынлэ, да зожүәфушон луәдо вәму йүанзыниди бый еер зулян щүә йиён, ба димян ду гэдёли.

（阿尔布都　译自俄文版《月牙儿》）

参考文献

文学作品:

1. 亚斯尔·十娃子:《挑拣下的作品》(东干文),吉尔吉斯斯坦出版社 1988 年版。

2. 亚斯尔·十娃子:《春天的音》(东干文),吉尔吉斯斯坦 1981 年版。

3. 亚斯尔·十娃子:《五更翅儿》(东干文),吉尔吉斯斯坦依里木出版社 2006 年版。

4. M.伊玛佐夫选编:《中亚回族著名诗人——亚瑟尔·十娃子精选诗集》(东干文、中文),林涛、崔凤英编译,世界图书出版公司 2015 年版。

5. 亚斯尔·十娃子:《就像百灵儿我唱呢》(上、下部)(中文),马永俊译,中国文化出版社 2011 年版。

6. И.十四儿:《还唱呢》(东干文),米克捷普出版社 1985 年版。

7. И.十四儿:《骚葫芦白雨下的呢》(东干文、中文),林涛译,中国科学文化出版社 2008 年版。

8. И.十四儿:《快就,夏天飞过呢》(东干文),比什凯克 2014 年版。

9. A.阿尔布都:《独木桥》(东干文),吉尔吉斯斯坦出版社 1985 年版。

10. 老舍:《月牙儿》(东干文),A.阿尔布都译,吉尔吉斯国家出版社 1957 年版。

11. 老舍:《老舍文集》(第 8 卷)(中文),人民文学出版社 1985 年版。

12. A.曼苏洛娃:《雪花儿——娃们念的小说》(东干文),比什凯克 1998

年版。

13. A.曼苏洛娃:《你不是也提目》(东干文),比什凯克2007年版。

14. A.曼苏洛娃:《喜爱祖国》(东干文),惠继东译,世界图书出版公司2016年版。

15. Э.白掌柜的:《指望》(东干文),比什凯克2008年版。

16. Э.白掌柜的:《公道》(东干文),米克捷普出版社1977年版。

17. Э.白掌柜的、A.曼苏洛娃、И.舍穆子:《遇面》(东干文),米克捷普出版社1986年版。

18. М.伊玛佐夫:《燕叽儿》(东干文),阿达比亚特出版社1976年版。

19. М.伊玛佐夫:《鸭子嘴》(东干文),伏龙芝1990年版。

20. М.伊玛佐夫:《书信》(东干文),伊里木出版社2002年版。

21. М.伊玛佐夫编选:《中亚回族诗歌小说选译》(东干文、中文),林涛译,香港教育出版社2004年版。

22. М.哈桑诺夫:《干净心》(东干文),伏龙芝1973年版。

23. Х.拉阿洪诺夫收集:《回族民人的口歌带口溜》(东干文),比什凯克1998年版。

24. 杨峰编译:《盼望》(中文),新疆人民出版社1996年版。

25. 李福清编著:《东干民间故事传说集》(中文),海峰东干语转写,连树声俄语译,上海文艺出版社2011年版。

26. 李树江、王正伟编:《回族民间故事选》(中文),上海文艺出版社1985年版。

27. 木扎巴尔汗·库尔巴诺夫、塔扎古丽·扎吉洛娃、И.十四儿:《丰富的内心世界》(俄文),阿达比亚特出版社1990年版。

28. 李福清、哈桑诺夫、尤苏波夫:《东干民间故事与传说》(俄文),莫斯科科学出版社1977年版。

研究论著:

29. 胡振华:《中亚东干学研究》(中文),中央民族大学出版社2009年版。

30. 王国杰:《东干族形成发展史——中亚陕甘回族移民研究》(中文),陕西人民出版社1997年版。

31. 苏三洛:《中亚东干人的历史与文化》(中文),郝苏民、高永久译,宁夏人民出版社 1996 年版。

32. ф.в.波亚尔科夫:《东干起义的最后一幕》(中文),林涛、丁一成译,中国文化艺术出版社 2009 年版。

33. 丁宏:《东干文化研究》(中文),中央民族大学出版社 1999 年版。

34. Ф.玛凯耶娃:《东干文学的形成和发展》(俄文),吉尔吉斯斯坦出版社 1984 年版。

35. 常文昌:《世界华语文学的"新大陆"——东干文学论纲》(中文),中国社会科学出版社 2010 年版。

36. Ф.玛凯耶娃:《亚斯尔·十娃子的创作》(俄文),伊里木出版社 1974 年版。

37. M.伊玛佐夫:《亚斯尔·十娃子》(俄文),比什凯克 1996 年版。

38. M.伊玛佐夫编著:《亚瑟尔·十娃子生活与创作》(中文),丁宏编译,宁夏人民出版社 2001 年版。

39.《亚斯尔·十娃子——东干书面文学的奠基者》(论文集)(俄文),伊里木出版社 2001 年版。

40. 常文昌:《亚斯尔·十娃子与汉诗》(俄文),伊里木出版社 2003 年版。

41. 常文昌、常立霓:《世界华语诗苑的奇葩——中亚东干诗人十娃子与十四儿的诗》(中文),阳光出版社 2014 年版。

42. 斯维特兰娜·达耶尔:《亚斯尔·十娃子——一位苏联东干族诗人的生平与创作》(英文),德国法兰克福 Peter Lang 出版社 1991 年版。

43. M.伊玛佐夫:《尔里·阿尔布都》(俄文),比什凯克 1997 年版。

44. 索罗金:《老舍作品选集·序言》(俄文),莫斯科文艺出版社 1991 年版。

45. И.十四儿:《中亚回族民间散文口头创作》(俄文),伊里木出版社 2004 年版。

46. 王小盾:《东干文学和越南古代文学的启示》(中文),《文学遗产》2001 年第 6 期。

47. 赵塔里木:《中亚东干人关于民歌的概念和分类》(上、下)(中文),《中央音乐学院学报》2001 年第 1、2 期。

48. 赵塔里木:《中亚东干民歌的传承方式》(中文),《音乐研究》2003 年 1 期。

49. 海峰:《中亚东干语言研究》(中文),新疆大学出版社 2003 年版。

50. 海峰:《同类型文体东干书面语与普通话书面语差异分析》(中文),《新疆大学学报》2011 年第 5 期。

51. 林涛:《东干语论稿》(中文),宁夏人民出版社 2007 年版。

52. 林涛:《中亚东干语研究》(中文),香港教育出版社 2003 年版。

53. 林涛:《中亚回族陕西话研究》(中文),宁夏人民出版社 2008 年版。

54. 斯维特兰娜·达耶尔:《苏联东干民族语言、现状及其十二月歌》(中文),选自香港中国语言文学会编《王力先生纪念论文集》,三联书店香港分店,1987 年。

55. 桥本万太郎:《东干语研究现状》(中文),杨占武、刘静译,《固原师专学报》1986 年第 4 期。

56. 李树江:《回族民间文学史纲》(中文),宁夏人民出版社 1999 年版。

57. 丁乃通编著:《中国民间故事类型索引》(中文),郑建威、李倞、商孟可、段宝林译,华中师范大学出版社 2008 年版。

58. 李明滨:《中国文学俄罗斯传播史》(中文),学苑出版社 2011 年版。

59. 李毓榛主编:《20 世纪俄罗斯文学史》(中文),北京大学出版社 2004 年版。

60. 吴冰、王立礼主编:《华裔美国作家研究》(中文),南开大学出版社 2009 年版。

61. 王德威:《"华语文学研究的进路与可能"专题研讨——华语语系文学:边界想象与越界建构》(中文),《中山大学学报》2006 年第 5 期。

62. 石静远:《中国离散境遇里的声音和书写》(英文),哈佛大学出版社 2010 年版。

63. 陈国恩:《3W:华文文学的学科基础问题》(中文),《贵州社会科学》2009 年第 2 期。

64. 刘登翰、刘小新:《对象·理论·学术平台——关于华文文学研究"学术升级"的思考》(中文),《广东社会科学》2004 年第 1 期。

65. 艾特玛托夫:《查密莉雅》(中文),力冈、冯加译,外国文学出版社 1998 年版。

66. 韩捷进:《艾特玛托夫》(中文),四川人民出版社 2001 年版。

67. 周明燕:《论艾特玛托夫创作的伊斯兰文化渊源》(中文),《国外文学》2003 年第 3 期。

68. (法)汪德迈:《新汉文化圈》(中文),陈彦译,江西人民出版社 2007 年版。

69. 倪海曙:《拉丁化新文字运动的始末和编年纪事》(中文),知识出版社 1987 年版。

70. 吕恒力:《30 年代苏联(东干)回族扫盲之成功经验——60 年来用拼音文字书写汉语北方话的一个方言的卓越实践》(中文),《语文建设》1990 年第 2 期。

71. 杜松寿:《拼音文字参考资料集刊:东干语拼音文字资料》(中文),文字改革出版社 1959 年版。

辞书工具:

72.《吉尔吉斯斯坦百科全书》(俄文),国家语言与百科全书中心出版社 2001 年版。

73. M.伊玛佐夫主编:《东干百科全书》(俄文),伊里木出版社 2009 年版。

74. Ю.杨善新:《简明东干语——俄语词典》(东干文、俄文),伊里木出版社 1968 年版。

75. M.伊玛佐夫等编写:《俄语——东干语词典》(3 卷本)(俄文、东干文),伊里木出版社 1981 年版。

76. Ю.从娃子:《回族语言的来源话典》(东干文),伊里木出版社 1984 年版。

77. 熊贞主编:《陕西方言大词典》(中文),陕西人民出版社 2015 年版。

78. 张文轩、莫超:《兰州方言词典》(中文),中国社会科学出版社 2009 年版。

79. 敏春芳编著:《文明的关键词——伊斯兰文化常用术语疏证》(中文),民族出版社 2002 年版。

后　记

　　接触并且深深地爱上东干文学研究,完全源自我的父亲——常文昌教授。1995—2007 年间,父亲曾先后三次赴哈萨克斯坦、吉尔吉斯斯坦和乌兹别克斯坦孔子学院主持工作。正是在中亚工作的这段时间,父亲惊喜地发现了当时尚不为国内熟知的东干族,并立即着手研究东干文学,相继出版了俄文专著《亚斯尔·十娃子与汉诗》、国内第一本系统研究东干文学的专著《世界华语文学的"新大陆"——东干文学论纲》,并且组建了东干文学研究团队,培养出了好几位优秀的东干研究学者。父亲带回来一批珍贵的资料,他视这些资料为珍宝,常对我说:"我从太阳山上背回了金子。"他将这些资料无私地分享给我们团队成员,引领大家进行研究。东干文学研究早已与父亲的生命融为一体,甚至"赶命贵重"(十娃子诗句)。父亲早年前便一个字一个字教我认读东干文,使我现在尚能顺畅地阅读东干文学,但与父亲对东干文学研究的投入及执著精神相比,我还相去甚远。

　　2014 年赴伦敦亚非学院访学期间,有三件事情坚定了我研究东干文学的决心。老舍在 20 世纪 30 年代曾在此任教,他一直是亚非学院汉学家们研究的中国重点作家之一。作为欧洲著名汉学家、华裔文学研究的著名学者——我的指导老师米娜教授对收入本书中的《东干文本〈月牙儿〉与老舍原文比较》一文表示了极大的赏识,给予我很大的鼓励,认为东干文学是华裔文学中一个非常值得研究的课题;在亚非学院图书馆,我意外发现了 20 世纪 50 年代出版的罕见的东干文资料。这两件事情说明东干文学研究在世界华语文学研究领域也是被关注和认可的；另外，访学期间前往挪威奥斯陆大学参加"东干民间文学国际研讨会"，认识了东干学者伊玛佐夫父女、诗人十四儿以及学者冬拉尔。他们为人谦逊、治学严谨，让我对东干人产生了特别的情愫。同时也由衷敬佩奥斯陆大学汉学家何莫邪院士、史易文博士，多年来一直在默默地建立庞大的东干研究数据库。

东干研究需要具备很高的学识素养，单从掌握的语言文字来讲，至少要略通俄文、英文，精通东干文与中文，还要熟识西北方言、民俗以及中亚、中国、俄罗斯的历史及其文化。但凡东干文学的著名研究专家，无不具备这些综合能力。比如享誉世界的汉学家、奥斯陆大学的何莫邪，宾夕法尼亚大学的汉学家梅维恒，芬兰语言学家奥利·萨尔米，日本东干语研究专家桥本万太郎，精通俄语、英语、汉语、东干语、阿拉伯语、挪威语等十一国语言的奥斯陆学者史易文博士，还有国内的胡振华、丁宏、海峰、林涛、王国杰等学者，以及从小生长在陇东，懂俄文，并且长期从事中国文学研究的父亲，都是学术综合素养很高的学者。

所以我一直对东干文学研究心存敬畏，小心翼翼地在这片领域中慢慢探索。父亲希望我们的研究在材料拓展、方法更新以及研究对象的多元性上都能有所突破。正是父亲坚持不懈的鼓励，才有了现在这本小书的问世，它既是我近 10 年来东干文学研究的一个总结，同时也是我下一个阶段东干文学研究的开始。

衷心感谢"中国—上海合作组织培训基地"的鼎力相助，既使拙著得以面世，也使中亚调研得以成行。同时感谢中外东干研究专家的鼓励与提携。伊玛佐夫先生、拉黑玛女士、法蒂玛女士、十四儿教授和冬拉尔资深研究者等不仅时常就一些问题释疑解惑，还慷慨推荐"东干民间文学国际研讨会"参会论文《东干文学中的韩信何以成为"共名"？》（俄文版）刊登在《吉尔吉斯国立民族大学学报》上；宁夏大学林涛教授、惠继东教授的东干译作一出版，就惠赠予我，让我第一时间就能分享到东干文学研究的最新成果；还有我们研究团队的杨建军教授、司俊琴教授以及高亚斌博士，他们在东干研究方面都各有建树，对我的启发与帮助非常之大，在此一并感谢。

我们全家注定与东干结下了不解之缘。父母生命中的五年韶光是在天山脚下的中亚度过的，中亚带给他们许多美好记忆；先生杨剑锋博士不仅以豁达乐观的人生态度时常影响着我,而且因他深厚的古典文学素养,时常就东干文学中涉及传统文化的问题给我以很好的建议;在全家的影响下,就连 10 岁的儿子也能说上几句东干话。

对你们的爱无以言表,我愿将这本小书,献给你们——我亲爱的家人。

2018 年 5 月 20 日
于大上海国际花园雅典园

图书在版编目(CIP)数据

多元文化语境下的中亚东干文学/常立霓著.—上海:上海社会科学院出版社,2018
ISBN 978 - 7 - 5520 - 2324 - 4

Ⅰ.①多… Ⅱ.①常… Ⅲ.①华人文学-文学研究-中亚 Ⅳ.①I360.6

中国版本图书馆 CIP 数据核字(2018)第 100539 号

多元文化语境下的中亚东干文学

著　　者:常立霓
责任编辑:董汉玲
封面设计:裘幼华
出版发行:上海社会科学院出版社
　　　　　上海顺昌路 622 号　邮编 200025
　　　　　电话总机 021 - 63315900　销售热线 021 - 53063735
　　　　　http://www.sassp.org.cn　E-mail:sassp@sass.org.cn
排　　版:南京理工出版信息技术有限公司
印　　刷:上海龙腾印务有限公司
开　　本:720×1020 毫米　1/16 开
印　　张:12.5
插　　页:2
字　　数:200 千字
版　　次:2018 年 6 月第 1 版　2018 年 6 月第 1 次印刷

ISBN 978 - 7 - 5520 - 2324 - 4/I·284　　　　　定价:69.80 元